问学

师友自相依

王 素 著

浙江古籍出版社

图书在版编目（CIP）数据

师友自相依 / 王素著 .-- 杭州：浙江古籍出版社，2021.8

（问学）

ISBN 978-7-5540-2056-2

Ⅰ . ①师… Ⅱ . ①王… Ⅲ . ①散文集–中国–当代 Ⅳ . ① I267

中国版本图书馆 CIP 数据核字（2021）第 135615 号

师友自相依

王　素　著

出版发行	浙江古籍出版社 （杭州体育场路 347 号　电话：0571-85068292）
网　　址	https://zjgj.zjcbcm.com
责任编辑	伍姬颖
封面设计	吴思璐
责任校对	张顺洁
责任印务	楼浩凯
照　　排	浙江时代出版服务有限公司
印　　刷	浙江海虹彩色印务有限公司
开　　本	787mm × 1092mm　1/32
印　　张	9.625
字　　数	200 千字
版　　次	2021 年 8 月第 1 版
印　　次	2021 年 8 月第 1 次印刷
书　　号	ISBN 978-7-5540-2056-2
定　　价	56.00 元

前　言

本书书名取自唐释皎然的《寄昱上人上方居》诗："厌向人间住，逢山欲懒归。片云闲似我，日日在禅扉。地静松阴遍，门空鸟语稀。夜凉疏磬尽，师友自相依。"昱上人在山寺修禅，名其室曰上方居，整日与云松为侣，尽享闲静之趣。皎然赠以此诗，尾联为全诗结句，意谓：这种生活看似寂寥，其实不然，因为每当夜阑，稀疏的寺磬最终停止，心灵深处就会有师友前来相伴。这是一种境界。只有到了一定的年龄，才能体悟。而我，已经到了能体悟的年龄了。

本书除去《前言》和最后的"附录"一篇[①]，正文十三篇，缅怀的人物，或师或友，或亦师亦友，在"问学"途中，对我都有过影响。当然，对我影响最大者，自是非先君莫属，故排在第

---

① 原拟"附录"二篇，另一篇为：《根深末茂　膏沃光华——关于求知问学的一点体会》，初刊《故宫治学之道》下册，紫禁城出版社，2010年10月，第753—764页；修订再刊《故宫治学之道新编》中册，故宫出版社，2020年12月，第908—919页。因内容与正文第一篇《昔侍先君故里时》颇多重复，最后决定删去。

一篇。对我影响第二大者，则非先师莫属，故排在第二篇。以下排序，大致按去世时间，个别也考虑关系远近和年龄长幼。

父子同道，亦师亦友，自古即有。如颜路、颜回父子与曾点、曾参父子，俱从孔子问学，关系介乎师友之间，是也。父子明以师友相称，则始于宋元。陆游《东斋杂书》诗："家庭盛弦诵，父子相师友。"又《示子聿》诗："父子更兼师友分，夜深常共短檠灯。"《元史·揭傒斯传》："揭傒斯字曼硕，龙兴富州人。父来成，宋乡贡进士。傒斯幼贫，读书尤刻苦，昼夜不少懈，父子自为师友，由是贯通百氏。"又同书《牟应龙传》："宋亡时，大理卿（指应龙父巘）已退不任事，一门父子，自为师友，讨论经学。"我六岁开始，即受先君耳提面命，直至我二十八岁离开武汉赴北京工作，二十馀年间，关系经历了从师生到师友的变化。我的文史功底，特别是文的功底，都是先君帮助我打下并筑牢的。

业师唐长孺先生原本对我就有知遇之恩。而他后来的三项安排，更决定了我一生的命运：（一）专治汉唐史（考唐师研究生时的专业原名"魏晋南北朝隋唐史"，但我的硕士论文《三省制略论》实际是从秦汉写到唐五代）。我过去治通史，从先秦到民国，无书不读，是唐师指导我由博返约的。（二）到北京工作。我刚考取唐师的研究生，唐师就对我说："你将来毕业分配，是去北京国家文物局古文献研究室，协助我及整理组诸先生，完成《吐鲁番出土文书》整理工作。"一晃我在北京工作已经四十年了。（三）整理出土文献。唐师一向传世文献与出土文献并重。古文献研究室1978年正式成立，几十年间，一直是中国唯一的专业出土文献整理单位。我在该单位工作了二十五年，2006年调到故宫博物院工作后，仍以出土文献整理为主业。我参加或主持的出土文献整理项目，除了《吐鲁番出土文书》，还有《新中国出土墓志》、《长沙东牌楼东汉简牍》、《长沙走马楼三国吴简》、《故宫博物院藏殷墟甲骨文》，等等，出土文献五大门类——甲骨、金文、简牍、石刻、文书，只有金文未曾涉足，成为中国整理出土文献门类最多的学人。如此种种，追根溯源，皆为唐师所赐，故终生铭感。

本书正文十三篇与“附录”一篇，仅正文第一篇《昔侍先君故里时》和第三篇《枕上敲诗梦欲稀》为新撰，第六篇《谢桂华先生与〈汉晋简牍论丛〉》为尚未发表的会议发言稿，其他都是已发表的旧作。但这些旧作，有的原载日本私人编的图书，有的原载中国内部赠阅的刊物，寻找恐怕不易。此次承蒙浙江古籍出版社倡议，作为“问学”丛书之一种结集出版，不管对我还是对读者，皆堪称善举。需要说明的是，这些已发表的旧作，收入本书时，都进行了适当的增删改订，与原稿已不全相同，算是最终的定稿。欢迎大家批评指正！

王 素

2021年5月于北京故宫博物院

目录

CONTENTS

昔侍先君故里时

——过庭杂忆之一

今年（2021），按旧历，是先君百岁冥诞。先君是2000年1月15日去世，距今亦逾二十年。一直想撰文缅怀先君，但先君一生遭遇坎坷，竟不知从何说起。今以陆游“昔侍先君故里时”诗句为题，记在武汉侍奉先君旧事，庶几可表追思之情于万一。但在此前，先须根据《先君口述家史》[1]，作必要之历史铺垫。

家史略说

先君讳冀民，字燕生（图1），1922年8月14日（农历六月廿二日）生于北平西单府右街石板房二条胡同5号曾外祖宅。

---

① 1998—1999年，我多次回汉侍疾，请先君口述家史，录有十五盒音带。先君殁后，先由小妹王蕙整理成文，再由大妹郑如茝（原名王茝，后改从母姓）校订，最后由我修改统稿。此《先君口述家史》，拟附先君《支离室诗词稿》梓行。

图 1　先君六十岁生日照

原籍湖北省广济县（今武穴市）余川镇车坊铺山梅冲王家塆。据《太原王氏族谱》和《王氏大成宗谱》（图 2）等谱牒记载，源出太原，乃“文中子”王通—王福畤—王勃祖孙之一脉。福畤谪贬交趾令，勃往省亲，渡海堕水而亡，年仅二十八岁。子孙仍留山西，安史之乱爆发，始南迁，先辗转至江西，称“江西太原王氏”，明朝时期从江西再迁广济定居。

曾祖讳玉润，字忠复，以裁缝为业，生意多为九江府满人官家，故家产丰赢，有二子一女。次子即祖父，讳柏森，字元梅，号馥如，有纨袴子弟习，不爱读书。曾外祖姓吴讳道南，字文荪，清末秀才，有三女三子，其中一女早夭。长女即祖母，讳毓参，中年信佛，

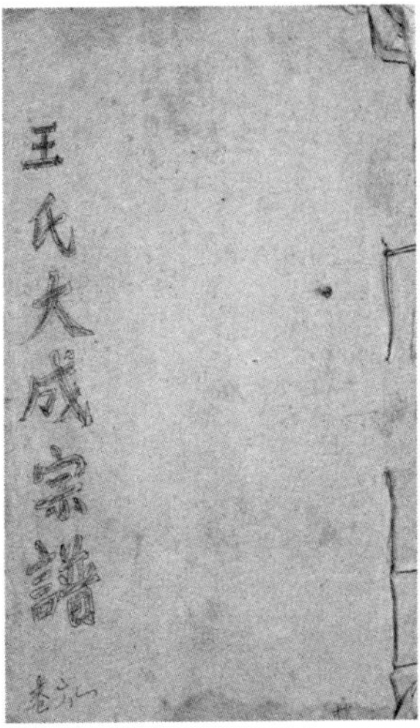

图2　广济王家塆现存《王氏大成宗谱》残册

法名喻因，曾任中国佛教会湖北广济分会会长[1]。长子为大舅爷，讳屏，字伯藩，留学德国启耳大学，获化学博士学位，著名化学家[2]。曾外祖因曾祖资助自己留学日本法政大学，遂将祖母许与祖父为妻。曾外祖回国，官至北洋政府司法部常务次长[3]。在北平任职期间，曾将祖父母招至膝下，故先君得以在北平出生。祖父母有三子二女，其中一子一女早夭，剩下三子女：长为伯父觉

① 湖北省武穴市地方志编纂委员会编《广济县志》卷26《民俗·宗教·佛教》，汉语大词典出版社，1994年，第796页。

② 湖北省武穴市地方志编纂委员会编《广济县志》卷28《人物·传记·吴伯藩传》，汉语大词典出版社，1994年，第856页。

③ 湖北省武穴市地方志编纂委员会编《广济县志》卷28《人物·传记·吴道南传》，汉语大词典出版社，1994年，第850页。

民[①]，次为姑妈淑珍，三为先君。伯父自幼过继祖父之兄为嗣。

先君出生后，祖父母即分居，祖母留在北平，祖父则回归广济。1932年，祖父去世，先君年仅十岁。此后，祖母始带先君回到广济，继承王家十六亩（原有二十四亩，因债务抵押八亩，始终没有收回）薄田，请人佃作，收租为生。祖母出身世家，文史兼通。先君五岁即从祖母识字，有神童称。八岁发愤读书，十三岁学写诗，十四岁读毕“四书”、“五经”、《纲鉴》，十五岁学填词，以及后来潜心文史，撰《文中子辨》（合作），著《顾亭林诗笺释》，亦皆与祖母教育有关[②]。先君性格孤傲，思想左倾，1942年重阳，在黄冈读高中，与同学组织“民社”，引起祖母警觉，撰《训子》诗进行讽谕：

玄都道士妒刘郎，不见鸩媒亦可伤。
李代桃僵休赋柳，郢书燕说误嘲杨。
采珠妨汝弄明月，献赋随人颂凤凰。
佳句但留成竹在，免教阿母泣奚囊。

① 湖北省武穴市地方志编纂委员会编《广济县志》卷28《人物·传记·王觉民传》，汉语大词典出版社，1994年，第873页。

② 王冀民、王素《文中子辨》，《文史》第20辑，中华书局，1983年，第231—249页。王冀民《顾亭林诗笺释》，中国古典文学基本丛书，中华书局，1998年初版。另参：王素《顾亭林诗笺释·后记》，原载《顾亭林诗笺释》，中华书局，1998年，第1043—1046页，再刊《书品》2001年第1期，第66—68页。

这是祖母留给先君的唯一诗作。全诗征事用典，皆以谨言慎行和防谗杜毁为劝。然先君正值气盛年龄，并未在意。后来历尽劫难，再将祖母此诗改名《先妣遗训》，置于自己的《支离室诗词稿》卷首，以为警戒，但为时已晚。

1943年秋，先君在黄冈高中，军训不及格，将留级。先君一生，从小学到大学，任何考试都是名列前茅，认为是奇耻大辱，愤而辍学。时抗战仍处僵持阶段，整个湖北都是沦陷区。伯父在四川华阳（今属成都双流区）灌溉工程处任助理工程师，来信说自己得了肺结核。当时称肺结核为痨病，存活率极低。祖母担心伯父病情，先君又不欲在沦陷区继续读书，所以决定让先君西行入川，一则照顾伯父，二则在国统区设法用同等学历考大学。先君是农历八月十八日从家里出发，步行翻越大别山，经商城、息县、汝南到洛阳。由于此前国民政府挖开黄河花园口阻击日寇，当时洛阳尚未沦陷。先君从洛阳乘火车到宝鸡，再从宝鸡乘汽车抵达成都。此行一共用了四十九天。在照顾伯父过程中，先君也得了肺结核。幸亏命不该绝，兄弟两人经过千难万难，最终都痊愈了。

此后，1944年春，先君借伯父大学文凭，冒名考取三青团中央干部学校研究部第一期研究生，5月从成都到重庆报到入学。这个学校是蒋介石准备传位给蒋经国，为蒋经国培养幕僚刚刚创办的，故蒋介石亲兼校长，蒋经国亲兼教育长。10月，先君即以思想左倾被开除。但蒋经国爱才，亲自审问后，仅将先君先软禁于北涪缙云山下月馀，12月，调赴青年远征军受训，1945年元月，以同少校衔派赴新驻江津的青年远征军202师606团任连训导员。然先君依然故我。10月，终以共产党嫌疑被抓捕，关进綦江桃园集中营。经廿一天刑讯，由原三青团中央干部学校保释，开除军籍，押回本校研究部查看。

1946年春，先君趁抗战胜利防备松懈之机，潜逃回广济。时祖母已于1945年9月先殁，先君大恸，哀毁呕血，卧病半载。秋，改名敬松，易籍浠水，赴上海，考入震旦大学经济系，自此半工半读，并参加反美反蒋学生运动。1947年夏，被人告密，诬为共产党，饬令退学。先君不得已，考取清华大学法律系二年级插班生。北上之前，先赴汉口，参加中国民主青年联合会（“民社”改名），被选为副会长。9月抵达北平。在清华期间，适逢陈寅恪在家讲元白诗，先君投书并附己诗数首，请求旁听，蒙陈氏惠允。1948年春，宣布解散中国民主青年联合会。夏，拟赴香港及解放区，均不果。12月，清华大学解放，辍学，参加宣传学习。1949年3月，参加四野南下工作团，分到38军政治部，任连级研究员，兼研究室组长，随部队步行南下，经开封、武汉，三过洞庭，转战湘西南。衡宝战役后，继续南下，到达广西全县（今全州县）。年底，军部奉命撤回河南信阳整编，时间半年。1950年6月，先君因种种原因，申请转业获批。

先君转业后，奉命到武汉中南军区报到。先君要求从事教育，中南军区将材料转到湖北省委，湖北省委又将材料转到下属教育厅。教育厅见先君在清华学过法律，欲将先君分到武大法律系当

图 3 先君先母 1951 年 4 月结婚照

助教，先君不屑，提出想去高中教文史（先君不去大学而去中学，本书《枕上敲诗梦欲稀》一文有解说，可以参阅）。1950 年秋，先君赴武昌第一女中高中任文史教员。其间，经介绍，认识先母（姓郑讳雁南），于 1951 年 4 月结婚（图 3）。婚后，调新创办之湖北省工农速成中学任教。该中学虽仅有初中，但专为培养新干部而设，对师资要求甚高，政治上可靠，相当副教授，先君是转业军人，又有清华背景，自然成为不二人选。该中学后来改名华中农学院（今华中农业大学）附属中学，几乎是先君一生安身立命之所。

此后，先君得到重用，按他的话说，是“红得发紫”。1954

年，作为湖北省先进中教工作者，派赴北京参观苏联展览馆（今北京展览馆）半月。1956 年，评为中教二级（相当大学副教授，每月工资 117.5 元），是武汉市中教二级最年轻者。随后作为奖励，派赴庐山避暑半月。1957 年春，撰《辛弃疾评传》脱稿，承夏承焘推荐，湖北人民出版社准备出版。大鸣大放开始，先君原不准备参加。华农附中校长是新四军转业干部，动员先君说："你不发言，无人敢鸣放！"先君遂发言，没想到从此万劫不复！9 月，停职反省。由于身份特殊，须报请湖北省委定性，故直到 1958 年 4 月，才正式划为右派，处分是"撤职降级留用"。湖北人民出版社一直等到先君问题正式定性，才将《辛弃疾评传》退稿。此后，先君下放湖北京山五三农场劳动，凡一年四个月；1959 年 8 月，调回本校，在生产组继续劳动。先君虽然仍在写作，但认为自己的论著在有生之年恐怕很难问世，便将注意力转移到我的身上。这一年，我刚好六岁。

有子能读父书

先君由于表现很好①，1960 年春，从生产组回本校数学组任

① 平心而论，先君是很冤枉的。正如后来彻底平反，先君撰《贺新凉·六十自嘲》所说："正欲鞚弦破左的，一箭冤哉射右。"按："鞚弦破左的"原出曹植《白马篇》。"射右"出北魏胡太后《李波小妹歌》，原作"右射"。此词紧扣一个"嘲"字，句句皆含"嘲"意，为先君晚年得意之作（收入先君《支离室诗词稿》，待出版）。一个思想一贯左倾的学者，居然被划为右派，确实堪"嘲"！

教。1961年10月，摘去右派帽子。1962年春，仍回语文组任教。1963年秋，华农附中初办高中班，为能一炮打响，四个班，让先君教两个班的语文，并兼班主任。直到1966年“文革”爆发，先君被再次打倒。此是后话，容下文再介绍。

我从六岁开始，受先君耳提面命。先君常引古人言：“有子能读父书，乃人生一大幸事！”先君文史兼通，偏重于文，教我也是从文开始。首先他认为童稚时期记忆力最好，应该多背多记古代诗文。其次他主张“卑之无甚高论”，常见的其实就是最好的。因此，最初是从《唐诗三百首》中选一首七绝和从《古文观止》中选一篇散文（依稀记得分别是贺知章《回乡偶书》和韩愈《师说》），让我背诵，说是测试我的记忆力。同时，教我拼音和反切，给我一本刚出版的《新华字典》和一本民国版的《实用大字典》，让我自己查生僻字。我读七绝两遍就能背诵，读散文半天也能背诵。先君说：自己读七绝一遍就能背诵，读散文两遍就能背诵，认为我虽不如他，但还算“孺子可教”。于是，《唐诗三百首》，从张九龄《感遇》（二首），到杜秋娘《金缕衣》；《古文观止》二百二十二篇，从《左传·郑伯克段于鄢》，到明朝张溥《五人墓碑记》，都让我全本背诵。

先君主张从小就应博闻强记，认为：越是不懂的诗文，死记硬背下来，越是记得牢固。而零散难记的东西，编成诗歌或口诀，自吟自唱，其实很容易记诵。于是，《诗经》三百五篇，从《周南·关雎》，到《商颂·殷武》，也让我全本背诵。我自己凭兴趣，从《楚辞》到明清诗文，也有选择地背诵了不少。我特别对把零散难记的东西，编成诗歌或口诀背诵，有浓厚的兴趣。譬如：学古天文学时，把二十八宿编成歌诀背诵：“（东方苍龙）角亢氐房心尾箕，（北方玄武）斗牛女虚危室壁，（西方白虎）奎娄胃昴毕觜参，（南方朱雀）井鬼柳星张翼轸。”学古代历法时，把岁阳（十天干）、岁阴（十二地支）编成歌诀背诵：岁阳是：“阏逢旃蒙柔兆强，圉著雍屠维上章，重光玄黓与昭阳。”岁阴是：“困敦赤奋若，摄提格单阏，执徐大荒落，敦牂与协洽，涒滩与作噩，阉茂大渊献。”最后，我把从夏到清的历代王朝的帝王也都编成歌诀背诵，譬如：夏朝十七帝王为：“禹启太康中康相，少（康）杼槐芒泄不降，扃廑孔甲皋发桀，夏代四百年始亡。”唐朝二十帝王为：“高太高中睿，玄肃代德顺，宪穆敬文武，宣懿僖昭哀。”明朝十六帝王为：“太惠成仁宣，英代宪孝武，世穆神光熹，思宗终无补。”清朝情况特殊，习惯按年号称帝王，十年号编为：“顺治康熙雍正乾，嘉道咸丰同光宣。”由于尽量使之押韵，读来琅琅上口，很多自编歌诀，到晚年也能倒背如流。

我虽然从小就性格倔犟，但由于对是非善恶有敏锐的分辨力，尽管也经过了常见的逆反年代，知道先君培养我都是为了我好，对先君的教诲言听计从，从不逆反。因此，我九岁时，先君开始教我写诗词，我明知难度很大，但积极性很高。先君先告诉我：诗有诗的语言，词有词的语言，曲有曲的语言，古文自然更有古文的语言，只有背得多、记得多，才能分辨并在写诗词曲和古文时灵活运用。然后教我诗词的平仄、格律、用韵，以及孤平、三平、拗救、一三五不论、二四六七分明等规则。我写的第一首诗是《读〈水浒传〉》：“宰相人家玳瑁梁，金银屈指万千箱。司空见惯山珍味，哪管农夫饿断肠。”记得时间是 1963 年春，我刚过九岁生日之后不久。这首七绝虽然很稚嫩，但平仄一丝不苟，显示已能熟练掌握格律技巧。特别值得注意的是，先君传统士大夫忧国忧民的情结，已经写入我的基因，一生不离不弃。我写诗词，诗多词少，也应与此情结有关。因为诗言志、词言情，特殊时代，志多情少，不知不觉会成为一种常态。如同陈寅恪，除了早年写过几首词，后来都是只写诗，流传下来的也只有诗集[1]。

先君先母有二子三女，我行二，是长子。“文革”前，先君住在华农附中所在的武昌狮子山，先母则跟随外祖父母住在武昌阅马场辛亥革命首义红楼（外祖父郑南宣老先生时任湖北省政协副秘书长），两地相距二十多里，每周只相聚一次。我从幼儿园起就跟随先君，其他子女多随先母寄居外祖父母家，这种客观现实也使我与先君关系更加近密，受教机会也更加频繁。先君当时除了教学，自己的研究计划也在满负荷运行。1957 年，除了完成前揭《辛弃疾评传》外，还完成了著作《唐宋元明清五朝诗词选》。之后不久，又完成了论文《秦观及其〈淮海词〉》。1961 年，完成了著作《中国学术史初探》（原名《国学初纲》，六朝文体）。

---

① 陈寅恪《陈寅恪集·诗集（附唐筼诗存）》，生活·读书·新知三联书店，2001年。

1962年，完成了著作《中国文学史初纲》。1963年，完成了著作《唐宋文学史年表》。同时还在编著《历代名人生卒年表》。1965年，又开始编著《顾亭林诗笺释》。先君晚上写作时，常让我帮着做一些辅助性工作。譬如编著《唐宋文学史年表》和《历代名人生卒年表》时，让我帮着画表格。先君是极其聪明之人，能一心二用。这个时候，他常常一边写作，一边给我讲他的研究心得。而我由于担心先君以后会提问，总是一边画表格，一边拼命地往大脑里抢记。久而久之，在生吞活剥了大量文化知识的同时，自己也学会了一心二用。

此外，先君认为：读书学习，培养好的习惯非常重要。譬如：（一）读书要有始终。就是说，读书要从“前言”看起，然后是“目录”与“正文”，最后还得看“后记”。即使是临时借阅，马上要还的书，“正文”可以暂时不看，“前言”、“目录”、“后记”也是必须看的。只有这样，才能真正了解作者的思想变化，了解本书的内容大概。（二）读书必须端坐。读书是求知，是非常神圣的事，要视书如神灵，对书要有起码的尊重。因此，读书必须正襟危坐，目不斜视。这两个习惯，我至今奉行不殆。前一个习惯，更是从封面看起，直到最后的版权页也不放过。后一个习惯，即使是看闲书，譬如到北京工作后，有段时间，看金庸、梁羽生的武侠小说非常着迷，每天要看20个小时，即使再困再乏，也还是端着坐着看。可见从小培养好的读书学习习惯，非常重要，它能影响人的一生。

先君还特别强调：读书不能有功利心。读书是为自己修心养性而读，不是为谋生找饭碗而读。如果是为谋生找饭碗而读书，那是读不好书的。因为为谋生找饭碗而读书，其实不是读书，而是查书。这种人，关注的仅是眼前功利之所需，是不可能有长远规划的。而知识是需要积累的，是需要有广博的基础的。正如胡适所说："为学要如金字塔，要能广大要能高。"（《读书》）没有广博的积累，是不可能做出高深的学问的。我自己读书治学，一直全凭兴趣，当时从未想到能有什么用。即使再苦、再累、再琐细、再麻烦，只要能学到新知识，心里也是美滋滋的。我一直保持只问耕耘，不问收获的心态，也就是只享受创作过程，不关心人家怎样评价。后来，我个人的论著从不拿去参加正式评奖，应该也是这种心态的遗留。为了功利读书做学问，其实是享受不了真正的读书的快乐的。

学文不如学史

1966 年 5 月，"文革"开始，我只有十二岁半。6 月，先君被定为"反动学术权威"，失去自由，我们屡被抄家，先君包括《顾亭林诗笺释》在内的所有手稿都被洗劫一空。先君义不受辱，准备自杀。他先编撰一份《支离先生自编年表》，很简明，从 1922 年出生开始，到 1966 年 6 月"先生被禁"结束，共 4 页。这份《年表》我保存至今。第 4 页"先生被禁"后原有一行字，墨色较深，与"先生被禁”墨色较浅不同，为：“先生决心改造以赎前愆，然事恐无（？）及。”但后被涂抹（图4）。显示先君对是否自杀曾经有过犹豫。决定自杀后，先君填了一首《金缕曲·绝命词》，云：

狂狷从来有，怅平生，艰辛历尽，那堪回首。四十四年三千劫，赢得文章敝帚，幸未算、蝇营狗苟。天道悠悠何足问，剖吾心，不愧炎黄后。方寸事，人知否？　国恩未报踌躇久，为斯文，绳绳不绝，北宫忍垢。手把宏篇歌断续，胜似薪传授受，更不念、家贫子幼。从此穷阴天地闭，愿精魂，万古长相守。青史在，休孤负。

当时先君准备绝食自杀。我让大妹看住先君，自己急去外祖家请先母。先母随我赶到华农附中，让我和大妹跪在先君面前，自己哭着说：“子女都未成年，小女儿（小妹）更只有四岁，你死了，我们怎么办？”先君也泪流不止，良久，终于放弃自杀之念。此后，先君屡遭批斗、游街、劳动、改造，无须多说。

先君在“被禁”间隙，找我谈过几次话，归纳如下：（一）学文无用，不如学史。（二）学史须注意两点：（1）史家无偶像。历史最重客观公正，真正的史家不会崇拜任何人，因为崇拜一定会丧失客观公正。（2）百年之内无信史。因为“恩怨尽时方论定”[①]。

① 明末王启茂《谒张江陵祠堂》：“袍笏依然遗像残，入门人自肃衣冠。半生忧国眉常锁，一诏旌忠骨已寒。恩怨尽时方论定，边疆危日见才难。而今国事公知否？拜起犹宜拭目看。”

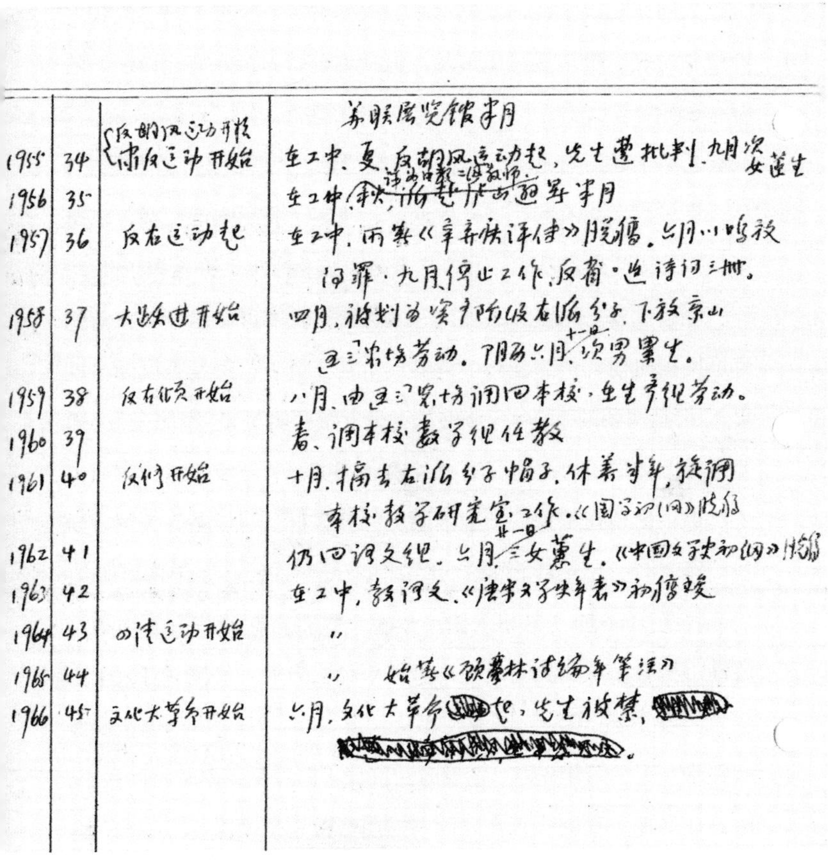

			苏联展览馆半月
1955	34	反胡风运动开始 肃反运动开始	在工中。夏，反胡风运动起，先生遭批判。九月次女莲生
1956	35		在工中，评为北京市三好教师。~~秋，[illegible]~~ [illegible]半月
1957	36	反右运动起	在工中。所著《辛弃疾评传》脱稿。六月以鸣放得罪。九月停止工作，反省。选诗词三册。
1958	37	大跃进开始	四月，被划为资产阶级右派分子，下放京山五三农场劳动。阴历六月十一日，次男累生。
1959	38	反右倾开始	八月，由五三农场调回本校，在生产组劳动。
1960	39		春，调本校教学组任教
1961	40	反修开始	十月，摘去右派分子帽子，休养半年，旋调本校教学研究室工作。《国学初问》脱稿
1962	41		仍回词文组。六月廿一日三女蕙生。《中国文学史初问》脱稿
1963	42		在工中，教词文。《唐宋文学史年表》初稿竣
1964	43	四清运动开始	〃
1965	44		〃　始著《顾亭林诗编年笺注》
1966	45	文化大革命开始	六月，文化大革命[redacted]起，先生被禁，[redacted]。

图 4　先君《支离先生自编年表》第 4 页

要重视史料真伪鉴别。（三）做一个纯粹的学者。读书人可分三等：一曰大师，二曰学者，三曰专家。大师太难，专家太易。以我之资质和功底，唯学者可望可及。但须刻苦努力，并持之以恒。陆游《冬夜读书示子聿》诗："古人学问无遗力，少壮工夫老始成。"只有老年学者，绝无青年学者。还是"卑之无甚高论"，学通史，从《袁王纲鉴》看起。这几次谈话，决定了我后来的归宿，也奠定了我的史学思想基础。我文史兼通，偏重于史，亦盖源于此。

说起《袁王纲鉴》，现代学人可能很少知道，但其书在清朝直至民国时期都极为流行。袁是袁了凡（黄），王是王凤洲（世贞），都是明朝的大学者。该书从三皇五帝开始写起，参照朱熹《通鉴纲目》体例，有纲有目有评，内容连贯，条理清晰，作为通史入门书，比现在编撰的"中国通史"等教材，明显更为实用。而我们家就有一套先君批阅过的民国版《袁王纲鉴》（上下两厚册）。

我是 1966 年 7 月华农附小毕业，先君所在的华农附中拒绝收我，把我发配到离家二三十里的华师二附中，虽说 9 月入学，但直到我 1969 年冬天毕业，都从未上过课。这三年，也主要是我在华农附中陪伴先君。随着政治气候不断变化，先君时而在家，时而住牛棚。我则一直在家读书。当然首先是读《袁王纲鉴》。我感觉此前所有的背诵记忆和习惯培养，都是在打基础，此后才算正式进入了学术殿堂。我读《袁王纲鉴》特别专注，包括先君的书眉批注，百馀万字，几个月就看完了，收获极大。在华农附中没书看的时候，就去外祖父家借书。外祖父郑南宣老先生经历也甚奇特，红安人，张謇南通纺织专门学校毕业，参加过北伐，与国共两党皆有很深渊源。共产党方面：与同乡董必武、同宗郑位三关系莫逆。协助恽代英、林育南创办利群书社。毛泽东来利群书社取经，他负责接待。国民党方面：先后做过湖北省主席王东原的秘书长、国防研究院副院长陈诚的主任秘书，少将军衔。他是一个大杂家，家里有一套线装本“二十四史”，还有很多唐宋元明清笔记与小说以及近现代文史著述。初中三年，就在不断读书中一晃而过。

1969 年冬，我初中毕业，十六岁，作为知识青年，奉命下乡插队劳动，先在荆门农村四年，后转嘉鱼茶场一年半。其时“文革”进入缓冲期，先君从牛棚回家，重新安排工作，担任华农附中图书馆的管理员。先君因原宿舍自我下乡后就被没收，没有住处，暂住图书馆内，看书借书更加方便。该图书馆在原工农速成中学时期创办，经费充裕，由先君开书目大量购书，故文史书籍一应俱全。我每年从家返乡和从乡回家，都是挑着一担书。在此期间，先通读了《十三经》、“二十五史”、“全通鉴”、《百子全书》。先君对我说：古代私家笔记浩如烟海，对于研究文史十分重要。学问的大小，与阅读笔记的多少很有关系。最著名的是“困学昔唯王伯厚，日知近有顾亭林”。你可以接着从王应麟《困学纪闻》和顾炎武《日知录》看起。我自然照办。还看了《十驾斋养新录》、《陔馀丛考》、《廿二史札记》等笔记和大量诗话、词话。这一时期，我与先君通信甚密，基本都是讨论学术问题。我与先君的关系，也由纯粹的“师生”向“师友”渐渐转变。

1975年秋，我二十二岁，因先君问题没有解决，我不可能通过招工回城，先母就提前退休，让我顶职，到武昌区煤建公司当送煤工。当时，先君仍住狮子山华农附中，我则随先母住粮道街外祖父家（外祖父已被迫从阅马场辛亥革命首义红楼迁此），与先君每周见一次面。这段时间，由于前期写了大量读书笔记，抄了大量文史资料，感觉可以做些研究工作了。我先后撰写了《略论南宋韩侂胄的开禧北伐》、《略论南宋反对朱（熹）派道学的斗争》、《试论张居正的“法祖”思想》三篇论文，完成了《张居正年谱资料长编》、《中国自然史编年汇要》两部专著。每次与先君见面，几乎都是讨论这些论著涉及的问题。当然，这些论著，按我现在的标准来看，都只能算作习作；但在当时，却是空谷足音，曾经引起多方面关注①。这些关注，对我进入大学殿堂，客观上起到推动作用。

1977年，我考取武大历史系本科，1978年3月正式入学。同年，我又考取同系研究生，9月正式入学。先君十分兴奋，写了两首诗，序曰：“素儿戊午岁连捷（春高考获隽，秋研究生中选），为赋二口号。”诗云：

---

① 何龄修《访问王素》，原载《南方周末》2017年8月17日C28版，收入《五库斋忆旧》，广东人民出版社，2018年，第285—289页。

（一）

日月双轮滚滚前，未须夸父著先鞭。
儿今连折蟾宫桂，多谢吴刚重少年。

（二）

十年诲汝鬓成丝，雏凤声清胜伏雌。
此去天闲皆伯乐，待驰骥足报明时。

其中“十年”是个约数，当然远不止十年。诗后原注：“1978秋，时居华农附中图书馆。”可见其时先君问题仍未解决，还住在华农附中图书馆内。先君问题直到1979年才彻底平反。虽然平反了，但被洗劫的手稿都没退还（据说被红卫兵私分了）。先君已经无力全面重整旧著。唯对《顾亭林诗笺释》，由于祖母遗训犹在，还是决心重写。此书经重写出版后，学术价值受到学者高度肯定[①]，固无疑问；全书六十万字，用典雅流畅的文言文写成，反映驾驭古文的能力炉火纯青，在近代学术界也是极为鲜见。至于我，虽然“此去天闲皆伯乐”，不需要先君再为我的学业操心，但我与先君的学术交流，即使在我1981年武大毕业到北京后，也一直未曾中断。因为先君的道德文章，永远是我学习的楷模。

① 陈祖武《斯人云逝 大著长存——〈顾亭林诗笺释〉书后》，《书品》2001年第1期，第16—21页。陈祖武《顾炎武评传·前言》，中国社会出版社，2010年，第1—2页。

哲人虽已去　遗爱有馀思

——缅怀业师唐长孺先生

今年（2004）是业师唐长孺先生去世十周年。回忆唐师多年来对我的关怀和培养，更加缅怀唐师作为一代史学大师的高尚情操和丰伟人格。

我在进入唐师门墙之前，已向唐师书信问学了两年。第一次给唐师写信，是1976年夏秋之交。当时，“文革”尚未结束，我在武昌煤建公司当送煤工，对前途感到十分渺茫，就给唐师写了一封信。信中主要谈自己研习古典文史的经过。但考虑口说无凭，总得拿点什么东西来证明自己所言非虚，于是想到了自己写的诗词。我在父亲的耳提面命之下，六岁开始背诗词，九岁开始写诗词，十三岁后才正式涉足史林，系统阅读“二十五史”。可以说，在诗词方面下的功夫，因为是“童子功”，远较在历史方面下的功夫为深。而我知道，唐师早年也是先以诗驰名于世的。古典诗词最能反映一个人的综合实力。因此，我在信中附了几首我二十岁后写的诗词，最主要的是五首七律，即《二十述怀》三首[①]，和《丙辰秋再返嘉鱼茶场访旧》二首[②]。这五首七律，是我当时的代表作。大约一个多月后，接到唐师从北京“《吐鲁番出土文书》整理组”写的回信。此信大致先说我的信从武汉大学辗转送到北京的经过，然后说“你的诗词写得很好，证明你确实学有素养”等等，最后说春节将回武汉，到时希望约我见面[③]。

1977年春节前的一天，我送煤回到单位，同事告诉我，说有一个年轻人找我。见面后，经过自我介绍，我才知道，他就是唐师的公子刚卯兄。刚卯兄告诉我，唐师已经由京返汉，希望周六我去他家见面。我心中的喜悦和激动自然不可言喻。周六晚上大约六点多钟，我诚惶诚恐地到了唐师的家。唐师正在和师母等

① 《二十述怀》三首（1973年，时下放荆门）：（一）“小谪人间二十春，居然哀乐往来频。飘蓬犹胜沾泥絮，落溷何如堕席茵。玉树生阶勤问字，桃花夹岸愧知津。曲高和寡寻常有，岂学模棱与拜尘。”（二）“黄粱未熟梦何妨，饭颗山头味正长。休画蛾眉夸黛绿，且燃藜火事丹黄。明时指鹿难为马，叔世牵牛不易羊。独把生涯快羁旅，仰天一笑对秋霜。”（三）“崎岖前路蹇驴艰，逝者如斯更不还。千古蒿莱埋壮志，几人事业托名山。会须小饮三杯醉，难得浮生半日闲。幸有元龙豪气在，不辞问舍到田间。”此三首七律，后均发表于《华夏吟友》第3卷，香港天马图书有限公司，1998年，第3页。

② 《丙辰秋再返嘉鱼茶场访旧》二首（1976年）：（一）“红尘滚滚路迢迢，又驾征车出市嚣。人似飞鸿常作客，身如瘦马怕衔镳。一麾江海情犹昨，再唱河梁事更遥。他日低徊俱是梦，玉关无恙月轮高。”（一）“惯从浪宕度生涯，此地销磨二载差。零雨飘花疑落木，残钟破梦报栽茶。床头试捣求浆杵，篱角空停问字车。休觅更阑读书处，旧题尘满碧笼纱。”此二首七律：第一首曾载梅浦诗社编《梅浦吟草》第3期，武穴市梅川印刷厂，1988年，第4页（但题目、文字稍有不同）；第二首后来亦发表于《华夏吟友》第3卷，香港天马图书有限公司，1998年，第3页。

③ 非常遗憾，唐师给我的这封信，后来被武大历史系要去，一直没有退还。故以上所述，仅凭记忆，不一定完全准确。

家人吃晚饭，见我来了，便让我先到书房等候。进了唐师的书房，首先看到的是一个装着线装本“二十四史”的大木柜。我阅读的“二十四史”是百衲本的，一直想找一套线装本与之进行比较[①]，因而对这个装着线装本“二十四史”的大木柜产生了浓厚的兴趣。正想走上前仔细看看，唐师吃完晚饭进来了。唐师很客气，让我在他对面坐下。当时唐师六十六岁，童颜鹤发，慈眉善目，使我减少了一些畏惧感。唐师开始问话，从我的家庭一直问到我的学习方法和领域。我一边小心翼翼地回答，一边思索着怎样提一些问题。唐师问完话，我先向唐师请教《吐鲁番出土文书》的整理情况，然后提了一些诸如士族形成的背景、门阀衰落的原因以及东汉宦官之祸与唐代宦官之祸的差异等问题。唐师很高兴地一一作了回答。我感觉唐师的记忆力好得惊人，很多史籍的原文都能倒背如流，真是从心里敬佩不已。临了，唐师对我说：“中央已经决定恢复高考，你应该准备一下。”这是我第一次听说中央决定恢复高考的消息，心里不由得一阵激动。

春节过后，唐师又去北京，继续主持《吐鲁番出土文书》整理工作。我则找了一些中学数学书，先对自己的弱项进行补习，准备迎接即将到来的高考。记得在此期间，还给唐师写过几封信，但具体谈些什么现在已经回忆不起来了。唐师有老辈人的传统，

① 我家里原有一套线装本“二十四史”，是我外祖父郑南宣老先生的，经过“文革”抄家，已经残缺不全，故阅读的百衲本“二十四史”是从父亲王冀民先生所在的华中农学院附属中学图书馆借出来的。家藏线装本“二十四史”，尽管残缺不全，我仍十分珍惜，后来武汉大学毕业分配来京，仍将它们都带到了北京。

基本上是有信必回。高考结束之后，还与唐师通过几封信，大致是汇报考试情况和思想状况。由于我多年来一直只想读书，而苦于借书太过辛苦，借好书太过艰难，在报考志愿上先填武汉大学图书馆系，然后才填武汉大学历史系。唐师回信批评我对图书馆工作不甚了解，指出我有深入研修历史学的天赋，表示他会过问此事。不久，就到了 1978 年。

1978 年 2 月，在唐师的干预下，我接到了武汉大学历史系的录取通知书。同时，湖北的多家报纸、电台都报道了一个普通送煤工考取大学的消息，使我一夜之间成为了湖北的“名人”。3 月 6 日，我正式去武大历史系报到，成为了七七级新生中的一员。3 月 9 日晚上，在历史系的一间教室里，唐师和吴于廑先生正式接见了我们七七级全部 90 名新学员。唐师语重心长地勉励我们，一定要珍惜来之不易的学习机会，刻苦刻苦再刻苦，勇攀历史学的高峰。这是我第一次在公开场合目睹唐师作为一代史学大师的风范。其间，我还曾和历史系的关文发老师，在唐师家里，共同接受过一次新华社记者的采访。不久，这次采访以《报到第一天》为题，刊于 3 月 16 日的《光明日报》，使我一夜之间又成为了全国的“名人”。我过去读书追求“学以养心”，绝无任何功利思想，接踵而来的电台和电视台要求采访，外校和本校要求介绍自学经验，以及全国各地数百封好学青年的来信，无疑给我造成了很大的压力和很多的困扰。唐师是最不喜欢抛头露面和介绍什么自学经验的，知道此事后，嘱我不得已可偶一为之，以后则应以学习紧张为由加以拒绝。唐师的态度与我的想法完全相合，我遵嘱而行，终于使自己恢复了正常的学习生活。

这年4月，遵照唐师的指示，我报考了唐师“魏晋南北朝隋唐史”专业的硕士研究生。5月初试，7月复试，8月录取，9月开学，只觉时间过得飞快，一切恍然如梦。这段时间，由于有书可读，心情是非常好的。曾经写了两首词：

水调歌头

读报载《大家都来做伯乐》有感。

跌宕崎岖路，骏马困盐车。金蹄陷于泥土，鼻息喷黄沙。御者痴同盲瞽，只识骊黄牝牡，鞭挞更叱咤。伯乐遥瞻此，心碎泪如麻。　指污渍，抚垂鬣，复长嗟：“知君志在千里，今日到吾家。”骏马高嘶昂首，似诉生平之志，悲喜两交加。伯乐今朝有，千里敢云赊。①

满庭芳

初坐武大图书馆作。

曲水流红，层林耸翠，珞珈占尽春光。黉宫何处？桃李绕门墙。更有雕甍画栋，缥缃里，遍贮琳琅。从今后，莘莘学子，珍重爱书香。　难忘。当日恨，一张白卷，满纸荒唐。空遗得，跳梁小丑名狂。试看长征伊始，人八亿，

① 此词曾发表于《武大战报》1978年5月13日第3版。

快马轻装。科研地，攻坚在望，成果献辉煌。

这两首词现在看来虽然有点应景味道，但在当时可能就是我的心声。词写好后，都给唐师看过。开学后，一次面谒唐师，唐师嘱我注意二事：第一事，我将来毕业分配，是去北京国家文物局古文献研究室，协助唐师及整理组诸先生，完成《吐鲁番出土文书》整理工作，因而希望我在学习期间，不要谈恋爱，以免增加以后分配的困扰；第二事，写诗词固然可以陶情冶性，我的诗词也确实写得很好，但太花时间，自己当年对此深有感触，后来为了专心做学问，而不得不“戒”了这一嗜好，希望我以后也不要再写诗词了。此二事：第一事没有做到，后来给唐师增添了很多麻烦；第二事在一段时间内基本做到了，我现在保存的诗词，绝大部分都是此次谈话以前的旧作，此次谈话以后，我就很少再写诗词了（图 5）。

在读研的三年中，除了我们师兄弟八人定期去唐师家问学、唐师定期给我们上专题课这种直接受教外，唐师给我个人最大的教益主要有二：

（一）指导我编撰读研习作《晋三桓年谱长编》。我对东晋门阀的历史较为有兴趣，一直想从王、谢、庾、桓四大家族中选一大家族，为他们编撰年谱长编，以此为线索，探讨整个东晋门阀的历史。唐师对我的想法十分支持，并建议以桓彝、桓温、桓玄祖孙三代为谱主。工作进行了一年半，成稿二十馀万字。唐师

图 5 唐长孺先生 1983 年 4 月摄于武汉大学樱花树下

对这部读研期间的习作，进行了认真、仔细地批改。唐师的治史风格与陈寅恪先生十分近似，擅长小处见大。因此，唐师对《长编》的批改，对我后来的治史风格曾产生重大影响。这部《长编》，虽然由于我工作一直很忙，没有时间进行再整理，至今未能交付出版社出版，但稍有闲暇，不时拿出来翻翻，重读唐师的批语，仍有不少收获[①]。

（二）指导我撰写硕士论文《三省制略论》。我在读研伊始，就已开始构思硕士论文的题目了。第二年，曾在唐师指导下，撰

① 近撰《试述东晋桓彝之功业》一文（刊《中国史研究》2005年第1期，第25—36页），材料和某些观点即出自《长编》。

写学年论文《试论东晋南朝的宰相制度》。不久，经过在唐师面前论证，唐师同意在此学年论文的基础上，扩写硕士论文。是年暑假即开始着手，到第三年暑假前，成稿近二十万字，名为《三省制略论》。原稿分为八章，从秦汉论述到唐五代，材料堆砌，内容庞杂，问题颇多。唐师审阅后，写出了很长的极具建设性的修改意见，认为临近毕业，修改会花很多时间，建议删去第八章“唐五代三省制的破坏”，只谈形成，改名《略论三省制的形成》。唐师的意见，显出了宏观把握历史进程的超凡功力，对我后来的治史风格也曾产生重大影响。后来，经王仲荦先生推荐，这篇论文重写了第八章，恢复旧名，顺利出版[①]。

顺便提一下，1981 年 7 月 4 日是唐师公历七十大寿，时值唐师访日归来不久，我特别写了一首词祝寿：

金缕曲

业师唐长孺老人七旬寿词。

曰若称稽古，忆龙门䌷藏金匮，绳其祖武。马列宗风开蹊径，谁驾柴车筚路？况八代兴衰未究。封建分期争已久，立新坛，更见真旗手。挥史笔，如椽否？　　而今学筏东瀛渡。似当年、唐经九译，流风遐布。独我资同参也鲁，孤负薪传授受，正自愧苗而不秀。忽报椿龄不逾矩，集门墙，喜设尊师酒。金杯祝，无疆寿。

① 王素《三省制略论》，齐鲁书社，1986年。

这是我在毕业之前写的最后一首词。毕业之后，遵照唐师教诲，很长一段时间，确实就没有再写诗词了。

1981 年秋、冬之际，我研究生毕业（图 6），获得硕士学位，分配到北京国家文物局古文献研究室，协助唐师及整理组诸先生，正式参加《吐鲁番出土文书》整理工作。此后直到唐师去世前，一直与唐师保持着密切的书信联系。从现存六十馀封珍贵的唐师来信看，主要是谈《文书》的整理和出版工作，但也包括很多其他内容。其中，与我个人事业有关的主要有二：

（一）鼓励我编著《唐写本论语郑氏注及其研究》。我们知道：郑玄为东汉经学大师，他的《论语注》曾经极负盛名，却由于种种原因于北宋以后逐渐失传。20 世纪初，敦煌藏经洞出土多件唐写本《论语郑氏注》，曾经引起国内外学术界极大的轰动①。而 1959—1975 年间，吐鲁番阿斯塔那唐代墓葬又出土大量的《郑注》，其价值之大更不待言。我初次参加《文书》整理工作，对于如何利用《文书》进行专题研究，可以说茫然不知头绪。曾经就此专门写信向唐师求教。唐师于 1982 年 6 月 1 日来信说：“我想《论语郑注》很可以研究，所出甚多，可以成专册。”在唐师的鼓励下，我开始对敦煌、吐鲁番所出唐写本《郑注》进行综合整理。1983 年 5 月，古文献研究室成立《敦煌古文献初编》编委会，经

① 王素《敦煌本〈论语〉研究的回顾与展望》，《2000年敦煌学国际学术讨论会文集（纪念敦煌藏经洞发现暨敦煌学百年）——历史文化卷上》，甘肃民族出版社，2003年，第470—482页。

图 6　唐长孺先生与 1978 级门生 1986 年 5 月摄于湖北蒲圻三至九世纪长江中游社会经济讨论会期间（左起：王世平、笔者、王延武、张弓、李春润、钟国发、李文澜）

过几次讨论，拟出详细目录，由我承担全部《论语》（包括《白文论语》、《论语郑氏注》、《论语集解》、《论语义疏讲经提纲》等）的整理[①]。当时有的先生担心我可能缺乏经学根柢，提出让王家琦先生与我合作整理《论语》。唐师于 1983 年 8 月 20 日来信说："我想你和王家琦同志合作整理吐鲁番所出《论语》，倒是有意思的。但我对此是外行，可以请教张政烺先生，指导应该如何着手。"而实际上，我早已独自完成唐写本《郑注》整理初稿，并正在对初稿进行修改和增补。但这一情况，后来唐师才知道。唐师于 1986 年 4 月 4 日来信说："来函述及大作《论语郑氏注》正在修改，甚为快慰。此书为研究《论语》者提供珍贵资料，极有价值。"稍后唐师听说我要评职称和打算写《高昌史稿》，又于同年 7 月 4 日来信说："评职称……我想你务必把《论语郑注》做好，实至名归。"同年 8 月 14 日来信说："我仍以为目前主要还是更好完成你的《论语郑注》。"同年年底，我终于完成本书全部修改和增补工作，定名为《唐写本论语郑氏注及其研究》，交给文物出版社等待出版。唐师对本书的出版一直非常关心，对本书的价值更是给予充分肯定。如：1987 年 8 月 30 日来信问："你的《论语》考证，是否已有出版眉目，甚念。"1991 年 7 月 11 日来信说："知道大作《论语郑注》已经二校，是很有价值的著作。"1992 年 2 月 28 日来信说："大著《论语郑注辑及研究》

① 参阅邓文宽《〈敦煌古文献〉详目介绍》，《中国敦煌吐鲁番学会研究通讯》1984 年第3期（总第3期），北京市海淀区草桥印刷厂，1984年，第4页。

已出版，甚喜。这是足以传世的著作，以后研究《论语》架上必备此书。”还有很多，不赘举。我在本书《前言》中，谈及编著本书的原委时，也特别提到：

> 我于1981年12月正式到文化部文物局古文献研究室，参加《吐鲁番出土文书》的整理工作，有幸较早接触到这批唐写本《郑注》残卷。业师唐长孺先生主持整理工作，对这批唐写本《郑注》残卷极为重视，希望有人能够结合以前所出，对唐写本《郑注》进行综合校勘和研究。我不揣浅陋接受了这项任务。[①]

我多年治学的习惯是只问耕耘，不问收获，只享受创作过程，不太关心人家怎样评价，所以我个人的著作既很少送人，也从不拿去参加评奖。也正因如此，一直不知本书在国内外学术界的真实反映。后来接到日本研究《郑注》的大家金谷治先生和台湾研究《郑注》的大家陈金木先生来函，才知他们对本书评价也非常之高。1995年在香港中文大学见到李学勤先生，2001年在长沙参加三国吴简暨百年来简帛发现与研究国际学术研讨会遇到清华大学一些研究中国思想史的学人，才知他们都曾专门去书店购买本书并置之座右。证明本书确如唐师所说："这是足以传世的著

---

① 王素《唐写本论语郑氏注及其研究》，文物出版社，1991年，第3页。按：原"不揣浅陋"后有"承乏"二字，为文物社三审专家未经我同意妄加，导致叠床架屋，故删除。

作，以后研究《论语》架上必备此书。”唐师见识高远由此可见一斑。

（二）支持我撰写《高昌史稿》系列专著。我们知道：传世文献关于高昌历史的记载非常贫乏，以致很多问题在当时就已说不清楚，到现在更加成为难解之谜。吐鲁番文书的出土，大大丰富了高昌历史研究的资料，也使撰写专门的《高昌史》成为了可能。我初次参加《文书》整理工作，首先接触的就是高昌郡国文书，虽然当时并未萌发撰写《高昌史》的念头，但对整理组是否有先生想写《高昌史》十分有兴趣。记得到古文献研究室后，给唐师写的第一封信，就问到这件事。唐师于1982年1月12日来信说：“马雍同志（也是参加整理组同志）已写《高昌史》，可能已完稿。”直到这年夏天，一个偶然的机会，朋友告诉我，说马雍先生可能并未着手写《高昌史》，才使我正式萌发撰写《高昌史》的念头。但由于这个消息只是朋友转告，并非直接来自马雍先生，我并未马上着手。过了很久，由于马雍先生不幸英年早逝，这个念头才又重新萌发出来。1986年夏，刚卯兄来京出差，曾在我家短暂逗留，我与他谈到想写《高昌史》的事。稍后接到唐师同年8月14日来信，说：

刚卯来京，不知曾晤见否？他说您想写《高昌史》，因为听说我要写，所以没有动手。我并无此意，过去马雍同志曾想写《高昌史》，不知有无遗稿。如果马书未成，我想您完全可以从事此项著作。而且要赶快着手，因为主要资料不外吐鲁番文书及高昌墓砖，如果有人从事，就很难不重复。

不仅支持我撰写，还希望我快点着手。唐师同年9月9日又来信告诉我：

高昌史的资料主要是史传及吐鲁番文书与墓砖，我想你完全可以掌握。国内研究成果不难见到，国外成书的只有嶋崎昌的一本，他所见资料有限，有的是题外之文。此外，唯最近的白须净真有几篇论文。总之，在收集资料和参考国内外论著方面都不太困难。当然，还有大小问题有待研究解决，需要花精力。书若写成，可以肯定能超过日本人的论著。能够早一点动手为佳，迟恐他人先我为之。目前，似尚未听说有人要写（马雍同志恐未成书）。

仍希望我快点着手。1989年春，我向有关方面申请国家青年社会科学研究基金，请唐师为本课题第一推荐人。唐师对本课题期望甚高，推荐书全文为：

王素同志对魏晋南北朝隋唐史具有深厚的学力，多年来参加新发现吐鲁番文书的整理和研究，充分掌握有关本课题的材料，曾发表专著及论文多篇，多有创获，是一位优秀的青年史学工作者。高昌郡和高昌国的历史，史籍记载缺略，自吐鲁番文书陆续发现后，数十年来中外学人颇多论述，但还没有利用新出资料，综合前代成果，全面探索的著作。我相信王素同志的学力，能够完成本课题的研究，填补这一史学上的空白。特此推荐。

1992年2月28日，唐师还来信询问："《高昌国史》进程如何，这也是很有价值的著作。"我的《高昌史稿》系列专著目前已出版"统治"、"交通"二编[①]，还有"政制"、"经济"、"文化"三编，材料都已收集齐备，准备陆续撰写。已出版的"统治"、"交通"二编，国内学术界反映不错[②]。日本敦煌吐鲁番学研究权威池田温先生收到我赠送的"统治"、"交通"二编，于2002年8月下旬来信说："先生活动多般，特别吐鲁番文献整理研究，学界认为世界中的冠军，我们期待着您不远完成'政制'、'经济'、'文化'诸编，提高学界水平。"也给予了充分肯定。我更因此二编的出版，在学术界获得"高昌王"雅号。可惜的是，最早认

① 王素《高昌史稿·统治编》，文物出版社，1998年；又《高昌史稿·交通编》，文物出版社，2000年。

② 参阅：荣新江《王素〈高昌史稿·统治编〉》（书评），《历史研究》1999年第3期，第186—188页；孟宪实《王素〈高昌史稿·统治编〉》（书评），《敦煌吐鲁番研究》第4卷，北京大学出版社，1999年，第596—600页；孟宪实《王素〈高昌史稿·交通编〉》（书评），《敦煌吐鲁番研究》第5卷，北京大学出版社，2001年，第398—401页。

识这套系列专著价值并始终支持我撰写这套系列专著的唐师，没能见到这套系列专著的陆续出版，就不幸去世了。我曾撰一挽联，载于《高昌史稿·统治编》的《前言》，原文如下：

六十年绛帐传薪，集成吐鲁文书，共守指归开后学；
八千里深衣受命，泣捧高昌史稿，独持心丧祭先师。

以此表达我对唐师深沈的景仰和无尽的哀思。

综观我二十多年的治学历程，以及所取得的些微成就，都与唐师无私的关怀、培养、鼓励、支持分不开。唐师对于我的恩泽，远非这篇小文所能表达。而唐师对于学术界的恩泽，更是山高水长，难以尽述。以《吐鲁番出土文书》的整理与出版为例。我们知道：原国家文物局古文献研究室是国内整理出土文献的专门机构，曾经主持过不少出土文献的整理，但成为完璧者却寥若晨星。从多卷本项目来说，1975 年成立的《银雀山汉墓竹简》、《马王堆汉墓帛书》、《吐鲁番出土文书》三个整理小组，到目前（2004）为止，《银雀山汉墓竹简》（计划出版 3 卷，仅出版第 1 卷，文物出版社，1985 年）、《马王堆汉墓帛书》（计划出版 6 卷，仅出版第 1、3、4 卷，文物出版社，1981、1983、1985 年）均未出齐，仅唐师主持整理的《吐鲁番出土文书》（释文本 10 册、图文对照本 4 卷，文物出版社，1981—1996 年）堪称完璧。我保存的六十馀封唐师来信，主要都是谈《文书》的整理和出版工作，至今重读，仍能感受唐师一切为了繁荣学术的拳拳之心。即使在出现某些无稽流言的时候，唐师也不改为了繁荣学术的初衷。正如唐师 1983 年 11 月 1 日给我来信所说：“我年已七十，七十老翁何所求，只是希望把文书整理工作及身完成而已。我觉得有的同志很不了解，我为什么要如此热心地参加这工作，总以为我有所图，那就只好由他去说了。”唐师对于学术界的贡献，值得我们永远铭记！

（原载《魏晋南北朝隋唐史资料》第 21 辑（唐长孺教授逝世十周年纪念专辑），武汉大学文科学报编辑部，2004 年 12 月。）

枕上敲诗梦欲稀

——追忆江城雅集中的金月波、张耀祖诸先生

1974年春，我从荆门农村，转到嘉鱼茶场。其时“文革”进入缓冲期，文化学人也多从紧张中松弛下来，开始嘤鸣求友。先君一生孤傲，从不主动交友。但“文革”被批斗时，红卫兵将他的诗词抄成大字报供师生批判，他的诗词不胫自走，此时早已传遍武汉三镇的中教界。先君曾对我说，他当年从解放军转业当教师，选择中学而不选择大学，是因为民国时期中学与大学有分工，中学培养通才，大学培养专家，中学聚集的学术精英不比大学少，中学教师的待遇也不比大学教师低。这点我比较清楚，吕思勉、岑仲勉、夏承焘等大师和业师唐长孺先生都是从中学教师起家的。武汉三镇是九省通衢，也是文化渊薮，中教界藏龙卧虎。正是从是年开始，先君结交了几位以中学教师为主的朋友，他们是金月波、张耀祖、翟公正、曹立庵、邓少峰，还有就是上海的刘锐教授等。先君与金月波、张耀祖相交尤笃，诗词唱和，飞觞联句，

颇为频繁。我奉先君命，也与有荣焉。从是年开始，到 1978 年赴武汉大学读书为止，是我诗词创作的高峰期。我诗词的快速进步，书画鉴赏知识的早期奠基，都得益于这几年向他们不断学习，和他们给我的不断鼓励。这几年，对我而言，是一生难忘的美好记忆。

金月波号栖碧山人，湖北沔阳人，汉口第二女中教师。成名较早，吴宓 1946—1948 年应武汉大学之聘，在江城逗留三年，即与订交，并常相过从①。金月波诗书画号称三绝，给我教益最多。张耀祖号虚谷，湖北黄梅人，武昌第二十二中教师，诗书功底皆深，曾在《华夏吟友》发表诗词②，对我亦有影响。刘锐字锋如，号葑予，湖北大冶人，历任大夏大学、华东师范大学中文系教授，早年以《释蒯聩》一文成名③，发表诗词更早④，与金、张系旧识，由金、张介绍，与先君订交。翟公正字竹如，号篆庐，湖北广济人，书法篆刻家。曹立庵号十万印楼主，湖北武汉人，书法篆刻家。邓少峰号立翁，又号回春楼主，湖北武汉人，书画篆刻家。他们因金月波介绍，与先君认识，但因很少写诗词，仅在书画笔会时见面，

① 吴宓《吴宓日记》第10册（1946—1948），生活·读书·新知三联书店，1999年。另参李廷华《金月波：吴宓永久的知音》，《书屋》2019年第7期，第11—15页。按：金月波哲嗣金铿曾撰《心画心声难失真　诗词依稀见为人——吴宓与父亲金月波的诗词情缘》一文，原载《往复论坛》网站，2003年6月4日，现网站停办，不知所终。

② 王成纲主编《华夏吟友》第2卷，中国文联出版公司，1997年，第588—589页。

③ 刘葑予《释蒯聩》，中央大学《中国文学》第1卷第2期，1944年，第34—35页。

④ 署名葑予，在《春秋》（1941年第2卷第6期第21页、1942年第3卷第1—2期第23页）、《沙磁文化月刊》（1942年第2卷第1—2期第8页）皆发表过诗词。

很少参加我们的江城雅集活动，不过，我曾从他们那儿获得不少书画鉴赏知识。先君暮年曾仿陆龟蒙、皮日休等《松陵唱和集》与徐商、温庭筠、段成式等《汉上题襟集》例，自编《续松陵唱和集》与《续汉上题襟集》，收录当时唱和诗词。但因时间久远，记录或有遗漏。这里按年追忆大致经过如下。

甲寅（1974年）

先君交友，始于张耀祖先生。1974 年秋，我在嘉鱼茶场，收到先君来信，说有位张耀祖先生，写了两首《卜算子》，寄给先君，表达倾慕之意，希望见面；先君感觉张词不错，步韵回赠两首，表示同意见面云云。附二人词作如下：

卜算子

张耀祖原词

（一）

天壤有王郎，佼佼人中隽。咫尺云山俨万重，无计闻兰讯。　　江上睇凝波，摇荡苍烟暝。碧海青天鉴此心，夜夜孤辉耿。

（二）

君负不羁才，壮采标霞举。久有瑶华欲遗君，怀刺靡投处。　　残墨苦磨人，头白今如许。记取鳌肥酒酽时，迟子于江浒。

先君和词

（一）

醒汉诗痴符，醉汉夸才隽。颠倒花时总是春，何日传芳讯？　　一度听嘤鸣，一夕秋山暝。负尽平生在寝门，怕对星河耿。

（二）

天外忽飞书，有客成先举。文字因缘再逼人，进止凭谁处？　　欲谢苦违衷，蛩驱承相许。郑重新词寄到时，期我江之浒。

张耀祖先生的原词极富情感，先君的和词则委婉深沉。我除了先君的诗词外，极少读当代人写的诗词。初次读到张先生的词，很受感动，急忙给先君回信，询问见面后的情况。不久，收到先君来信，谈到在武昌长江边一家小饭馆与张先生见了面，谈诗论文，极尽欢娱，席间还谈到我身处逆境，一直坚持学习文史，张先生赞许不置。别后，张先生写了四首七律，先君回赠了四首，希望我也能奉和。于是，我也步韵和了四首。附三人诗作如下：

七律

张耀祖

四律录尘政和。

(一)

江上欢携髩已丝，识君真恨廿年迟。
芳醇喷鼻心先醉，名纸生毛意亦痴。
浪掷飞光惭马齿，何曾谣诼妒蛾眉。
放怀一夕倾高论，倒峡狂澜搅梦思。

(二)

得遂平生缟纻欢，坦倾情愫故人难。
题襟才入芝兰室，促席先分苜蓿餐。
直指瑕疵批鹤膝，胜苏衰疾食猪肝。
金风玉露收残暑，百遍相过意未阑。

(三)

老怀澄淡爱秋光，何处秋光引韵长。
浴雨素娥添妩媚，经霜黄菊倍芬芳。
十分佳色依篱落，一片清辉照屋梁。
安得晨昏同砚席，风流常挹令公香。

(四)

九州顽铁铸舂愚，大错真成过隙驹。

一梦依稀纷穴蚁，三求差幸得玄珠。
曾无张翰思鲈兴，翻羡王尊叱驭驱。
怊怅东隅已西逝，愿陪藜火励桑榆。

先君

步韵答虚谷。

（一）

冰蝉吐属欲成丝，黼黻无功寿世迟。
采蕨久忘三月味，燃藜长笑半生痴。
不逢萧史空回首，合为嵇生一展眉。
未必朱弦从此绝，停云遥唱骋遐思。

（二）

新词辱托布衣欢，珍重琼瑶欲报难。
久矣求弓畏杯影，何曾得士赖壶餮。
阴阳以我为虫臂，汤武于君类马肝。
便到西湖休赋柳，定知人口没遮阑。

（三）

不同尘俗但和光，解得菩提一日长。
漫道笥藏输曳尾，任教遗臭胜流芳。
鹓雏何意惊鸱鼠，樗栎无心盼栋梁。
物我两齐君讶否？灯传唯瓣玉炉香。

（四）

大德曾闻智若愚，盐车难困负辕驹。
沾茵坠溷花经眼，刮垢磨光蚌吐珠。
自昔名场多龌龊，向来笔阵任驰驱。
君家本有文成业，万选青钱莫羡榆。

王素

奉家严命恭和虚谷丈原玉。

（一）

故园消息渺如丝，双鲤迢迢恨到迟。
初讶贫交添尔汝，敢劳前辈问骙痴。
斯文未丧同青眼，稚子何知愧白眉。
幸沐光风并霁月，云天遥望寄遐思。

（二）

远游无计慰亲欢，欲辨金根事亦难。
器小定邀夫子哂，家贫甘饱腐儒餐。
不图得意干云日，为恃忘年出肺肝。
何日门墙植桃李，愿陪风雨送更阑。

（三）

一束生刍映晓光，慈乌啼彻漏声长。
仲谋亚子寻常有，萧艾芝兰不并芳。

华表鹤归疑梦寐，黄泉鱼乐忆濠梁。
劝公且止西河泪，许我多情奠瓣香。

（四）

达人潜德欲归愚，何必纷纭叹隙驹。
但使蒹葭共霜露，不妨薏苡误明珠。
莫嗟欲老流年急，正盼迴车逐日驱。
公亦平生最萧瑟，东隅虽好异桑榆。

三人的诗作，流露的都是真性情，故颇多可圈可点之处，无须赘述。

乙卯（1975年）

此后不久，张耀祖先生即将金月波先生介绍先君订交。大约1975年1月中下旬之交（即下文我诗题所称之“甲寅岁杪”），金先生在家举行消寒雅集，诚邀先君与张耀祖先生赴会，并令其门生刘文劭与哲嗣金铿作陪。其时我仍在嘉鱼，尚未返汉过春节（春节在2月11日）。犹记先君写信告诉我，雅集结束，金先生率先用十灰韵写七律一首，众人屡有唱和。可惜先君现存诗册仅有他自己和我各二首酬应之作，兹录如下，可根据内容，推想当日景象。

七律

先君

归自碧山依韵却寄。

长组丰貂异代开，流风重扇柏梁台。
老仍借我梦中笔，贫不因人灶下灰。
漫讶韶华随水逝，伫看玉树上阶来。
消寒此会尤堪忆，知是浮生第几回。

文劭依韵见寄以此答之。

织就珠玑生面开，天教流辈作舆台。
曾观沧海波难起，拟托名山志不灰。
三绝传神阿堵在，百年生此宁馨来。
老怀未敢藏君善，到处逢人说几回。

王素

甲寅岁杪，家书频至，浣读之馀，欣喜虚谷、栖碧二丈与家严有消寒雅集，飞觞联句，颇尽一时之兴。余以不克侍侧，敬步原韵赋诗二首。

（一）

茅檐长扫棘门开，一阵梅香绕露台。
几见瑶笺书竞病，屡闻铁筋画坑灰。
一堂雅集人垂老，隔岸高吟春又来。

我欲消寒聊运甓，漫劳鸿雁载诗回。

（二）

奉到瑶章冻砚开，沉吟犹忆旧亭台。

红羊历劫生荆棘，白首穷经賸烛灰。

喜见盈阶芝树茂，愧无捧檄好官来。

年年有梦生春草，御李趋庭有几回。

刘文劭（字俊农，号醒翁，斋名留真阁）与金铿（字就砺，号甍轩）传承金先生衣钵，皆能诗书画篆，故先君与我诗颇多涉及。

1975 年，是政治形势变幻较多之年。上半年，全面整顿初见成效。秋，我顶先母职，到武昌区煤建公司当送煤工，总算从农村回到了武汉。11 月，正式开始反击右倾翻案风，大家又都小心谨慎，减少相互走动。

丙辰（1976年）

1976 年春，先君敦邀金月波、张耀祖、翟公正三先生及金铿、刘文劭到寒舍雅集，金先生画梅，翟先生作篆，其他人在一旁品鉴；餐后，大家一起登蛇山，游梅岭和抱冰堂（图 7），兴尽而别。先君命我以诗纪事，我草成三律如下：

图 7　先君与诸丈 1976 年 4 月摄于武昌蛇山（左起：金月波、翟公正、张耀祖、先君）

七律

丙辰季春下浣，家严敦邀栖碧、虚谷、篆庐三丈并文劭、金铿二兄造舍小集，素亦请假奉陪，成诗三章以纪其事。

（一）

在昔恒言春约事，今朝方得话流觞。
联珠合璧迎三老，镂月裁云写两章。
舞筋席间犹矍铄，生花笔底更芬芳。
长歌忽忆天涯客，落月犹疑满屋梁。①

（二）

坎坷山路野藤爬，春尽江城遍地花。
甚矣冰堂人寂寞，依然梅岭意横斜。
观鱼谁羡池中物，掷果猿安槛内家。
怪底登临多感慨，澄江净处乱云遮。②

（三）

踏青归去晚风摇，江上繁星映柳条。
彩笔待成鹦鹉赋，长亭恰在武昌桥。

---

① 原注：颈联前句，虚谷丈能饮。颈联后句，篆庐丈奉邀作篆，栖碧丈奉邀画梅。尾联前句，天涯客指沪上锋如丈。

② 原注：颔联前句，抱冰堂久已封锁。颔联后句，梅岭已无梅，唯存刻石。颈联前句，池与亭间有石桥横跨，余等倚栏摄影。颈联后句，亭旁有猴山，围以铁网，游人掷果戏猴，猴亦自乐。

定知金老神犹旺，却道张翁酒未消。
几度回头远相送，临歧争把素巾招。①

同时先君亦调寄《汉宫春》一首，连同我的四律，分寄诸丈。先君词如下：

汉宫春

先君

春约既践，裁答锋如，兼似同游诸君子。

欲趁春光，奈别风淮雨，屡约常乖。一江咫尺千里，春尽谁来？沪滨书到，更踌躇、雁字难裁。终须信，江山无恙，因循岂有他哉。　蓦地娇阳映丽，喜二难毕集，三径初开。摽梅飞篆都已，只管传杯。出门一笑，任老夫、脱略形骸。登高望，故人天际，不堪眇眇予怀。

此后，诸丈皆有和作，先君亦续有二叠，唯金月波先生才高八斗，屡叠不止。我仅三叠，便觉词穷。兹录金先生四叠与我之三叠如下，以见隔江鏖词之一斑。

---

① 原注：颔联前句，是日未联句赋诗，相约归后选题交卷。颔联后句，家严偕余送客至武昌桥畔。颈联前句，栖碧丈素患喘疾，且喜一日未发。

汉宫春

金月波一叠

喜踏春阳，共登临闲眺，疑与时乖。江山胜似畴昔，几辈能来。孤光写影，爱天然、风剪云裁。凭栏处，游鱼知我，此时乐也悠哉。　　别后新词劳寄，谱汉宫春好，锦字函开。想君云璈按拍，月影挥杯。深情妙语，似清波、涤我尘骸。雄风发，解衣旁薄，浮生几度开怀。

金月波二叠

素侄诗甚老炼，余尤喜第二律，吟赏之馀，不觉足蹈手舞，乃再和《汉宫春》乞正。

天壤王郎，却教人羡煞，女慧儿乖。愁予全局输了，竟让余来。新诗寄我，笔横扫、伪体别裁。箕裘业，续薪传火，人生亦已焉哉。　　老子婆娑此际，任云来云去，花落花开。当歌对酒相属，一饮千杯。我今不乐，谢芳颜、何贵枯骸。休孤负，气清天朗，好风逝入君怀。

金月波三叠

见说渊明，在樊笼尘网，谐寡多乖。田园快要荒了，且赋归来。载奔载问，恨熹微、前路安栽。奚惆怅，昨非今是，知来犹可追哉。　　日涉小园成趣，喜犹存松菊，三径轩开。桑麻田父闲话，有酒盈杯。披榛独往，古之人、无复遗骸。遥遥望，白云深处，良辰入我奇怀。

金月波四叠

素侄以新词见示，兼向铿儿挑战，彼于此道茫然，真所谓对牛弹琴，索解人亦难得也。新词深婉，其雏凤声清逾老凤乎？

地覆天翻，奈昨非今是，理屈词乖。吾儿未堪继往，岂得开来。归欤长叹，念狂狷、渺不知裁。苍茫感，悠悠天地，吾其谓彼何哉。　　忽见汉宫春色，似黄叶池上，菡萏风开。千回万遍吟赏，不觉空杯。世人那解，是君身、自具灵骸。拈花笑，浅斟低唱，微窥雅志高怀。

王素一叠

栖碧丈来书谬奖，深感惶愧，继悟“箕裘”、“传薪”之义，敬叠原玉，录呈铿兄雅正。

赤壁荆门，似劳人草草，方寸多乖。旧巢不负雏燕，五载归来。琴书无恙，数牙签、锦字初裁。还须问，箕裘事业，有谁与我同哉。　　尘海忽逢乔梓，喜殷勤见诲，茅舍全开。传薪自古无愧，莫问弓杯。譬如俗骨，待熏陶、也作仙骸。兰言在，录呈一笑，知兄共此情怀。

王素二叠

登蛇山梅岭，用旧韵呈栖碧丈。

寂寞春山，甚睽违五载，景与情乖。当时落帽年少，骑鹤曾来。陵迁谷变，便依稀、旧梦难裁。玄都观，桃花千树，于今料不殊哉。　　阅尽红凝翠蕤，奈低回梅岭，不见梅开。微吟怕用檀板，且伴金杯。山灵欲睡，莫惊她、玉骨冰骸。会心处，披襟自乐，临风一展孤怀。

王素三叠

重游蛇山，用前韵寄栖碧丈。

黄鹄矶头，看怡红暖翠，地巧天乖。书生意气何限，携手重来。龟蛇无恙，喜江山、旧貌新裁。凭谁问，龙蟠虎踞，古今岂有同哉。　　九十春光绮丽，听莺歌燕舞，雾散云开。楚天极目千里，且泛流杯。神州八亿，指旌旗、谈笑忘骸。尤堪忆，先忧后乐，登临不负高怀。

金先生四叠：一叠针对先君原词，二叠针对我前揭三律，四叠针对我的一叠。我的三叠：一叠针对金先生二叠，二、三叠针对金先生三叠。

尤其值得一提的是，鏖词同时鏖诗。金月波先生回家之后，当夜即撰七律一首，分寄与会众人，成为首唱。此后众人纷纷唱和。这里仅录三叠如下：

七律

金月波首唱

燕生招饮，共游抱冰堂、梅岭，归而有作。

行乐坐忘老大悲，山灵相约盍来归。

风幡莫遣随心动，江水其如濯足非。
久矣冰堂人寂寞，惆然梅岭梦依稀。
何当再把浮丘袂，千仞冈头共振衣。

先君一叠

秋来春去未成悲，零雨其濛岂曰归。
休向遥空书咄咄，何妨遐想入非非。
砚田无税贫交尽，梦笔生花好句稀。
垂老江湖行不得，漫将鱼服比征衣。

张耀祖一叠

齿豁头童未足悲，卷舒唯羡岫云归。
吟边岁月尘中老，忆里楼台象外非。
露重枝头蝉唱涩，风高江上雁书稀。
闻君尚有登临兴，待检巾箱浣袷衣。

王素一叠

遂初无喜亦无悲，却胜千年丁令归。
城郭人民浑似昔，月明华表未全非。
醉中寻乐春常驻，枕上敲诗梦欲稀。
待到晚晴秋更好，陪公江浒试褰衣。

金月波二唱

浮世无心发大悲，苍茫四顾与谁归。

不辞敛退成新儒，庶可追来悟昔非。
之子多情怜我老，斯人相得似君稀。
炎炎日待江南客，旁薄何当一解衣。

先君二叠

壮不忧怜老不悲，为医羸疾借当归。
贫餐藜藿添滋味，老爱糊涂忘是非。
甚矣吾衰嗟梦久，芒然予病揠苗稀。
何如皈化无遮国，袒裸由他笑著衣。

王素二叠

万古逢秋万古悲，百川东去不西归。
分阴且作寸阴惜，今日能知昨日非。
梦得岂无诗律细，长源休赋柳花稀。
明朝若践黄花约，送酒何人著白衣。

金月波三唱

示于野[①]。

写乐则欢哀则悲，新诗满贮锦囊归。
不差毫发生成就，宁是心肝呕出非。
北海尊空蛇影在，南山雾隐豹斑稀。
清秋清水清如玉，好共沧浪试濯衣。

① 《礼记·檀弓上》："幼名、冠字。"同书《曲礼上》："男子二十，冠而字。"先君以"于野"为我之字，取"素王于野"之意，非谓我可为素王，而是勉励我以素王为师。

先君三叠

与君同乐复同悲，不与君同只后归。

无意课徒聊课子，有楼传是莫传非。

乘酣泼墨心犹壮，临老焚膏世所稀。

他日更同文艺传，夕阳何必爱乌衣。

此次同时鏖诗，张耀祖先生一叠即止，我二叠亦止，先君奉陪至五叠亦封笔，而金月波先生仍似意犹未尽，可见才力之深不可测！

是年江城雅集，还有两次值得追忆：一次是七夕，一次是重阳。

七夕在金月波先生家雅集，极欢而散。由我调寄《八声甘州》首唱，之后众人亦屡叠不止，可惜先君诗册未能全部收录。兹录我之原词与金月波、张耀祖二先生与先君各一叠及我之二、三叠如下，以见此次鏖词之一斑。

八声甘州

王素首唱

丙辰七夕，家严偕余谒栖碧丈于无是楼，文劭兄踵至，虚谷丈亦姗姗其来，盘桓竟日，极欢而散，感而赋此。

倩长江滚滚洗离愁，鸥盟正当时。况三春判袂，一朝把臂，此乐难支。满座觥筹待举，有客怅来迟。兴致淋漓处，罚酒盈卮。　　醉后纵谈千古，叹白云苍狗，变幻如棋。

任光阴兔脱，来者不须追。但薪传，生驹跨灶，共此情，一笑展银眉。黄昏矣，频坚后约，秋以为期。

金月波一叠

读素侄新词和之。

叹吾生白月与清风，消磨成何时。况缠绵残喘，欹斜破屋，久岂能支？可惜耕耘灌溉，悔未学樊迟。若问诗中酒，祝此空卮。　　此局完全输了，且掀髯大笑，挥手推棋。是天生长足，蹩脚哪能追。羡阶前，芝兰玉树，胜我儿，展卷蹙双眉。重阳约，怕他风雨，误了佳期。

张耀祖一叠

和素侄原玉，追记盛夏之会，呈燕、碧。

信人生行乐在芳春，须及少年时。记涉江前度，骄阳似火，溽暑难支。座有高才疾足，偏笑我来迟。拼却泥头饮，甘罚三卮。　　贤主深情多艺，慨挥毫飞白，布局弹棋。痴绝烂柯樵子，心艳力难追。最是仪人羲献，怪从来，谣诼妒蛾眉。然秋约，霜凝菊蕊，再觌无期。①

先君一叠

用素儿原韵和栖碧。

怪镃基不解趁东风，耕耘总违时。剩黄花三五，迎霜

① 张耀祖此词下半阕最后二句，另本作："是日畅和饱德，伴归途，一路月如眉。浑忘却，今夕何夕，天上星期。"意思不尽相同，故两存之。

寄傲，瘦骨难支。恰似衡门处士，一壑自栖迟。幸有陶情处，两盏三卮。　　美甚芝兰玉树，让君家四绝，书画诗棋。借生公法乳，来者正堪追。任吴宫，承恩在貌，是佳人，休与斗长眉。东篱下，且听蝉噪，莫负襟期。

王素二叠

和栖碧丈。

正寒窗苦读伴秋蝉，清宵转寅时。问腹书能贮，几多宇宙，几许干支？公似高山早白，我愧果生迟。说甚芝兰树，一笑倾卮。　　为报殷勤见寄，待三秋践约，再整残棋。料咳珠唾玉，好句许陪追。更挥毫，云山在望，要钟王，顾盼亦低眉。门墙外，嗟余小子，敢负心期？

王素三叠

和虚谷丈。

甚新词哀飒似悲秋，为谁断肠时？正鸱鸮惊梦，慈乌泣血，此恨难支。我本轮囷肝胆，慰意莫嫌迟。未及劝公酒，泪已盈卮。　　大局而今定矣，纵邀来国手，难挽输棋。弃一窠官子，补后或能追。算飞黄，尘间有几，是豚儿，天不白其眉。琴歌罢，何妨自乐，犹及荣期。

重阳仍在金月波先生家雅集，亦极欢而散。由张耀祖先生调寄《贺新凉》首唱，之后众人亦屡叠不止。兹录张先生原词与我之二叠、金月波先生三叠、先君三叠（为一、二、四叠，第三叠为“报载上海穷追‘四人帮’，喜而不寐，步韵寄怀锋如兄”，不录）如下，以见此次鏖词之盛况。

贺新凉

张耀祖首唱

九日栖碧座中，同游者燕生乔梓。

霜重黄花瘦。怅今年，中秋两度，迟来重九。老了木樨过了雁，衰了疏桐高柳；烫不了，吟魂皴皱。槲叶声中风和雨，正愁人，愁上添愁候。多少事，惊回首。

故人恬退无官守。羡庭阶，兰茁竞爽，竹孙擢秀。有客移樽申前约，恨不吸江吞斗；趁此际，苍颜红透。风劲不防吹帽落，制颓龄，借取壶中酒。飞巨斝，为君寿。

金月波一叠

步韵答虚谷。

笑耸吟肩瘦。数平生，不如意事，十常八九。贾谊少年冯唐老，生意婆娑似柳；更蓦地，平湖风皱。记得碧山归来日，恰千桃，花雨缤纷候。舒大啸，一搔首。

飞来雏鹤寒相守。慰重阳，南山松老，东篱菊秀。闻有幽人高轩过，都是文章山斗；喜移尊，乐极欢透。往事如云君休说，且开怀，尽此茱萸酒。愿小辈，如公寿。

先君一叠

重阳聚后，虚谷以《贺新凉》词来，爱其苍凉深婉，步韵以答。

莫问离魂瘦。问新词，何如秦七，何如黄九？仿佛纤纤懊侬语，伯仲之间韦柳；更何论，一池吹皱。同是良朋高会意，胜稼轩，赋罢停云候。题襟集，兹为首。

吟魂镇日同厮守。倚南窗，碧山虚谷，苍然竞秀。一个情深多妩媚，一个才高八斗；正晚节，才情熟透。祇我樗材甘下学，醉重阳，但祝先生酒：诗总好，人长寿。

王素一叠

步韵答虚谷丈。

怕对残红瘦。更难堪，满城风雨，倏临玄九。不见寒蝉鸣高树，但见枯杨衰柳；怎禁得，眉头紧皱。万类霜天犹自乐，雁南翔，幸不迟佳候。登临望，频搔首。

长风冲破关河守。问东篱，两开丛菊，缘何独秀？秋节因之添香色，夜夜旋牛转斗；怪总把，离魂沁透。未识人间天上事，且奉觞，痛饮茱萸酒。开笑口，介眉寿。

金月波二叠

喜读素侄新词，再用虚谷韵凑一阕。

云淡天容瘦。贺新凉，潜龙毋用，爻占初九。不见钓鱼台上客，个个张腮穿柳；如热饮，熨平心皱。社鼠城狐今安在，怕思量，跋扈飞扬候。奋赤帜，愚黔首。

独君一卷寒灯守。若超然，群中之矫，林中之秀。孽海长鲸恣狂饮，酷似渴乌翻斗；终把这，苦蝉参透。高唱新词惊奇绝，漱芳馨，酿此忘忧酒。一片纸，千年寿。

先君二叠

步韵酬栖碧，自嘲兼戏虚谷。

已咤秋光瘦。又惊心，敲冰镂骨，寒生九九。冻赭颓颜凭谁信，张绪风流似柳；到而今，鸡皮欲皱。略比当年差胜处，正稼轩，识尽愁时候。追往事，须颔首。

斯文一笑宜坚守。要提防，有人三采，山间三秀。一采君才最横溢，直逼文光射斗；更百步，穿杨力透。二采穷愁是虚谷，老头皮，断送耽杯酒。三采我，愚而寿。

王素二叠

重阳践约，栖碧丈为东道主，席间问答，家严因代余乞石印于丈，丈颔之。月过二旬，丈以书来，旁附拓片四，朱白篆隶各二，波磔明晰，生意盎然。顾余疏浅，竟蒙丈垂青至此。谨用虚谷丈《贺新凉》新韵，以申谢悃。

笔底峰峦瘦。望苍茫，云环雾绕，重霄上九。更爱颠张与狂素，不作寻常颜柳；料波磔，同源皴皱。洄溯难从衣带水，怅年年，阻我程门候。高山仰，空翘首。

定将心法铭心守。只愁回，从公日浅，苗而不秀。

幸有深衣代鞭策，金印先施似斗；愿铁砚，磨穿纸透。情比春晖敢云报，待新正，再整屠苏酒。先公饮，祝公寿。

金月波三叠

素侄学书仅三月，成绩斐然可喜，凑此词以宠之。

股折金钗瘦。走龙蛇，回文周四，连环套九。薜荔攀墙藤蟠地，裹裹风中垂柳；看满纸，蒸腾云皱。笔力可扛龙文鼎，恰张颠酒醉神来候。墨似海，狂濡首。　　书香世业君堪守。数家珍，大令荀若，右军兰秀。写得池塘清波黑，黑瀋馀将三斗；人道是，巧生熟透。意造我书本无法，莫家鸡野鹜茶当酒。千里足，无量寿。①

先君四叠

喜读素儿“呈栖碧丈”新词，四叠前韵，兼呈栖碧兄。

鹤骨新来瘦。又挑灯，阳关叠四，枯肠回九。喜汝新词开生面，不似嘲杨讽柳；也不似，心酸眉皱。但说春风桃李志，似浴沂，啸咏而归候。吾与点，三颔首。

青毡故物尤须守。算亢宗，诸昆碌碌，唯儿独秀。

① 文劭附笺云：“｜日前，素弟将近月所书草字二纸寄尘碧师，碧师大喜，上周特托文劭送来图章二方及习字纸一束，旋寄此词以督勉之。上片谈草法须用连笔、活笔，要狂放而不经意；下片教以临池须勤，俾熟能生巧。全阕多用草书典故，颇切。又我等以素弟读书过勤，甲亢未愈，人极消瘦，惧其不寿，故末韵屡为之祝。”素按：文劭兄所云“图章二方”，即拙词序所说“拓片四，朱白篆隶各二”者，盖每方图章两面各刻一印也。栖碧丈所刻图章，素至今仍宝用之。又，余于1976年春，因过于劳累，患甲状腺机能亢进，时正在康复中。

世业曾无三槐荫，且掇文章魁斗；更笑把，浮名勘透。
从此斑衣备三乐，愿年年，共进团圆酒。儿介福，爷增寿。[1]

是年岁杪，还有一次雅集可以一提。因为我向金月波先生学习草书，至此已逾半载。此次雅集，可能是我第一次即席赋诗，同时也是我第一次将自己的诗作亲笔题写在画上。雅集原委与赋诗题画经过俱见拙诗并序，遂录如下：

丙辰残腊，文劭兄设消寒会，少峰、栖碧、虚谷三丈先后赴会，家严偕余亦与焉。栖碧丈作梅花图，命各赋一诗题其上。余诗最先成，并手题图之下端。诗云：

江南借得一支春，锁在长门久不闻。
恰似采苹甘寂寞，半帘冷月照冰魂。[2]

丁巳（1977年）

1977年农历正月初三，先君做东，邀金月波、张耀祖二先生与刘文劭、刘丹（隽光）、汪昌仑、余传棚（孟阁）来寒舍小

① 先君自注："此词句句用典，上片切师生，下片切父子，且三用王氏故事。"

② 采苹，姓江，莆田人。唐开元中选入宫，侍玄宗，大见宠幸，性喜梅，玄宗戏称"梅妃"。旋因杨贵妃妒忌失宠。玄宗后思之，封珍珠一斛，密遣使者赐妃，妃不受，以诗付使者云："柳叶双眉久不描，残妆和泪污红绡。长门自是无梳洗，何必珍珠慰寂寥。"采苹死于"安史之乱"。事见宋传奇小说《梅妃传》。

聚[①]，我主陪，其间曾有射覆倚声之乐。经过俱见拙词并序，逐录八人新词如下：

虞美人·早春

王素

丁巳正月初三，家严作东道主，约栖碧、虚谷二丈及文劭、隽光、昌仑、孟阁诸师友于斗室小聚。栖碧丈拟画春景一幅，家严因拟八题分属八词牌，请诸人射覆。余拈得早春《虞美人》，即席赋此。

江南渐被和风绿，草色遥迷目。桃蕾未结柳初芽，省识东君乘兴到天涯。　　年年得践阳春约，喜把金樽酌。筵前共祝寿无疆，恰似烟波浩淼水流长。

蝶恋花·芳春

先君

绿满池塘吹欲皱，双燕归来，正是花时候。灼灼桃夭红已透，有缘人自成佳偶。　　名辈风流今在否？醉倚儿肩，笑指青青柳：何必筵前拼一斗，陌头春色浓于酒。

① 刘丹为文劭堂弟，与汪昌仑并为先君华农附中同事，皆曾从先君问学。余传棚为先君唯一正宗门生，先后考取华中师大中文系77级本科与武大中文系81级胡国瑞先生硕士生，毕业后留武大中文系任教，发表《花间词派评辨》、《唐宋词流派研究》等论著，颇受好评。

临江仙·晚春

金月波

二十四番风信，等闲吹到荼蘼。游丝袅袅柳丝垂，踏青人未老，相约试单衣。　　到处莺歌燕语，无边絮舞花飞。劝君且慢送春归，夕阳红更丽，珍重爱馀晖。

双调忆江南·望春

张耀祖

春有约，何处发征骖？雪暗隋堤眉绿杳，冰封邓尉靥红酣，芳讯问江南。　　春归否？愁绪正难堪。旧苑风光犹可忆，上林消息不须探，留与古人谈。

诉衷情·探春

刘文劭

试骑黄鹤入江楼，为问水东流：何时冰解春动，偕到百花洲。　　鸥先觉，浪中浮，镜中游。梅根会意，玉骨含香，待报枝头。

相见欢·迎春

余传棚

蜡黄褪尽匆匆，喜相逢，又见几丝嫩绿几丝红。
冰欲涣，莺初乱，兴朦胧。正好安排诗酒对东风。

惜纷飞·送春

汪昌仑

细雨丝丝香满路，车水马龙如缕。才把佳期赴，飞红却伴流莺语。　　忍泪拼将春送去，犹忆年年雅聚。莫问春归处，无人留得韶光住。

思佳客·惜春

刘丹

何事匆匆不见春，落花流水两无情。小楼一夜薰风起，独拥罗衾欲断魂。　　春已杳，梦难寻，无言桃李立程门。明年再得花如锦，留住春光伴雅人。

看得出来，八人水平相差很大。先君与金月波先生的词最为贴切老到，张耀祖先生的词也有独特韵味，皆为诸晚辈所远远不及。当然，作为文人雅趣，能够陶冶性情，自娱自乐，仍是最重要的。

是年的诗词唱酬，从正月初三这次开始，直到年末，基本未曾停歇。但由于下半年国家恢复高考，我要准备考试，除正月初三这次外，仅参加过两次。

第一次是金月波先生农历去岁“冬至夜读史”，调寄《贺新凉》

一阕，八叠前韵[①]，接着又读先君旧著《辛弃疾评传》[②]，新撰七律一首。前揭《贺新凉》，先君已有五叠，我亦有二叠，均感续和不易，便仅步七律韵，但内容针对实际包括前词后诗，故先君的和作称“两奁”，我的和作称“两正”。我仅一叠。先君二叠，第二叠用回环韵，有巧思在焉。兹录如下：

七律

金月波

读燕生大著《辛弃疾评传》书感。

弃疾南来终落寞，仲淹西去亦凄皇。
六经续稿谁传者，万字平戎孰主张。
壮岁旌旗空浩荡，盈门桃李尽荒唐。
风檐一展君书读，老泪无端涌满眶。

先君

碧兄潜心读史，兼以《书感》诗见寄，作此两奁。

滔滔天下吾谁与，孤负髫龄咏凤皇。

① 附金月波八叠《贺新凉·冬至夜读史》：“览鉴惊奇瘦，对残缸，冬阳生一，宵寒进九。几日柳花纷如雪，转瞬雪花如柳；忆古昔，心潮胜皱。横槊赋诗雄风发，到分香卖履凄凉候。尧与桀，同邱首。　河山带砺盟谁守。怪无端，操戈同室，天朝双秀。底不同心摧强虏，坐困危城如斗；致使得，人心丧透。何似黄袍加身后，释兵权只借一杯酒。共富贵，同延寿。”

② 1957年，此书承夏承焘先生推荐，湖北人民出版社原已决定出版，但因先君身陷“反右”冤案，而最终不得不退稿。此书的写法虽具一定的时代性，但史实与结论实际不受时代约束。作为先君遗著，我还是会将其整理出版的。

三见鸡虫争得失，又传文武故弛张。
荀韩扰扰分儒法，刘李纷纷易汉唐。
竖子成名同鼠窃，未须掩卷泪盈眶。

王素

讽碧丈《读史》词，步《书感》诗韵，寄呈两正。

莫道结庐人境乐，南窗空自卧羲皇。
深宫狗盗函关出，大泽狐鸣楚国张。
一夜鬼神劳贾谊，两朝文景老冯唐。
藤萝得意寻常有，展卷何须泪夺眶。

先君

病起戏用回环韵酬栖碧。

世味久尝浓似墨，名圈细看小于眶。
闻君画鬼思吴道，许我图牛学李唐。
地狱尽呈牛鬼相，人间正赖画图张。
图成醉客迎疯客，画出男皇换女皇。

第二次是金月波先生为了教我草书，自临智永《草书千字文》赠我，令我感激莫名，我调寄《木兰花慢》一阕，谈学草书感想，以答谢金先生，然后金先生一叠，我亦一叠。仅我与金先生二人唱酬，其他人未曾参与。兹录如下：

木兰花慢

王素

碧师以自临《草圣千文》见赐，云龙飘矫，想见吾宗体态；而笔意之间，犹存先生本色，殆所谓人相我相，两臻其妙欤？乃知面临则先人后我，背写则先我后人。初学津梁，忽然有得，因填此词，上报师命。

千文临草圣，怯鬼斧，叹神工。待绣了鸳鸯，从教细看，我在其中。形骸外，休雕凿，似天然清水出芙蓉。法帖何分真赝，爱它貌异心同。　　嗟予小子习雕虫，匍匐勉从公。要善学邯郸，先忘故步，后继芳踪。拈花笑，公知否，喜筌蹄鱼兔总相通。说与旁人不解，入门自得宗风。

金月波

和答素侄。

吾书本意造，不求似，不求工。且我闻如是，法乎其上，仅得其中。相从乃有吾子，恐误将朝槿认芙蓉。觅得千文临写，供君校异参同。　　龟龙蝌斗鸟鱼虫，酌定乃为公。画葫芦依样，亦趋亦步，奔轶绝踪。鸿蒙本自无路，待别开蹊径始相通。斫去鼻端白垩，运斤先要成风。

王素

碧师和章有朝槿芙蓉之谦，是教素未得鱼先忘筌也。乌乎可？赋此奉答。

学书虽小数，有人力，有天工。问素也何居？惭非上智，允执乎中。如刻鹄，先类鹜，渐生成长剑削芙蓉。一旦天人相得，途殊不碍归同。　　自怜身似蠹书虫，天赋不如公。纵败笔如丘，清波尽墨，难继高踪。葫芦样，年年画，庶精诚所致豁然通。若教中流舍筏，怎能破浪成风。

戊午（1978年）后

1977年，我考取武汉大学历史系本科，1978年3月，去武大历史系报到，从此过上了另一种生活。同年7月，我又考取同系研究生，9月入学，遵业师唐长孺先生之命，专心学术，少写诗词，再也没有参加江城雅集活动。而实际上，在我1981年硕士毕业赴京工作之前，江城雅集活动就基本告一段落。这是因为金月波先生之不幸先逝。先君有诗哀悼，谨录如下：

七律

哭栖碧兄。

（一）

劈破蓬壶走世尘，每从三绝忆前身。
不衫不履原无我，能拙能工总有神。
一抹云山饶物兴，十行章草见天真。

已知俱付游仙梦，犹自汍澜问夙因。

（二）

高山流水任凄然，忍向琴台理旧弦。

七载忧怜相尔汝，百年交分共人天。

曾因斗韵夸雏凤，为爱传经惜老燕。

今日焦桐拼一醉，馀生不作白头悬。

先君原注：“碧兄卒于1980年8月21日，农历七月十一日。生前最爱余《夜读》颔联‘鬼哭神嘲仓颉笑，梁高人困白头悬’二句[①]。1980年8月27日。”金月波先生是先君晚年至交，其突然病殁，对先君打击甚大，先君对于江城雅集活动，也逐渐失去了兴趣。我当时仍在武大读书，心情亦极悲痛。金先生为传统士大夫，对学生的事业前途一向关心。抗战爆发，辗转至四川合江国立女中教国文，课外教授学生诗词。抗战胜利，返汉前夕，选学生词作七十首，自费编印《縠音集》一册，分赠学生留念。此后学生各奔东西，音讯多无。1959年，吴宓（雨生）给金先生写信，告知学生李定慧消息，金先生喜不自禁，在《縠音集》李定慧词作旁题七律一首，并记原委云：“出縠雏音久寂闻，每思羽健已凌云。十年我早添华发，馀力谁还习艺文。钟磬岂真成绝响，

① 附先君原诗《碧兄以读流沙坠简遣病诗见寄，即以夜读叠韵答之》：“斯文共我一灯延，故纸成堆到枕边。鬼哭神嘲仓颉笑，梁高人困白头悬。朝闻夕死诚无恨，夜寐晨兴别有天。岂为玉楼甘作记，谪居犹胜藐姑仙。”

芝兰长是忆同熏。摇流曲影江心墙，一语能新苦誉君。一九五九年元夕，雨生长者函告定慧消息有作。”（图 8）令人感动。而我失此良师，草书学习竟至中途而废。呜呼哀哉！

接着去世的是刘锐先生，时间是 1988 年 2 月 26 日。我与刘先生从未谋面。1975 年春，刘先生自沪莅汉访旧，先君曾约舍间小饮，金月波、张耀祖二先生作陪，有诗唱和。当时我尚在嘉鱼茶场，未能与会。但拜读过很多刘先生的诗词，甚为佩服！张耀祖先生陪伴先君时间最长，与先君一直保持联系。他与金月波先生都是黄鹤楼书画社的创始人，金先生殁后，张先生提携刘文劭、金铿参加黄鹤楼书画社活动，颇为尽力。先君 1984 年 10 月游桂林，撰《漓江舟行》七律一首，云：“梦到南天鬓已丝，山灵休怪我来迟。才过桂岭清秋节，犹及漓航潟渡时。逝水有情堪照影，好峰无处不藏诗。扣舷漫笑形容老，对酒何妨再一卮。”张先生有和作，题曰《奉和漓江舟行原匀录尘燕生兄挥郢》，诗云：“一卷青灯照髩丝，跫然始悟足音迟。翻怜西子凝妆日，未及漓云弄影时。快意已穷千里目，赏心何有数行诗。何时更续香山会，散发颓形倒巨卮。”末署：“虚谷拜稿。”（图 9）张先生大约是 1997 年前后去世，早于先君数年。呜呼哀哉！

文人雅集，射覆拈题，飞觞联句，诗词唱和，书画品鉴，这种传统陶冶性情、相互学习和砥砺的文艺游戏，今人多已不甚了了，我则有幸曾经预流或入流。这种体验和经历，不仅提高了我的诗词创作和书画鉴赏的水平，提升了我的传统文化的综合素养，

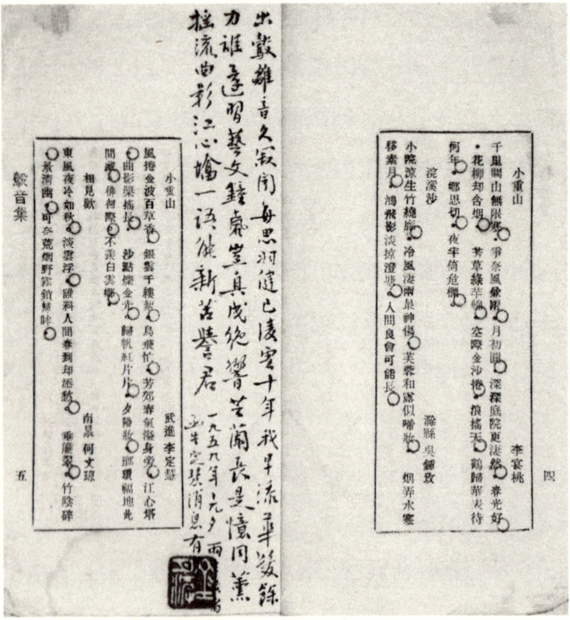

图 8　金月波先生《穀音集》题诗并记手迹

更是我一生取之不尽、用之不竭的精神财富。为此，我要向前文提到的包括金月波、张耀祖二先生在内的所有前辈学人致谢和致敬！

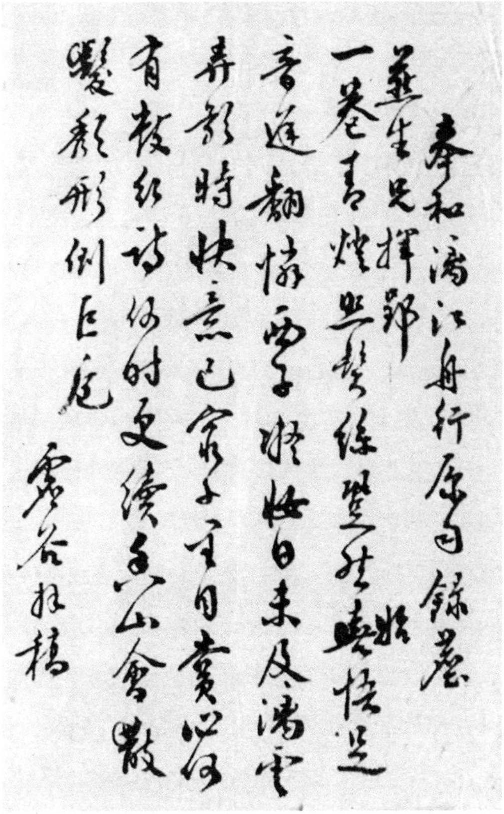

图 9　张耀祖先生步韵回赠先君《漓江舟行》七律手迹

李征先生与《吐鲁番出土文书》

我认识李征先生，是在1981年初冬。是年秋、冬之际，我从武汉大学研究生毕业，不久就北上，到北京市东城区五四大街沙滩红楼报到，成为国家文物局古文献研究室的正式员工。上班第一天，就见到李征先生。当时，古文献研究室在红楼四楼东侧，我与吴震、景爱两位先生一间办公室，李征先生与王去非先生一间办公室。两间办公室紧邻，吴震先生与李征先生都抽烟，常常开着门，彼此都经常从对方门口经过，见面打招呼是天天必做的功课。

李征先生异常清癯，总有一种营养不良的样子，可能与他过于节约有关。他与吴震先生都住西四大拐棒胡同文物出版社分配的一套三室一厅宿舍，三室一大二小，他俩一人一小间。他中午从不去单位食堂吃饭，都是自带两个馒头和咸菜，在办公室简单解决了事。晚上回宿舍也是用大白菜下面条。他抽的都是便宜烟，比吴震先生抽的烟至少要低两个档次（吴震先生一般抽“大前门”，

3角8分一盒；李征先生一般抽“圆球”，2角一盒）。当时我就常常担心李征先生健康会出问题，曾当面提醒过他，希望他注意，但他不以为意。后来，果然因身体单薄，抵抗不了病魔（肺癌）的侵蚀，年仅六十二岁（1927—1989）就过世，想起来就令人心痛！当然，这是后话，这里按下不表。

离开武大前，唐长孺师找我谈话，先告诉我：自己虽是古文献研究室的主任，但由于只是兼职，而且每年只在寒暑假来京，日常工作实际是由书记王东明负责。我的工作将由王书记负责安排。然后说：“《吐鲁番出土文书》（以下简称《文书》）释文工作已经基本告一段落。由于俗别字和特殊符号较多，无法铅排制版，目前是请退休的邵怀民先生抄录制版。为了保证质量，曾经制定一个工作程序，即邵先生抄稿前，先由新疆考古所的李征先生将释文与原件校核一遍（当时李征先生保管原件，装原件的保险柜都在李征先生办公室，王去非先生身体有恙，经常不上班，故实际是李征先生一人一间办公室）；邵先生抄稿后，再由新疆博物馆的吴震先生将邵抄件与释文校核一遍。你参加《文书》整理，暂时主要是协助李征、吴震两位先生，从事校稿工作。”我铭记于心。

我上班大约一个多月后，也就是1982年1月，王东明书记开始按照唐师的交代，给我安排校稿工作。先是每天上午在李征先生办公室试校文书，即将唐师主持做的释文与原件校核。如前所说，这原本是李征先生的工作。大概工作了两个星期，由于我天生细心，又有些古文字功底，校出了一些问题。李征先生很满意，给唐师写信，希望我能代替他，承担邵先生抄稿前的与原件校核的工作，以便他能专心为编辑图文对照本拍摄图版。唐师是否同意，我不清楚，总之，从这之后，我就正式开始每天上午在李征先生办公室从事释文与原件校核工作了。

《文书》有两种本子：一种为释文本，全十册，属于向学术界征求意见的本子；一种为图文对照本，全四卷，属于根据各方意见进行修订的最终定本①。释文本第一至第三册，出版时间都在1981年，即在我到古文献研究室之前，就已出版。因而我从事释文与原件校核工作，是从释文本第四册开始的（后来为了编辑图文对照本，又根据照片将释文本第一至第三册校核了一遍。这是后话，与本文关系不大，无须赘述）。这项工作大约进行了两年。也就是说，这两年间，每个工作日，我都有半天时间与李征先生单独相处。但很可惜，由于我工作起来十分专注，而李征先生除了给我开保险柜取原件外，同时又要为编辑图文对照本拍摄图版，我们很少有机会长时间聊天。印象中，只有三次较长时间聊天：第一次是谈文书碎片拼缀程序，第二次是谈《文书》“前言”删定工作，第三次是谈麴氏高昌历法问题。

（一）关于文书碎片拼缀程序。我看的原件，都由若干碎片

---

① 国家文物局古文献研究室、新疆维吾尔自治区博物馆、武汉大学历史系编，唐长孺主编《文书》释文本全10册，文物出版社，1981年1月至1991年10月；中国文物研究所、新疆维吾尔自治区博物馆、武汉大学历史系编，唐长孺主编《文书》图文对照本全4卷，文物出版社，1992年10月至1996年12月。

拼缀而成，有些碎片一看就能缀合，有些碎片却很难看出能够缀合。一次，我问李征先生："文书拼缀有什么诀窍？"李征先生告诉我：文书拼缀，看似简单，其实有一定的程序。一要看纸张是否同质，二要看碴口是否接合，三要看内容是否关联，四要看书法是否一致，五要看墨色是否相近，等等。其中，碴口并非决定因素，因为这些文书大部分拆自纸鞋、纸帽、纸腰带，古人剪裁制作这些冥器时，将文书剪开后，还要根据冥器的尺寸进行裁边，因而碴口真正能够接合的实际并不多。后来了解到，《文书》碎片近万，拼缀成三千件文书，所有揭剥、拼对工作，几乎都是李征先生独立完成的。我对李征先生真的是感佩无量。

（二）关于《文书》"前言"删定工作。1974 年 10 月，为了展现"文革"成果，经周恩来批准，王冶秋主持，相继成立了《文书》与《银雀山汉墓竹简》、《马王堆汉墓帛书》三个整理组。按照当时的政治环境，知识分子需要与工农兵相结合，每个整理组都必须配备工农兵一起工作。《文书》整理组配备的是上海某工厂的一名工人，另两个整理组配备的则是中国军科院的军人。另外，任何文章，前面都必须冠以"最高指示"。因此，释文本第 1 册的《前言》稿本，前面原有"最高指示"，最后参加人员列名也原有上海某工厂工人某某。但正式出版的《前言》却都没有了。一次，我问李征先生："这些内容是谁删除了？"李征先生告诉我：1980 年，释文本第 1 册出版校样，当时政治环境已经大变，"是唐先生看《前言》校样时，大笔一挥，将这些内容都删除了”。说罢哈哈大笑。我很少看到李征先生这么高兴，故而给我留下很深的印象。

（三）关于麹氏高昌历法问题。我早年曾自学中国古代天文历法，在从事《文书》释文与原件校核工作时，手边常备的工具书，一本是陈垣先生著的《二十史朔闰表》，一本是文物出版社出版的《中国历史年代简表》，经常将墓葬文书和同出墓砖所见纪年和朔闰干支与二表进行比对，发现麹氏王国的朔闰干支与《二十史朔闰表》常有差异，觉得很奇怪。当时已有一些论著含糊提到高昌恐有自己的历法，故置闰与内地不尽相同，但究竟是谁最早提出这个观点，却不得其详。一次，我问李征先生：“是谁最早提出麹氏高昌有自己的历法？”李征先生坦然地回答：“是我。”可能担心我不相信，又强调说：“确实是我。”然后向我介绍，他是在参加《文书》整理组后，一边工作，一边思考，才逐渐有此认识的。后来，我撰写《麹氏高昌历法初探》，在正文和注释中分别说：

> 吐鲁番出土的麹氏高昌时期的文献，所记朔闰大小月与同时中原王朝行用的历法对比，颇有出入。这个问题，有关专家早就注意到了。然而，他们对此没有作进一步的研究，就匆匆认定是边人文化低而误计。直到最近，新疆考古所的李征才首次肯定：麹氏高昌有自己的历法。
>
> 其说略见于与穆舜英、王炳华合撰的《吐鲁番考古

研究概述》一文，《新疆社会科学研究》[1982年]20期，总120期。《吐鲁番出土文书》整理小组接受了李征先生的意见。如在该书第二册（316页）所载《高昌和婆居罗等田租簿》之前加题解指出："高昌置闰与内地历法不尽相同。"①

这可能是我为李征先生做的最有意义的一件事。

大约1986—1987年之交，唐师鉴于《文书》释文本校核工作已经完成，图文对照本图版拍摄工作也告一段落，就宣布《文书》整理组可以解散了。但实际上，前一工作虽已完成，后一工作还有一些缺漏。当时做这一决定，我以为原因应该有三：一是唐师自己眼力益衰，很难来京继续主持工作；二是整理组成员在自己单位工作日趋繁重，很难来京继续参加工作；三是有我在京善后，唐师基本可以放心。李征先生从此回到新疆，我们实际上再也没有见过面。

1989年3月初，由于《文书》图文对照本的出版，文物出版社要价高昂，古文献研究室领导韩某又坚决不作为，经过几年努力，仍无任何进展，我给李征先生写信，一则问安，二则述说苦

① 王素《麹氏高昌历法初探》，《出土文献研究续集》，文物出版社，1989年，第148、180页注①。柳洪亮后来说："最早发现并肯定麹氏高昌自有历法的是新疆考古所的李征先生。"就是根据我的这篇论文。见柳洪亮《新出麹氏高昌历书试析》，原载《西域研究》1993年第2期，第16—23页，收入《新出吐鲁番文书及其研究》，新疆人民出版社，1997年，第339—354页。

闷[①]。不久，收到李征先生的回信。李征先生写信，从来很随意，既很少分段，也很少打标点。这是我这儿保存的李征先生唯一的一封手书信件，李征先生留下来的文字很少（参本文“后记”），留下来的手迹更少，故十分珍贵。这里将全信分段、标点，逐录如下（图10—图13）：

老王：您好！

信收得，并谢关怀盛意。

（一）要十五万，那不成了黑手党了吗？

（二）出版社唯能诚意改革积弊，才有希望。《丝绸之路》只图录（版）好，只有前言，定价24元，无质量又超量印。日本小学馆请日本教授撰文，写出了研究内容文字，全部翻拍我们彩版，不花一圤（块）日元，以高价控制了国际市场，人家卖回了自由外汇。我们在国际上同样的书，我们的买（卖）不出去了。我们二十年的发掘材料，结果事实上送了礼，人家也不感谢情意。最后内销降价3元一本[②]！《吐鲁番出土文书》第一册出版社只［印］一千本，唐先生提出［印］三千本，它们说你们出钱才增加两千本，结果文献室垫款一千本，结果两

① 关于《文书》图文本出版艰难情况，参阅王素《陈国灿先生与〈吐鲁番出土文书〉》，原载《敦煌学辑刊》2019年第1期，2019年，第21—40页，现已收入本书。

② “后”原误写作“我”，后用朱笔改为“后”。“3”右原有朱笔补写“五”字，疑原拟改“3”为“五”，后忘加改写插入符号。

千本在市面书店也见不到就光了。它们不懂！也不识货！这是事实吧？还说什么呢！

（三）你读书还勤奋，知否？从善如流，宜哉！我曾有枚图章（少刚刀笔）[①]，奉劝：（1）克制香烟这一大害，唐先生说不吸就戒了，但愿你不要当耳边过秋风。（2）你优点多，只有一缺点：性情有时偏激。在研究上你前途无量。千万别冒犯老韩他们。把精力用在刀刃，研究事业才能成功！小不忍出事太不值了！匆此。近佳。阖家好。

李征[②]

李征先生的信没有写时间。信封背面虽有两个邮戳，但乌鲁木齐发出邮戳显示是“1989. □ .12.5”，北京接收邮戳显示是“1989. □ .19.16”，其中月份均漫漶莫辨，只知道此信乌鲁木齐是1989年某月12日5时发出，北京是1989年某月19日16时接收。从时间上推测，由于我是这年3月初写的信，李征先生写回信最有可能是3月11日。李征先生是这年7月29日去世的，当时应该已在病中，但无一字提到自己的病情，对《文书》图文对照本的出版和我个人却是分外关心，即使现在重读，也令我十分感动！

① “少刚”即刘绍刚，古文献研究室同事，著名篆刻家和书法家。括号与下文“奉劝”间盖一朱印，文曰“从善”，即前云绍刚所刻图章也。

② “李征”二字为朱笔。

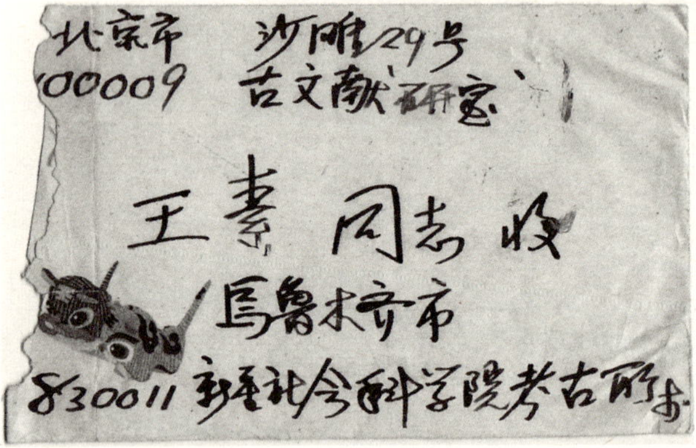

图 10　李征先生信封正面

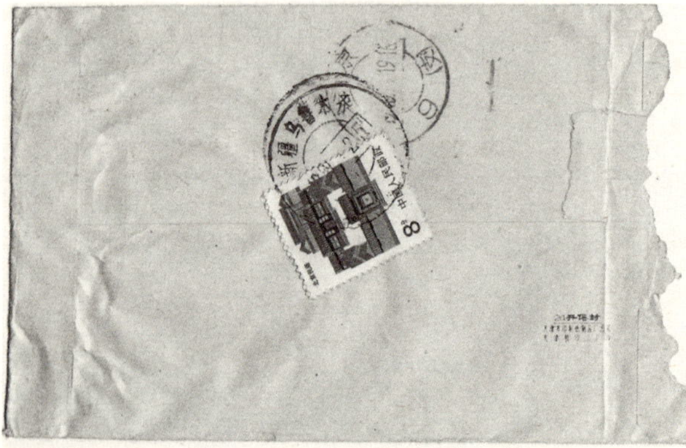

图 11　李征先生信封背面

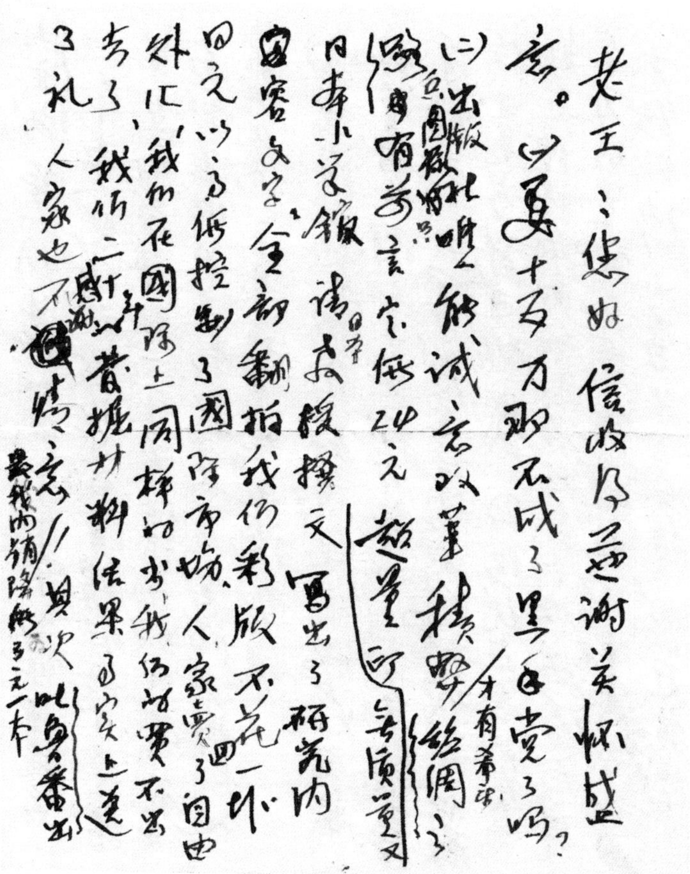

图 12　李征先生信第 1 页

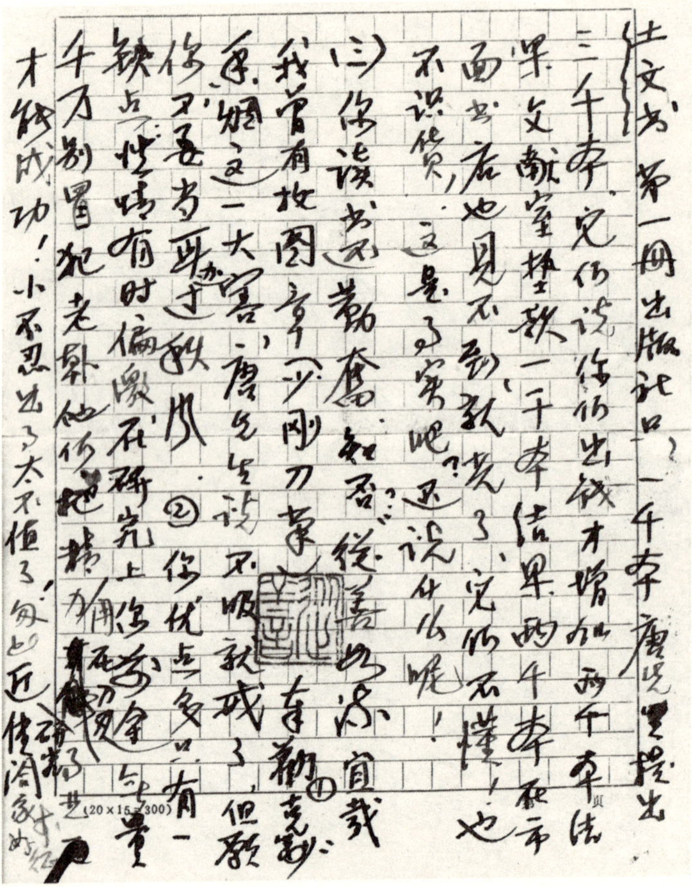

图 13　李征先生信第 2 页

李征先生的去世，对我来说，是突然而来的噩耗。因为在此之前，没有任何征兆。1991 年 9 月，我赴新疆给《文书》图文对照本补拍图版，实际是为了完成李征先生的未竟之业。在乌鲁木齐逗留期间，曾去考古所拜访穆舜英先生，请她带我到李征先生故居附近转了转，以表哀思。李征先生的一生虽然短暂，但他为新疆考古所作的贡献，为《文书》整理所作的贡献，值得我们永远铭记！

后　记

2019 年 6 月 12 日，收到柴剑虹先生微信，说今年是李征先生去世三十周年，李征先生去世时已无任何家属，骨灰一直放在新疆考古所库房，迄今没有安葬，现在，经辗转斡旋，决定 7 月中旬在新疆考古所召开追思会，然后将骨灰送到吐鲁番交河墓地安葬，希望我能参加，并撰文纪念。我自然当即应允。

这样同类题目的文章，此前写过两篇，第一篇是写业师唐长孺先生[①]，第二篇是写陈国灿先生[②]，本文是第三篇。前两篇文章

① 王素《唐长孺先生与〈吐鲁番出土文书〉》，原载《古籍整理出版情况简报》2008年第1期（总443期），第16—22页，改写再刊《中华读书报》2011年7月6日第15版，增补再刊《魏晋南北朝隋唐史资料》第27辑（唐长孺先生百年诞辰纪念专辑），武汉大学人文社会科学学报编辑部，2011年，第43—49页。

② 王素《陈国灿先生与〈吐鲁番出土文书〉》，原载《敦煌学辑刊》2019年第1期，2019年，第21—40页，现已收入本书。

中，都提到过李征先生，说明谈《文书》整理，李征先生是一个绕不过去的人物。但临到正式写李征先生，却逡巡踌躇，竟然久久难以下笔。

首先是因为关于李征先生的生平履历材料太少。我虽然曾与李征先生共事六年，但很惭愧，在他去世前，仅知他是地道的新疆人，曾娶蒙古公主为妻。他去世后，从讣告介绍上才了解到他的一些履历和事迹，但也十分有限[①]。国内的百度百科没有李征先生的条目，这是可以预见的。国外的维基百科倒有李征先生的条目，但极为简单，全文为："李征，原新疆维吾尔自治区博物馆研究员，曾参与伪造《坎曼尔诗笺》。"关于《坎曼尔诗笺》的真伪，是学术界的一件著名公案，情况比想象的复杂。我所了解的李征先生，是一位极其谨慎并且远离政治的学者，他不可能参与伪造文物，更不可能参与伪造政治文物。维基百科号称"自由的百科全书"，由"志愿者"编辑，内容多可商榷，是否真实没必要讨论。总之，按照知人论世的原则，生平履历材料太少，会给写作带来很大困难。

其次是因为李征先生惜墨如金，疏于创作，成果不多。印象中，只有两篇单独署名的学术论文，但都不长[②]；两篇考古发掘简报，一篇较短，一篇稍长[③]；另有三篇合写的文章，他的名字都排在

① 佚名《吐鲁番学家李征同志》，《新疆文物》1989年第4期，第1页。

② 李征《新疆阿斯塔那三座唐墓出土珍贵绢画及文书等文物》，《文物》1975年第10期，第89—90页；《安乐城考》，《中国史研究》1986年第1期，第153—158页。

③ 李征《阿尔泰地区石人墓调查简报》，《文物》1962年7、8合期，第103—108页。

最末[①]。由此导致，进行学术史梳理，也很少提到李征先生。譬如近年来关于葛逻禄的研究颇受学界关注，研究者经常引用1972年阿斯塔那188号墓出土的《唐上李大使牒为三姓首领纳马酬价事》[②]，但很少有人提到，最早围绕葛逻禄介绍该文书的是李征先生。李征先生指出：

> 按我国西部的少数民族葛逻禄三个部族谋落、炽俟、踏实力，唐永徽初已归中央政府统辖，显庆三年（658）在谋落部置阴山都督府，在炽俟部置大漠都督府，在踏实力部置玄池都督府，三部当时也称三姓，居住在阿勒泰山以西及巴尔喀什湖东南地区。两个三姓首领呈报李大使纳马的文书，是葛逻禄三部与祖国紧密关系的一件历史见证。[③]

按：王炳华《新疆访古散记·序》提到需要感谢的人中有"对阿尔泰石人资料寄托着特别深厚感情、许多方面曾给过我帮助的李征兄"。中华书局，2007年，第4页。可与《简报》印证。又，新疆维吾尔自治区博物馆（李征执笔）《吐鲁番县阿斯塔那—哈拉和卓古墓群发掘简报（1963—1965）》，《文物》1973年第10期，第7—27页。

① 穆舜英、王炳华、李征《吐鲁番考古研究概述》，原载《新疆社会科学研究》1982年第20期（总第120期），第1—34页，收入《中国敦煌吐鲁番学会成立大会·1983年全国敦煌学术讨论会会刊》，第91—106页；陈国灿、李征《吐鲁番出土的东晋（？）写本〈晋阳秋〉残卷》，《出土文献研究》（创刊号），文物出版社，1985年，第152—158页；陈国灿、侯灿、李征《韩乐然与新疆文物艺术考古》，《文物天地》1989年第6期，第16—18页。

② 唐长孺主编《吐鲁番出土文书》［肆］，文物出版社，1996年，第40页。

③ 李征《新疆阿斯塔那三座唐墓出土珍贵绢画及文书等文物》，《文物》1975年第10期，第90页。

李征先生接着介绍该墓为合葬墓，出有开元三年（715）墓志和开元四年（716）文书。《李大使牒》虽然没有时间，但据李征先生上述介绍，可知此次葛逻禄率众归国，与唐玄宗开元三年四月颁《赐三姓葛逻禄书》时间正好吻合。因此，我们研究《李大使牒》，不应忘记李征先生的首创之功。

关于李征先生父亲李晋年的生平履历，朱玉麒君近年做了很多有益的工作，但据介绍，似乎还存在一些难以确定的问题点。如云：

> 李晋年（1860—1929），字子昭，滦南县人。光绪二十九年（1903）举人，外放新疆，先后任职镇西、沙雅、巴楚、墨玉。[1]

> 李晋年（1860—1929？），字子昭，河北滦南人，隶汉军正白旗。清光绪二十八年（1902）举人，伊犁将军长庚以候补同知聘以入新，参与《新疆图志》的编纂，后任镇西厅同知。民国以后，历任新疆镇西、巴楚、沙雅、墨玉等地方官，及省府高等顾问。著作有《新疆回教考》、《春秋今事比》、《唐代藩镇考》、《西域金石补证》、《沙雅县志》等行世。新疆文物考古研究所已故西域研

① 朱玉麒《段永恩生平考略》，《敦煌吐鲁番研究》第14卷，上海古籍出版社，2014年，第55—77页。

究专家李征（1927—1989）即其哲嗣。[①]

李晋年的卒年“1929”，一无问号很肯定，一附问号不敢肯定[②]；李晋年考取举人的时间，一作“光绪二十九年”，一作“光绪二十八年”；李晋年任职新疆地方先后排序，一作“镇西、沙雅、巴楚、墨玉”，一作“镇西、巴楚、沙雅、墨玉”。诸如此类，可能还有不少，说明还有一些工作可做。

我近年搜集到两条材料，可以考定李晋年任职沙雅和墨玉的确切时间：

> 大总统令：大总统指令第二千四百七十五号（中华民国八年十月六日）：令新疆省长杨增新：呈拣员李晋年署沙雅县知事员缺由。[③]

> 临时执政令：临时执政指令第一千四百九十三号（中华民国十四年九月二十七日）：令新疆省长杨增新：呈请以李晋年署墨玉县知事员缺由。[④]

---

① 朱玉麒《汉和堂藏〈裴岑碑〉旧拓考》，《中国民族博览》2014年第11、12合刊，第30—41页。

② 冯天瑜记“渊博的历史地理学家”李晋年的生卒为“1860—1910”，显然更成问题。见《先父冯永轩收藏的信札》，《中华读书报》2017年8月30日第1、5版。

③ 靳云鹏、朱深《政府公报》1919年第1319期，第3页。

④ 龚心湛《政府公报》1925年第3410期，第4页。

关于李晋年著《新疆回教考》，函送内地进行交流[①]，并先后被内地刊物选录和介绍[②]，也有一些有价值的材料。

而最为重要的是，李晋年还著有《坤哈变事记》[③]，整理者魏长洪撰有《说明》，对了解李晋年与李征父子很有价值。兹将全文迻录如下：

《坤哈变事记》作者李晋年（？—1929），字子昭，隶汉军正白旗，河北滦县人。乡试中举，以候补同知被伊犁将军长庚聘到新疆。在清季曾任《新疆图志》的协纂，甘肃镇西厅抚民、直隶厅同知。民国以后，杨增新主政新疆，他先后任镇西厅同知、巴楚州知州、沙墨县、墨玉县知县，又为杨氏主管机要，代拟文稿。金树仁主新时，任省府高等顾问。其著作有已刊《新疆回教考》、《春秋今事比》、《唐代藩镇考》、《西域金石补证》、《诗文外集》、《沙雅县志》以及未刊的《同光南疆回变》

① 佚名《新疆省长函送〈新疆回教考〉》，《奉天公报》第2523期，1919年，第18—19页；佚名《续登新疆省长函送〈新疆回教考〉》，《奉天公报》第2524期，1919年，第18—25页；李厚基《福建省长公署公函八年闽字第五十三号（中华民国八年三月二十六日）：公函各道尹送〈新疆回教考〉由》，《福建公报》第591期，1919年，第5—12页。

② 《边事》1924年第1期（选录），第45—46页；《边疆研究》1940年第1期（边贤遗著介绍），第144—147页。

③ 李晋年原著、魏长洪整理《坤哈变事记》，原载《近代史资料》总72号，中国社会科学出版社，1989年，第178—188页，收入《魏长洪新疆历史文选》，新疆大学出版社，2013年，第447—453页。

和日记等。

李晋年逝后，其文稿图籍多为当时新疆省政府秘书长桂芬（字芳生）收藏，盛世才捕押桂芬时，被抄掠遗失。另有一部分文稿书画归其姻亲郑联鹏（字云轩）珍藏，后在兰州被盗。郑氏临终前将仅馀的文稿转交李晋年继嗣李征先生。李先生于1956年将这些文稿赠予新疆维吾尔自治区图书馆。

承蒙李征先生指点，得以恭览《坤哈变事记》。该稿中记录了民国元年新疆巴里坤（即镇西厅）和哈密地区汉、维人民追随辛亥革命的斗争史，系未刊稿，可与《新疆图志》、张开枚的《辛亥新疆伊犁乱事始末》及杨增兴的《补过斋文牍》互相补充印证。相信它对于研究近代中国特别是新疆地区的历史会有补益之处。

《坤哈变事记》文稿封面有作者题签，并书“壬子腊月二十七日（1913年2月2日），子昭志于坤城”字样。同时钤有“子昭”、“李征”阳文朱印二方，朱色阴文“晋年之印”和蓝色阳文“郑氏文库”印记各一。文稿系竹纸墨笔手书，分楷书和草书两种，补改与草书均为子昭亲笔。全文双面十七页，每面楷书八行，行二十一字。草书每面十一行，行十九至二十四字不等。笔记手稿署“责轩”斋名。原稿不分段落，无标点。文中有用红铅笔圈句与改易字句，如将“缠头”改“缠民”，“匪党”易作“变民”等。李征先生函中言，其“擅自提笔改动，至今悔之”。今秉其意，复之旧貌，整理标点。原稿后附跋语，与原稿内容关系较少且为后人所作，故略去。文中所涉及诸人与个别史实的歧疑，缀以注释。

显然，《说明》的材料不少是由李征先生直接提供的。当然也有一些问题和错误。譬如：李晋年的生年作问号，李征先生不至于连父亲的生年也不清楚吧？新疆没有“沙墨县”，只有“沙雅县”，“墨”应为“雅”之误。等等。同时也会有一些新发现。譬如：《坤哈变事记》“原稿不分段落，无标点”，李征先生给我写的信也是如此，看来是受其父影响。李征先生“用红铅笔圈句与改易字句”，给我写的信也是如此，看来是长期养成的习惯。等等。

我希望有人能够综合这些材料，为李晋年与李征父子撰写传记，使他们为新疆的历史、政治、考古、文献所作的贡献，不至于湮没！

（原载《吐鲁番学研究》2019年第2期，2019年12月。）

陈仲安先生与《汉唐职官制度研究》

陈仲安先生与我合写的专著《汉唐职官制度研究》增订本，2018 年 1 月由中西书局正式出版了。《上海书评》约我写一篇纪念仲安先生兼谈本书的文章。这令我想起本书初版，1993 年 9 月由中华书局印行后，《书品》约我写一篇类似文章的往事。这篇文章名为《写在〈汉唐职官制度研究〉出版之后》[1]，1994 年 2 月 6 日刚完成并交稿，次日即惊闻仲安先生逝世噩耗，真的是不胜错愕与悲恸。但这篇文章已经成型并发稿，主要简谈仲安先生与我合写本书的过程，以及本书所见仲安先生对汉唐职官制度研究的四点新颖独到的见解，对仲安先生的生平及其他业绩鲜有涉及，也很难插入。这样，就为我给《上海书评》写作本文留下了一些空间。

① 王素《写在〈汉唐职官制度研究〉出版之后》，原载《书品》1994年第1期，第43—47页；收入《汉唐历史与出土文献》，故宫博物院学术文库，故宫出版社，2011年，第498—501页。

从“翠微校史”说起

关于陈仲安先生（图 14），现在的学术界，特别是年轻的一代学人，可以说了解不多。仲安先生逝世后，缺少专门的追思文章，或许是原因之一。直到近年，随着“点校本‘二十四史’及《清史稿》修订工程”的启动，当年参与“二十四史”及《清史稿》点校工作的大师、编辑及其后人开始撰写回忆文字，在谈到唐长孺师时，才常常提到仲安先生。“二十四史”及《清史稿》点校工作，从 1958 年开始，到 1977 年结束，长达二十年，其间，

图 14　陈仲安先生 1984 年 4 月摄于武汉大学樱花树下

到北京集中工作三次：第一次从1963年秋到1966年5月，第二次从1967年春到同年秋，均在翠微路2号院的中华书局西北楼。今人赋予一个美称，名为“翠微校史”。第三次从1971年至1974年，在王府井大街36号的中华书局新办公楼。唐长孺师率仲安先生三次都参加了。因此，那些回忆文字，在谈到唐师时，顺便提到仲安先生，自是不足为奇；但只是一种关联，并非重点，故大都十分简略。只有张忱石和赵珩两位先生撰写的回忆文字，内容较为丰富和生动。

张忱石先生是有感于“现在年青的同志，可能知道他（仲安先生）的人不是很多了”，特别予以介绍，全文如下：

> 陈仲安（1922—1994），四川省长寿县兴隆乡（今重庆市长寿区）人。1944年就读四川乐山武汉大学历史系。1945年休学，1947年赴武汉复学，1950年毕业，是唐先生早年的学生，因学业优秀留校任教。1963年唐先生来京整理二十四史，他作为助手，参与《北齐书》、《周书》的点校，由此熟悉了古籍整理。1971年，陈仲安独挑《北史》。王仲荦先生多次对我说：“陈仲安才是讲师，就能胜任《北史》点校，现在全国大学里别说讲师，就是教授也不多。”王仲荦的《北周地理志》出版前，定要我将原稿远寄武汉，由陈先生审阅一遍，足见王先生对他的尊重。二十四史点校完毕，陈先生本有不少写作计

划，他与谭两宜、赵小鸣编撰了《北朝四史人名索引》（中华书局，1988年），与王素撰写了《汉唐职官制度研究》（中华书局，1993年）。他还想撰写《北史证误》，拟以《北史》为纲，订正南北朝诸史之讹误，是一部读史札记。他做了不少卡片，以供撰著之用。陈先生是一位谨小慎微的谦谦君子，他总想稍等等，学问更成熟时再撰写，可惜年迁月变，错过时机，一场病魔袭来，失去了工作能力。“花开堪折直须折，莫待无花空折枝”。据说陈先生晚年时常翻弄卡片，对此发愣，为时已晚，无可奈何。陈先生比唐先生小十一岁，于1994年病逝，甚为可惜。[①]

张忱石先生的介绍言简意赅，基本勾勒并呈现了仲安先生一生主要经历与重要业绩。其中提到四本书：《北朝四史人名索引》属于工具书，《北史证误》属于计划尚未动笔，皆可不论。点校《北史》属于公益事业，原书上面没有仲安先生大名，几乎没有什么人知道。只有《汉唐职官制度研究》属于个人著作，年轻学人如果知道仲安先生，恐怕多是因为本书。

赵珩先生是赵守俨先生的哲嗣，1963年刚十四岁，随父住在翠微路中华书局宿舍，与同时住在西北楼的大师们朝夕相见，他回忆道：

---

① 张忱石《唐长孺先生琐记》（上），《文史知识》2011年第11期，第66页。

那时同唐先生一起住在西北楼的还有他的学生，也是他的助手陈仲安先生，陈先生实际上也参加了这项工作。唐先生的个子比较高，陈先生矮一些，两位都是高度的近视眼，眼镜片都像瓶子底一样厚，看得出来是一圈一圈的。陈先生除了要协助唐先生工作，还要照顾唐先生的生活起居，足尽“有事弟子服其劳”的古训。唐先生说话走路喜欢仰起面孔，这也是平时的习惯，并非是傲气。陈先生随侍左右，寸步不离。最有意思的是这师生两人在晚饭后的散步。那时翠微路2号的院子很大，从西北楼出来围着大院转一圈要十几分钟，他们走得慢，走走停停，大约要半个多小时。“亦步亦趋”这个成语在他们师生二人身上得到最真切的体现。两人遛弯时，陈先生总是在唐先生身后一步之遥，不论快慢，这个距离是不会错的，绝对不会与唐先生并肩而行。但两人的步伐却是完全一致，唐先生迈左脚，陈先生不会迈右脚，他完全按照唐先生的步伐行进，有的时候发现自己的步子错了，就会马上调整过来。我当年最喜欢看这师生二人晚饭后遛弯，前面是唐先生倒背着手信步走，后面是陈先生在一步之遥外紧跟着，特别有趣。[①]

① 赵珩《“翠微校史”：西北楼里的大师们》，《中国新闻周刊》2017年第43期，第72页。

图 15 唐长孺先生与陈仲安先生，1981 年晚秋摄于武汉大学

赵珩先生的描述风趣幽默，不仅可以管窥唐长孺师与仲安先生的师生情谊，还可以管窥仲安先生尊师重道的优秀品质。张忱石先生前文说仲安先生“三次跟随唐先生进京整理‘二十四史’，他们住在办公大楼三层一个套间里，外间为陈仲安，内间为唐先生，师徒二人，情同父子，同居一室”[①]（图 15）。唐师与仲安先生都是 1994 年逝世，仲安先生在 1 月，唐师在 10 月，仲安先生逝世时唐师已在病中，唐门弟子都不敢将仲安先生逝世噩耗告诉唐师，担心唐师承受不了，可见师生情谊之深。其实，唐师

① 张忱石《唐长孺先生琐记》（上），《文史知识》2011年第11期，第68页。

1911年出生，仲安先生1922年出生，两人仅差十一岁，按旧说“十年一长，二十年一代”，两人可以算作同一代人；但“一日为师，终生为父”，仲安先生终生对唐师唯唯诺诺，执弟子礼甚恭。这种师生关系，在那个特殊年代并不多见，堪称楷模，对我有很大影响。

初识陈仲安先生

我1977年考取武汉大学历史系。当时《长江日报》、《湖北日报》都曾报道我“自学成才”经历。1978年3月6日正式报到入学，新华社记者写了一篇《报到第一天》，在《光明日报》3月16日第2版刊出，我成为全国“知名人士”。唐长孺师认为我没有必要读大本。5月我就参加了唐长孺师的魏晋南北朝隋唐史研究生初试。7月录取，参加复试，分两场，笔试外，还有面试，而主持面试的，就是陈仲安先生。其时唐师在北京主持整理《吐鲁番出土文书》，同时主持帮中国社会科学院历史研究所培养的研究生的复试，武大方面的工作就全权委托仲安先生负责。这是我与仲安先生第一次见面。

记得面试是在武大历史系二楼的一间空室进行。室外有一排长椅给考生坐，每位考生先发一张纸，上面写着一道口试题，每位考生的题目好像不一样，我的题目已经忘记，总之让预做准备，等候传召。我接到传召进空室时，看到室内正面坐着两人：一位就是仲安先生（后来才知道的），另一位是黄惠贤先生（曾经也是唐师的助手）。我坐在两人对面，第一次面对这样的阵势，有点紧张。仲安先生似有察觉，和蔼地一笑，说：“不要紧张，就是随便聊聊天。”仲安先生的声音很低，语速很慢，对缓解我的紧张很有帮助。我回答问题完毕，两位先生没有多说什么，由于我后面还有其他考生，就匆匆结束了。

1978 年 9 月研究生正式入学。由于我既是“文革”后第一届大学生，又是“文革”后第一届研究生，武大非常重视，要拍一张我与导师的合影，挂在校门内的大型橱窗里展览，当时唐师还在北京，仲安先生是副指导教师，就拍了一张仲安先生指导我读书的合影。当时与仲安先生还有点陌生。此后，由于经常参加唐师创建的魏晋南北朝隋唐史研究室的学术会议，与仲安先生见面日渐增多，便渐渐熟悉起来。仲安先生是一位非常温和的学人。每次开会，轮到他发言，他总是先看看唐师，见唐师没有想说话的意思，才缓缓开讲。他的发言，语调永远都是那么平和，材料永远都是那么娴熟。研二的时候，唐师给我们开魏晋南北朝隋唐史专题课，实际是介绍自己的最新研究成果，有时提到：“某条材料是陈仲安同志提供的。”同时，仲安先生受唐师委托，给我们开汉唐史籍评介课，各种材料也都是信手拈来。仲安先生材料娴熟，学问渊博，给我留下很深的印象。

真正的通识学人，是能够知人识人的。我们是“文革”后的首届研究生。这一届，唐师共招收了八人，后来被学术界戏称为

"八大金刚"。其中，唐师在武大历史系招收六人：李春润、李文澜、钟国发、王世平、王延武、我；在中国社科院历史所招收两人：张弓、黄正建。张弓、李春润年龄最大，都是1938年出生，当时规定研究生录取年龄在四十岁以下，他俩都略微超过，但唐师在北京主持面试录取了张弓，仲安先生在武汉主持面试录取了李春润，算得上是"英雄所见略同"。后来，张弓在唐代仓廪、敦煌文献、佛教文化等领域作出了突出贡献，李春润在魏晋南北朝徭役、唐代括户与资课等方面做出了重要业绩。

仲安先生知人识人，还有一例。我与牟发松是77级大本同班，还曾同住一间寝室，私交甚笃。发松学习极为刻苦，属于苦读型，专业进步很快。我研二、他大三时，他找到我，说大四想报考仲安先生的研究生，希望我能提前引荐。我先去仲安先生府上介绍了情况，经仲安先生惠允，我陪同发松正式赴仲安先生家拜谒。仲安先生认为发松根柢很好，便将自己1974年开始编的《隋书地理志州郡县名便检》交给他，让他先助编并练练坐功。从事中国古代文史研究，坐功十分重要。我研一之初，唐师就对我说："你毕业后会分配到北京国家文物局古文献研究室，参加《吐鲁番出土文书》整理，因为你坐得下来，有坐功，适合这项工作。"发松坐功不逊于我，自然令仲安先生很满意，先考取仲安先生的硕士生，继而考取唐师的博士生，在中国中古史多领域作出了突出成绩。他现在唐师的恩师金松岑、吕思勉二先生及唐师本人工作过的原上海光华大学、今华东师范大学任教，并成为中国中古史的一方重镇，将唐师与仲安先生的学问发扬光大。追根溯源，与仲安先生知人识人分不开。

我与仲安先生相处时间最长的一次，是 1980 年暑假的学术考察。当时规定，研究生在毕业前可以有一次公费考察活动，为撰写硕士论文收集材料。我们“八大金刚”在是年上半年都已确定了硕士论文题目，故选定暑假进行学术考察。此行由仲安先生领队，杨德炳先生为副领队，参加者主要为李春润、钟国发、王世平、王延武、我、黄正建六人。张弓硕士论文题目定为《唐代仓廪制度研究》，到洛阳后独自考察含嘉仓，到西安后完全与我们分道扬镳，独自考察唐代其他仓廪遗址。李文澜因刚做完阑尾炎手术，唐师念及他身体尚未康复，特许他推迟考察，没有与我们同行。

此行路线按计划是先往西北走，终点站是敦煌；再往东北走，终点站是北京。唐师与陈国灿、朱雷、程喜霖等先生正在北京整理《吐鲁番出土文书》。大家拜谒唐师后，就解散，自选路线返回。这是一次“壮游”。6 月 14 日晚从武昌火车站出发，7 月 17 日中午到达北京，19 日上午到沙滩红楼拜谒唐师，然后解散，大家相处了一个多月。沿途逗留的城市和名胜有郑州、洛阳、华山、西安（包括周边乾、临潼、礼泉、长安等县）（图 16）、兰州、武威、嘉峪关、敦煌、兰州、大同、北京。兰州往返逗留两次。这是因为，李春润是吉林人，改革开放之初，吉林缺少大米，他从武汉买了一百斤大米，要送回吉林，一路扛着与我们同行，我们戏称“中国历史上最长的漕运”。到达兰州，仲安先生心疼学生，让他不要再往敦煌扛了，就寄放在兰州大学齐陈骏先生那儿，返程再在兰州停一下，把米扛上继续往北京走。李春润当然求之不得。我们也很高兴，在兰州前后逗留了大约六天，参观、调研、访学、座谈，收获甚丰。

接着，我们在敦煌莫高窟住了一周，更是一个令人难忘的经历。现在的敦煌研究院，当时名为敦煌文物研究所。号称“敦煌女儿”的樊锦诗女史，是年四十二岁，是敦煌文物研究所的副所长。她的丈夫彭金章先生，是武大历史系考古专业的老师。她是武大的“媳妇”，我们又是带着彭金章先生的亲笔信来的，故受到非常热情的接待。住在莫高窟招待所，在研究所食堂就餐。但

图 16　笔者与陈仲安先生 1980 年夏摄于长安县神禾原，背后模糊处即终南山

感觉这里生活很艰苦。饮用的都是宕泉河的水，既咸且涩，炒菜可以不用放盐，稀粥、馒头都是咸涩味。每晚都能听到风吹沙鸣，鸣沙山真是名不虚传，有时搅得我们彻夜难眠。这使我们对在这里工作的学人由衷敬佩。但收获是巨大的。樊女史亲自引导我们参观洞窟并给我们讲解，南区四百多个洞窟，一周下来，我们看了大约三分之一，而且都是重要的和比较重要的。樊女史的讲解，专业到位，印象深刻。

此外，还有一个重要收获，就是在离开莫高窟的前一个晚上，仲安先生应邀在研究所举办了一场讲座，题目好像是“从中古墓志的首题谈莫高窟供养人画像的榜题”，主要是谈墓志首题与画像榜题中的官职排序问题。譬如在“大唐故朝散大夫洛州司兵薛公（忠）墓志铭”首题中，“朝散大夫”是散官，“洛州司兵”是职官，散官在唐代属于“本品”，排序按例均在职官之前。又譬如在莫高五代第 98 窟“节度押衙银青光禄大夫检校国子祭酒兼御史中丞上柱国张贤庆一心供养”画像榜题中，“节度押衙”是使职，“银青光禄大夫”是散官，“检校国子祭酒”是加官，“兼御史中丞”是兼官，“上柱国”是勋官，当时使职例带台省兼官，故“节度押衙”与“兼御史中丞”是一套官职，张贤庆实际上没有职官，而这正是晚唐五代使职代替职官的反映。唐后期职官“使职化”是仲安先生原创的一个关于中国中古时期官制研究的重要命题，后文会专门谈到，这里不遑赘述。我的收获是知道了墓志首题与画像榜题一样，对于了解志主与像主的仕历同等重要。后来我主编大型墓志丛书《新中国出土墓志》，强调墓志要用首题定名，反对墓志定名用“隋某某墓志”、“唐某某墓志”一类简称，盖源于此。

到北京拜谒唐师后，我与仲安先生依依惜别。我是经天津、济南、泰山、徐州到达南京，再从南京乘坐江轮返回武汉的。我选这条路线返回，是因为我的硕士论文题目定为《三省制略论》，属于官制研究，王仲荦先生刚出版了《北周六典》（中华书局，1979 年），对官制研究极有心得，唐师与仲安先生都认为我应该去济南一趟，赴山东大学拜谒王仲荦先生，听取他对撰写《三省制略论》的建议。后来我赴山东大学拜谒了王仲荦先生，也有很多收获，因与本文关系不大，这里就不多说了。此后就是埋头写论文，一年时间，写了将近二十万字。其间，因过于忙碌，与仲安先生较少见面。只是在论文初稿完成后，送请仲安先生审阅，有一些交流。仲安先生告诉我，吐鲁番文书中也有很多官制材料，值得深入研究，希望我毕业到北京后，不要放弃官制研究。我谨记于心。

关于《陆贽集》的合作

我 1981 年秋毕业，获硕士学位。同年分配到国家文物局古文献研究室，参加《吐鲁番出土文书》整理工作。原以为从此工作重点会完全放在出土文献整理研究上，没想到与传世文献整理研究的缘分直到现在也难以了断。其中，《陆贽集》的点校与《汉唐职官制度研究》的续写，均与仲安先生有关。

关于《陆贽集》的合作，我仅在本书《点校说明》最后简单提到：

> 本书原系中华书局委托陈仲安先生主持、由我协助的古籍整理项目。后来，由于主要工作均须在京进行，陈先生原在武汉，身体又欠佳，就改而由我点校，由陈先生审订了。但实际上，我的点校工作一直是在陈先生的指导下进行的。陈先生于整理古籍甚有心得，匡谬正讹，于我裨益匪浅。在此谨致谢忱。[①]

这项工作对我影响很大。后来卞孝萱先生约我撰写《陆贽评传》[②]，汤一介先生约我整理宋本《唐陆宣公集》[③]，徐俊先生请我参加“点校本‘二十四史’及《清史稿》修订工程”工作并任“西域四夷外国等传”修订负责人，都是因为我曾负责《陆贽集》点校，对传世文献整理有一定经验的缘故。因此，介绍这项工作的来龙

① 王素《陆贽集》上册，中华书局，2006年，第15—16页。按：此书后屡经重印。2019年7月第三次印刷为增订本。

② 王素《陆贽评传》，中国思想家评传丛书之一，南京大学出版社，2001年；《陆贽评传（增订本）》，嘉善善学思想丛书之一，江苏人民出版社，2020年。

③ 王素《唐陆宣公集》（校点），《儒藏·精华编》集部第202册上册，北京大学出版社，2019年，总385—684页。

去脉，俾学术界进一步了解仲安先生，应该是很有意义的。

1984年春节，我回汉探望父母。2月4日为农历正月初三，赴武大给师长拜年。到仲安先生府上，仲安先生告诉我，中华书局古籍整理规划中，有一部《陆贽集》，委托他点校，但他在武汉，能够见到的版本有限，身体也不太好，恐难承担，希望我能协助他工作。我见仲安先生确感为难，便不假思索痛快答应了。仲安先生很高兴，让我返京后先了解版本情况，草拟一份点校计划。

我返京后，即天天在国家图书馆（当时称北京图书馆）、首都图书馆、中国科学院图书馆查书看书。但查看之后，感觉这项工作做好并不容易。这是因为，中国古代政治家的文集，若论版本之繁夥，莫过于《陆贽集》。陆贽"才本王佐，学为帝师"，作为儒家政治家，他的奏议以"民本"为思想基轴，以治国安邦为最高追求，受到历代统治者的高度重视，不仅屡经翻刻，还有各种校、注、批、评，仅选择底本就非易事。我用了三个多月，查看了数十种版本，最后选定民国董士恩的汇校、汇注、汇评、增辑本为底本，另选宋元明清和日本等六个有代表性的本子为校本。董士恩原名陆洪恩，是陆贽的第四十世孙，嗣于舅氏董凯臣后才改今名。他作为陆贽的后裔，对整理《陆贽集》可谓竭尽心力，他整理的本子是我见过的最好的本子。当然也有不足，有些内容可能需要增辑（另参下文）。于是，我按照选定的底本和校本，还有"他书校"凡例等，草拟了一份较为庞大的点校计划，给仲安先生寄上。但计划寄出之后，一直忐忑不安。从事古籍整理，选择底本，一般都是先找宋本，再找元本，即使退到明清，也多是找经厂本、汲古阁本、武英殿本，而我选定的竟然是民国本，仲安先生能够认可吗?

不久，收到仲安先生6月26日回信，很简单，只有三行，全文为：

> 《陆贽集》校释计划，我看后觉得可以，没有修改意见，已寄交中华书局邓经元、魏连科二同志，并请他们就近和你商量。

我看后大喜过望，对协助仲安先生工作稍有信心。不久，中华书局来信，约我面谈。当时我在沙滩红楼办公，中华书局在王府井大街36号，近在咫尺，于是，我马上骑自行车去了。在书局见到邓经元、魏连科二先生。邓、魏二先生都是参加过“二十四史”及《清史稿》点校工作的资深编辑，对仲安先生的古籍整理水平高度认可，他们对我说：仲安先生同意你的点校计划，我们也认为可行。只是你的点校计划，工作量太大，仲安先生身体不太好，主要工作还得你承担，仲安先生负责审订。我一听，顿觉头皮发麻，不敢痛快答应，便说回去考虑。因为，先生“有事”，弟子固然应该“服其劳”，但也得看是否有能力、有时间。

此后，我一边做材料准备，一边思考是否有能力、有时间承担主要工作。这里说的做材料准备，其实就是为了节省时间，希望能将底本和校本都复印，可以完全在家里工作。但与图书馆商量，只有底本和三个明清校本允许复印。这样，就决定我还是得用不少时间去图书馆做版本核校工作。我庆幸自己很英明，选定董士恩本为底本，如果选择宋元本为底本，恐怕就得天天坐在图书馆抄书了。至于是否有能力、有时间承担主要工作，当时有两点顾虑：第一点是自己从未做过古籍整理，协助仲安先生做些基础工作应该还能胜任，由自己独挑大梁则担心力有未逮。第二点是董士恩本固然不错，但他的汇注、汇评做得并不彻底，如果需要增辑，确如邓经元、魏连科二先生所说，工作量太大，我未必有时间。

很快，1985 年也过了大半年。我筹编《出土文献研究续集》，写信向仲安先生约稿，顺便谈了由我负责点校《陆贽集》的顾虑，当时只谈了第一点顾虑，第二点顾虑犹豫再三没有提及。仲安先生 12 月 26 日给我回信说：

> 关于《陆贽集》校点，我相信您是完全能够作好的，我自己没有研究，提不出什么好意见。您大胆作去吧，我完全相信您。

仲安先生对我如此信任，我无话可说，只好勉力为之。

1986 年，我尝试工作了大半年，感觉工作量太大，实在承受不了，便写信将第二点顾虑如实向仲安先生做了汇报。仲安先生与中华书局商量后，10 月 15 日给我回信，告诉我中华书局已有答复，要点有二：一是“仍以董本作底本”，二是“不再做汇注汇评”。然后说：

> 他（按指中华书局）还是要我们二人负责，还要求您先做部分样稿，交我阅后，再交给他们，具体意见，需俟见到样稿后再和我们联系。他们作这样要求，我也没有什么意见。现看您的意见了，如果同意，请直接和中华商量，不必先问我了。（图 17）

我如释重负，自然完全同意。于是，中华书局正式安排柳宪女士为《陆贽集》责编。之后一段时间，主要是整理样稿和草拟“点校说明”。

1987 年 2 月 24 日，我正式将《陆贽集》“点校说明”草稿和卷二样稿寄给仲安先生。仲安先生 3 月 3 日回信，先说他今年上学期有课，工作很忙（详参下节），只能先看“点校说明”，卷二样稿须等有时间再看。然后说：

> “点校说明”中有两处请斟酌一下：一处是原稿说董士恩本没有校勘记，所以“校勘记重做”，我以为他原未做，就不是重做，应改为新做，不知您同意否？一处是在“注文凡例”第一点中说：“引文脱误，标出并与原书核实，

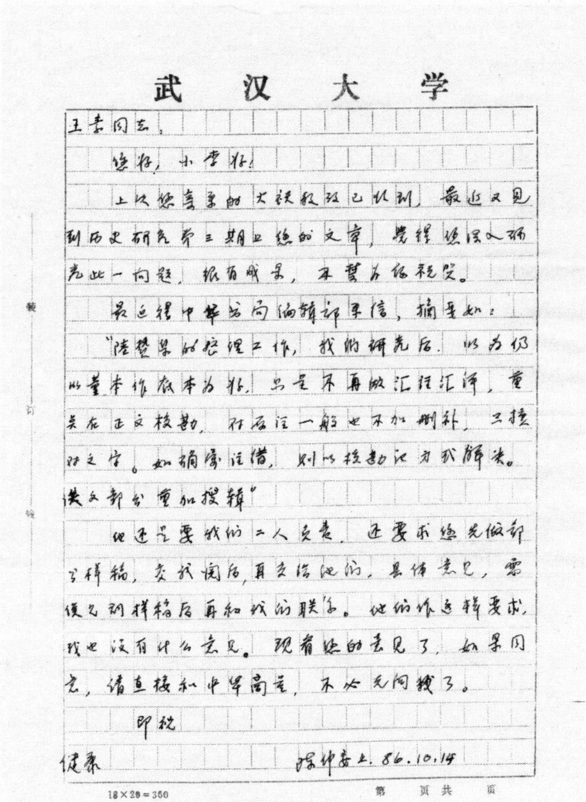

武 汉 大 学

王素同志：

您好，小李好！

上次您寄来的大误校改已收到。最近又见到历史研究第三期上您的文章，觉得您深入研究此一问题，很有成果，不禁为你祝贺。

最近得中华书局编辑部来信，摘要如下：

"陆贽集的整理工作，我们研究后，以为仍以董本作底本为好，只是不再做汇校汇评，重点在正文校勘，对原注一般也不加删补，只核对文字。如确属注错，则以校勘记方式解决。佚文部分重加搜辑"

他还是要我们二人负责，还要求您先做部分样稿，交我阅后，再交给他们，具体意见，需俟见到样稿后再和我们联系。他们作这样要求，我也没有什么意见。现看您的意见了，如果同意，请直接和中华商量，不必先问我了。

即祝

健康

陈仲安上．86.10.14

18×20＝360　　第　页共　页

图 17　陈仲安先生 1986 年 10 月 15 日来信

均径补正，不出校。”我认为这里应该出校，或斟酌情况，有的不出，有的作校记，以便读者知其脱误之错。还有“引唐人著作，回改避讳字，经与原书核实，均再改回，不出校”。我认为陆贽唐人，其引唐人著作依唐讳改，是其原文如此，应予保留。但其本未改，而是后来人为了避唐讳或更后之讳而改者，最好改回，总之存原文真象。这种改或不改，还是出校为佳。其馀规定，我看很好。

我按仲安先生意见，对“点校说明”进行了修订。卷二样稿什么时间看完？有什么意见？我这里能够找到的仲安先生的回信，似乎都没有再提。我只知道在此之后，仲安先生的身体每况愈下。为了能让仲安先生早日看到《陆贽集》全稿，我日夜奋战，终于在本年底完成了初稿。

1988年春节，我回汉探望父母。2月19日为农历正月初三，赴武大给师长拜年，将《陆贽集》初稿送到仲安先生府上，请仲安先生审订，并请仲安先生为本书写序。仲安先生3月12日来信说：

《陆贽集》已开始阅读，进度甚慢，恐误出版日期，尚请先与柳宪同［志］交待，以希谅解。稿上加工符号，并仍原作。说明稿我读后甚感满意，秩序井然，交待明白，无甚改动。所（作）序之才，乃我所欠缺，是否可转请唐长孺先生作序，以重评价？

仲安先生说自己欠缺作序之才，我想那是谦虚或身体欠佳的推托之词。因为《〈南史〉〈北史〉出版说明》是仲安先生写的，一向被称为经典。唐长孺师去年眼睛就难以视物，我不太可能去请唐师作序。此事就暂时放下不提。

同年 6 月 10 日，仲安先生给我写信，说已将《陆贽集》初稿看完，有两点“印象”：第一点是充分肯定，除校勘改补较有成绩外，还提到“对原来书本的文字作了分段及句逗处理，十分精致”等，需要修订之处不多，已在原稿中做了标识。第二点主要针对原书（董本）附录的序跋、诗文，认为有些意义和用处都不大，可以适当删减。我按照仲安先生的意见进行处理后，就将书稿交给柳宪女士。柳宪女士编辑加工完毕，就发到中华书局出版部。本书直到 2006 年才正式出版，是 20 世纪 90 年代以来出版社试行转企改制所导致，与我和柳宪女士没有关系。尽管如此，未能让仲安先生在生前见到本书出版，仍让人感到遗憾。

在仲安先生指导下，主持《陆贽集》点校工作，对我来说是一笔难得的财富。从事过传世文献整理的学人，再从事出土文献整理，看问题会多一些角度，解决问题也会多一些方法。唐长孺师主持过《魏书》、《北齐书》、《周书》点校工作，后来主持《吐鲁番出土文书》整理，就将前者的很多整理方法用于后者整理中，使《吐鲁番出土文书》成为出土文献整理经典[①]。我后来主持整理《新中国出土墓志》、《长沙走马楼三国吴简》、《长沙东牌楼东汉简牍》，以及现在主持整理《故宫博物院藏殷墟甲骨文》，也用了不少传世文献整理方法，其中，《长沙东牌楼东汉简牍》曾获第一届（2007 年）中国出版政府奖提名奖，《新中国出土墓志》曾获第二届（2010 年）中国出版政府奖图书奖。为此，我一直非常感谢仲安先生。

关于《汉唐职官制度研究》的合作

我与仲安先生关于《汉唐职官制度研究》的合作，有一段时间是与《陆贽集》点校工作同步进行的。仲安先生最早向我提到本书，是前揭 1987 年 3 月 3 日回信，在谈看《陆贽集》“点校说明”发现问题之前，先说：

> 我今年上［学］期担任研究生及助教进修班一门职官制度史课，也是我七五计划中预订（定）要完成的书稿，边上课边写，也是很忙。

① 王素《唐长孺先生与〈吐鲁番出土文书〉》，原载《古籍整理出版情况简报》2008年第1期（总443期），第16—22页，改写再刊《中华读书报》2011年7月6日第15版，增补再刊《魏晋南北朝隋唐史资料》第27辑（唐长孺先生百年诞辰纪念专辑），武汉大学人文社会科学学报编辑部，2011年，第43—49页。

仲安先生似乎就是从本年后，给我写信，文字常有脱误，这是以前从未有过之事，反映身体出了问题，令我非常担心。

一年后，收到仲安先生前揭 1988 年 3 月 12 日来信，简单谈完开始阅读《陆贽集》初稿的感想，接着用了很长篇幅介绍本书，原文为：

> 我撰写《魏晋南北朝隋唐职官制度研究》，原定计划如下：
>
> 导言
>
> 一、汉代制度略述
>
> 二、三省制度的萌芽
>
> 1. 西汉的尚书，2. 东汉的尚书，3. 汉代侍中的演变。
>
> 三、魏晋南北［朝］三省制度的发展
>
> 1. 中书省的形成，2. 门下省的成立及其演变，3. 尚书台的演变，4. 魏晋南朝卿监官职的设置，5. 南朝后期权力之集中于中书舍人。
>
> 四、北朝前期的变例与后期三省制的发展
>
> 1. 十六国时期三省制简述，2. 北魏前期的胡汉杂糅制，3. 北朝后期的三省制，4. 北周改六官制。
>
> 五、隋及唐前期三省制度的完成
>
> 1. 三省六部廿四司制的完成，2. 三省分权原则的探讨，3. 尚书省与卿监制度之领导关系，4. 散官、勋官与职事官

制的形成。

六、使职差遣制的出现与其发展

1. 使职差遣官制的出现，2. 中书门下制的变化，3. 翰林学士的发展，4. 理财三司的出现与其发展，5. 神策中尉与枢密使及内诸司使的权力，6. 其他使职发展的概况。

七、监查（察）制度的演变

1. 秦汉御史职官的演变，2. 丞相司直的暂置及司隶校尉的掌权，3. 魏晋御史之职，4. 北朝御史中尉之膨胀，5. 隋唐御史的职权。

八、从郡县制到州郡县的演变

1. 刺史由监察到权代郡守，2. 州郡县愈来愈多之原因，3. 州郡县僚佐的变化，4. 从州郡县变为州县两级制。

九、都督制度的形成及其发展

1. 早期都督制的形成，2. 都督制取代州县权力的经过，3. 军镇制与州郡县制。

十、行台制度的发展与结束

1. 魏晋时期的行台制度，2. 南朝所谓的行台，3. 北朝以行台出使，4. 北齐变成地方军政长官的行台，5. 隋唐的行台制度及其消灭。

十一、节度使、观察使的建立

1. 从都督、总管发展到节度使，2. 从地方检查到成为一级地方军政机构的观察使，3. 节度、观察的文武僚属。

十二、铨选制度

1. 汉代的辟举与贡举，2. 秀才、孝廉的考试，3. 荫举与纳资制度，4. 九品中正制，5. 停年格与循资格。

十三、俸禄制度

1. 汉代的秩禄制，2. 魏晋以后的品、阶与禄米俸绢，3. 食幹制与食力制，4. 禄田与职田，5. 公廨田与公廨食利本钱。

十四、职官制度演变之原因及其历史意义（图 18）

可见仲安先生准备撰写的本书，当时虽然尚名《魏晋南北朝隋唐职官制度研究》，但从汉到唐，分十四个专题，五十一个细目，已有完整架构。然而，仲安先生此信又接云：

以上十二（四）个标题中，从第一到第十一，我曾在去年为研究生讲过，第十二至十四没有成稿。现在我修改补充已至第五题，甚愿能在今年按修改稿重讲一次。我甚希望　您能助我完成未写的两题十一（二）、十二（三），包抱（括）收集原始资料、重要参考资料及分析研究初稿，有四万到五万字即可。不［知］能否助力，甚希能予答覆，仰首以待，不胜般般。

始知实际上，前十一个专题只有讲稿，后三个专题连讲稿也

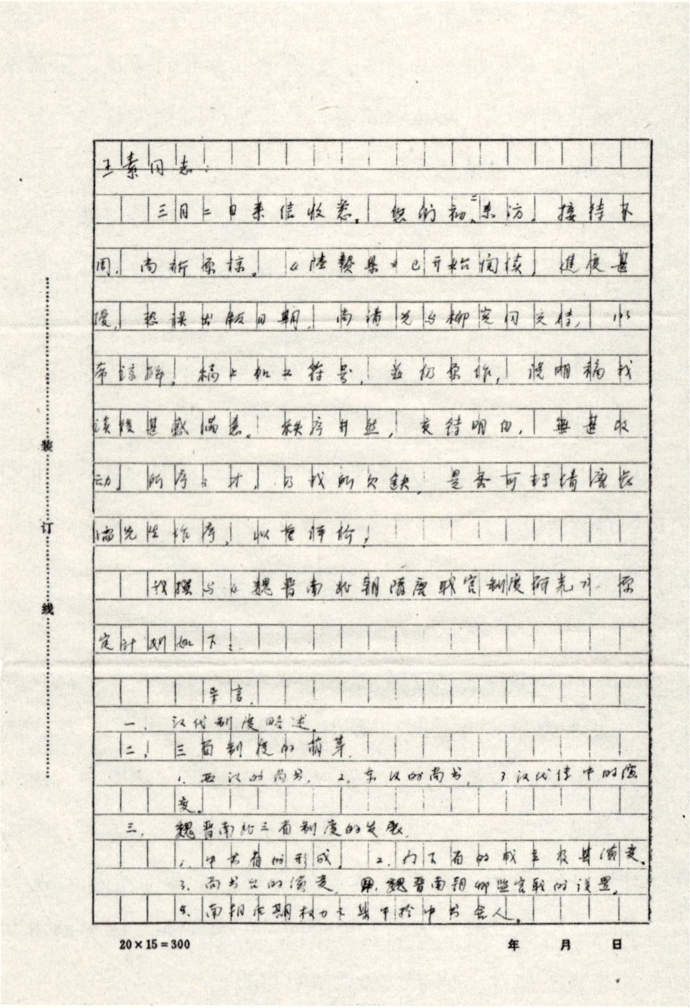
王素同志：

三月二日来信收悉。您约初二来访，接待不周，尚祈原谅。《陆贽集》已开始阅读，进度甚慢，恐误出版日期，尚请先与柳宪同志接洽，以希谅解！稿上加上符号，并仍录作，您的稿我读后甚感满意。秩序井然，交待明白，无甚改动。所序之才，乃我所欠缺，是否可转请唐长孺先生作序，以增声价！

我撰写《魏晋南北朝隋唐职官制度研究》，原定计划如下：

导言。

一、汉代制度略述。

二、三省制度的萌芽。

1、西汉的尚书，2、东汉的尚书，3汉代侍中的演变。

三、魏晋南北三省制度的发展。

1、中书省的形成，2、门下省的成立及其演变。

3、尚书台的演变，4、魏晋南朝卿监官职的设置。

5、南朝后期权力集中于中书舍人。

20×15＝300　　　年　月　日

图18　陈仲安先生1988年3月12日来信（1）

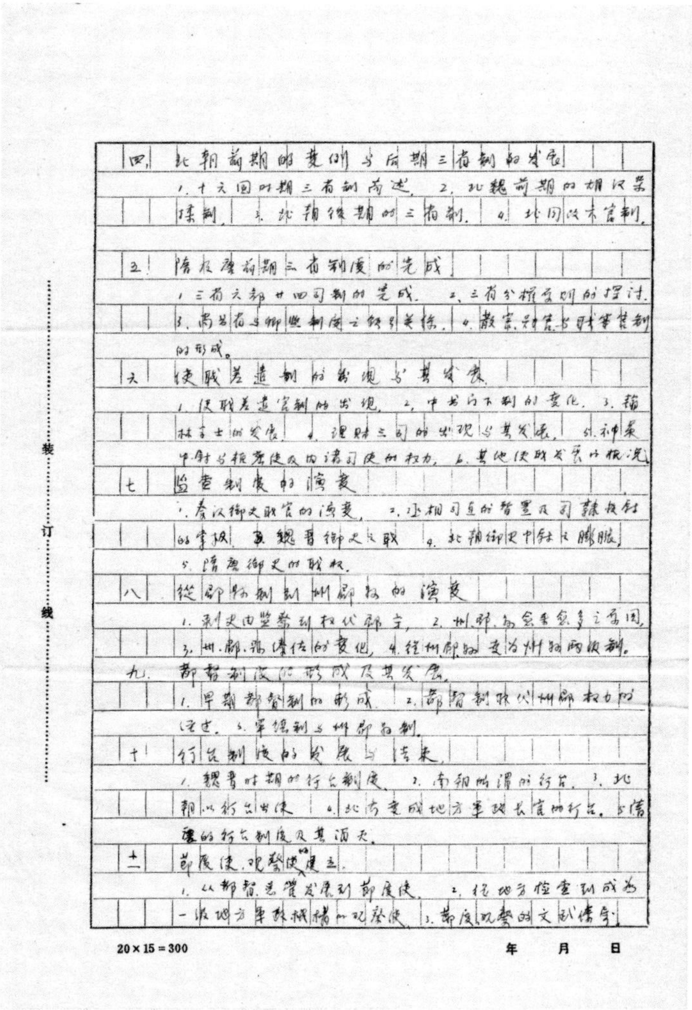

四、北朝前期的变例与后期三省制的发展
1.十六国时期三省制简述 2.北魏前期的胡汉杂糅制 3.北朝后期的三省制 4.北周六官制

五、隋及唐前期三省制度的完成
1.三省六部廿四司制的完成 2.三省分权分职的探讨 3.尚书省与卿监制度之联系关系 4.散官、职官与职事官制的形成。

六、使职差遣制的出现与其发展
1.使职差遣官制的出现 2.中书门下制的变化 3.翰林学士的发展 4.理财三司的出现与其发展 5.神策中尉与枢密使及内诸司使的权力 6.其他使职发展的概况

七、监察制度的演变
1.秦汉御史职官的演变 2.丞相司直的设置及司隶校尉的掌权 3.魏晋御史之职 4.北朝御史中尉之膨胀 5.隋唐御史的职权

八、从郡县制到州郡县的演变
1.刺史由监察到权代郡守 2.州、郡、县急剧增多之原因 3.州、郡、县僚佐的变化 4.隋州郡县变为州县两级制。

九、都督制度的形成及其发展
1.早期都督制的形成 2.都督制取代州郡权力的经过 3.军镇制与州郡县制

十、行台制度的发展与结束
1.魏晋时期的行台制度 2.南朝所谓的行台 3.北朝的行台出使 4.北齐变成地方军政长官的行台 5.隋唐的行台制度及其消灭

十一、节度使、观察使的建立
1.从都督总管发展到节度使 2.从地方检查到成为一级地方军政机构的观察使 3.节度、观察的文武僚佐

装订线

20×15=300 年 月 日

（2）

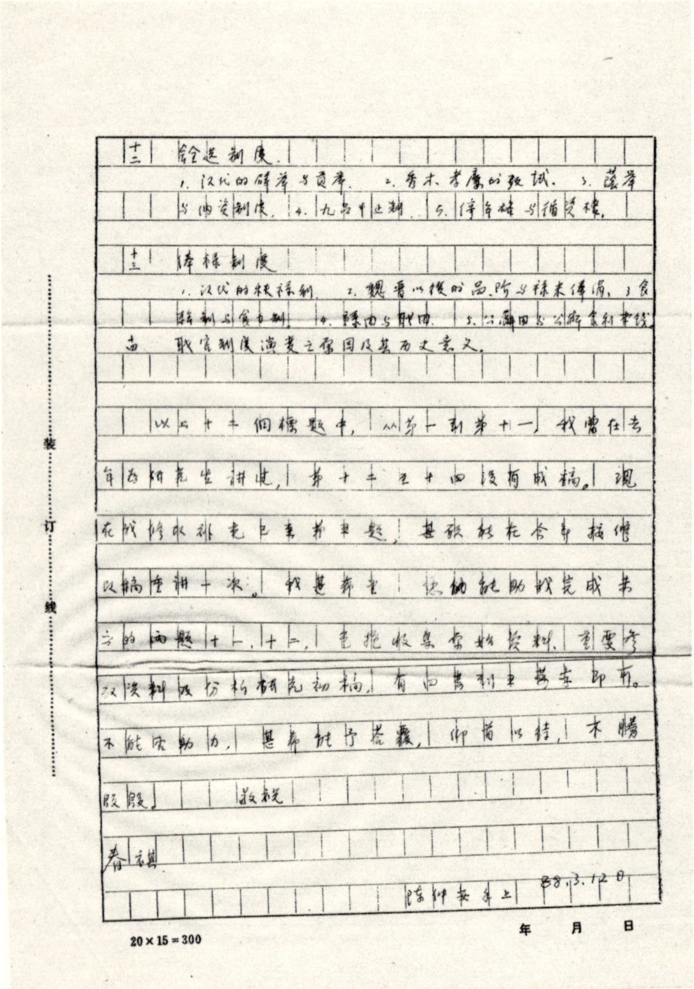
十二 铨选制度

1. 汉代的辟举与贡举 2. 秀才、孝廉的考试 3. 荫举与曲资制度 4. 九品中正制 5. 停年格与循资格

十三 俸禄制度

1. 汉代的秩禄制 2. 魏晋以后的品阶与禄米俸钱 3. 食禄制与食力制 4. 禄田与职田 5. 公廨田与公廨本钱

十四 职官制度演变之原因及其历史意义。

以上十四个标题中，从第一到第十一，我曾在去年为研究生讲述，第十二至十四没有成稿。现在我修改补充已有各章题，甚欲就全部稿件以稿本讲十次。我甚希望您能协助我完成未写的两题十三、十四，先把收集有关资料，重要史料及分析研究初稿，有函告以意见即可。不能赞助，甚希能予答覆，仰首以待，不胜殷殷。 敬祝

春祺

陈仲安手上 88.3.12日

20×15=300 年 月 日

（3）

没有；根据讲稿修改补充的书稿，也仅到第五个专题，离成型书稿堪称任重道远。其时我已听说仲安先生身体较前更差。因而读到希望我能帮助承担部分工作，在“您”前面还用了“平阙式”，最后还说“仰首以待，不胜殷殷”，便已决定无论如何也必须分担了。但当时我还在《陆贽集》的整理漩涡中不能自拔，没有发现仲安先生此信希望我承担的两个专题的序数竟然是错的，就回信说我可以承担第十一专题节度使、观察使的建立和第十二专题铨选制度。此信一定给仲安先生造成不小的困扰，因此很长一段时间没有收到仲安先生续谈本书的回信。

而我因《陆贽集》工作未了，仍常给仲安先生写信，甚至重提请仲安先生写序旧事。仲安先生直到10月14日才回信，分四段，第一段仍婉拒写序，并说“此事已完，无须再及”，第三段说本书“已完成十一章初稿，下面正待进一步修改补充”，第四段说自己“今年9月，已奉命退休”，因有些工作未完，历史系拟再“返聘一年”，第二段最长，谈希望我为本书分担的工作，全文如下：

> 前请您为我补写两章，是铨选制度及禄俸制度，现您应承写节度使、观察使一章，外加铨选制度。我也觉得很好，节度使、观察使我已写了一个初稿，从采访处置使发展到观察使，以及从行军总管发展到节度使，粗略谈了一个大概，恐难符合读者需要，您若能仔细写作，我想一定可胜我之初稿。铨选制度从九品中正制到进士

制，虽有一个念头，但未着笔。且两汉乡举里选，到秀才、明经之考试制度，亦少研究。其后，进士、明经虽属科举，而科举任官，还须经过吏部考评，任官之后升迁陟降，亦有制度。此事颇烦，尚不知如何着手。今你肯临此困难，惠我实多，我无存见，一切以你之考虑为依据可也。还有禄俸制度之变化，也属难题，不知您能担此风险否？尚希回示。

拜读此信，我方知自己误会之深，而仲安先生并没有因此责怪我，令我很感动，故马上给仲安先生回信，说明原委，并表示愿意承担俸禄制度的撰写。

仲安先生 11 月 10 日收到我的信，应该很高兴，当日即回信：

10 月 20 日来信，今天方收到，不知邮政何以延误至此。来示云十一章已不拟写，决定只写铨选和禄俸二章，甚感敬意……二题所要求字数不宜太多，以五到十万字为宜，如何写法，全靠您自作主了。

承蒙仲安先生批准，我就马上动作起来。因为铨选和俸禄两项制度，诚如仲安先生所言，原本就属烦难之题，加以我又缺乏研究，只能越早行动越好。

我在北京忙着开辟新领域的同时，仲安先生也在武汉忙着修补旧稿。这样过去半年。1989 年 4 月底，武大传来消息，说仲安先生于本月 22 日突因脑血栓发作住院。我不由心里一紧，一方面担心仲安先生的身体，另一方面也不得不做好接手仲安先生未了书稿的准备。因为我的硕士论文《三省制略论》，承蒙王仲荦先生推荐，已由齐鲁书社于 1986 年出版，大家都认为我对官制研究有基础，接手仲安先生未了书稿，我自是最佳人选。于是，我加快了撰写进度。

1990 年 4 月初，我给仲安先生写信汇报工作，说铨选和俸禄两章可于 5 月底完成，正好十万字，到时寄上，请他审订。仲安先生 4 月 13 日回信，先说：

> 接获最近来函，十分高兴，知您所承担的部分，已在积极准备，约在 5 月底可全部完成，甚好，甚好，我希望能准时读到成稿，望按时寄来为幸！

接谈自己得病之后，遵医嘱一直以休息疗养为主，“平时所留意之问题，都置之脑后”，所以如此，是因为“在修改旧稿时，遇到困难不少，有的资料遗忘，有的则需要改订结论”，并举汉代中朝外朝性质争论难以决断为例，然后说：

> 如此之类，所在多有，修改之功，确非短期能成，将来完稿后，请您仔细审读一遍，提出若干修改意见，

反覆订正，方可于心不违。来信提到中华之张忱石先生，甚促此稿。记得我在去年交接《北朝［四］史人名索引》时，他亦曾提出此事，并建议如本人身体不适，可请旁人代劳。此事他首推荐由您承担，未知您的意见以为如何，望告。

我如前所说，已有接手仲安先生未了书稿的思想准备，故马上给仲安先生回信，表示愿意承担，请仲安先生放心。过了一个月，5 月 15 日，我给仲安先生写信，说我承担的铨选和俸禄两章，完稿后不邮寄了，准备亲自送到武大，希望能够当面聆听仲安先生关于统稿的意见。仲安先生 5 月 30 日回信说：

5 月 15 日覆信收到，获知　　您将于下月内来汉，商定稿子，十分高兴。犹（由）于身体有病，诸外（处）不适，我修改旧稿，实在未进行多少，得　　您存（承）担，可称惠助。我在家专候，望无误此行。

此信在两个“您”前面又都用了“平阙式”。实际上让我感到很辛酸。因为我认为学生帮老师做点工作，是中华文化传统，是不应这样客气的。

此次亲赴武大，见到仲安先生，他半躺在床上，一脸病容，令我心情很沉重。我将铨选和俸禄两章书稿放在仲安先生家里，但估计他已经很难审读。仲安先生关于统稿，没谈什么意见，只说让我不要有所顾忌，尽管放手工作。我倒是谈了自己对本书统稿的一些看法，其中比较重要的有三点：一是将原名《魏晋南北朝隋唐职官制度研究》改为《汉唐职官制度研究》；二是将前十一章合并为中央官制和地方官制两章，加上铨选（后来改为选举）和俸禄两章，即全书仅分四章；三是将原第十四章省略，将职官制度演变原因及其历史意义等内容分别糅入正文四章。仲安先生表示同意。我将仲安先生未了书稿带回北京，用了大约十个月完成统稿。主要原则是保证材料均匀，结构平衡，思路贯通，内容衔接，另外，凡仲安先生原创的观点，均予突出并补充论据。

我这里保存的仲安先生的来信，最后一封时间为 1991 年 3 月 16 日，是希望我能尽快将业已完成的书稿寄到武大，他想请唐长孺师最后再审读一遍。实际上唐师眼睛早已难以视物，根本不可能承担审读工作。但仲安先生的事，唐师不可能不管。于是，唐师命学生将全部书稿复印两份，分寄北京大学周一良先生和中华书局赵守俨先生，请他们代为评审。唐师 1991 年 7 月 11 日给我写信说：

> 你和陈仲安同志合著的《汉唐职官［制度］研究》，周一良、赵守俨两位同志已将评审意见寄来。我因目力关系，无法阅读，因而不知道所提修改意［见］应如何处理。周的意见早已交给陈先生，赵的意见已复印，二三天内即当交陈先生，由他决定处理。他自己已不能修改，连写

信都困难，看来还得你动笔。守俨同志那里有一份复印稿，修改时可以就近去取。忱石同志来函说，此书要到明年才能发排，看来时间也还充裕。

唐师8月17日又给我写信说：“周、赵两同志的意见，我曾请人念给我听，知道修改任务不大。”我的印象也是只有几条，很快就修改完了。

最后的工作是撰写“后记”。仲安先生写不了，想请牟发松代笔，但当时发松正在协助唐师撰写《魏晋南北朝隋唐史三论》，故仲安先生先向唐师提出，唐师自然同意，发松到仲安先生府上，听取具体意见后，很快撰成，先念给唐师听，再念给仲安先生听，两人均无意见，然后寄给我。“后记”说：

（我）不料后来突发脑血栓病，精力日见衰竭，撰写工作竟至中辍。后蒙王素同志续成选举制度及俸禄制度两章，并对我撰写的序言、第一章中央官制、第二章地方官制进行整理、补充和统稿，此书方成完璧。

此外，还向包括周一良、赵守俨两位先生在内的众多曾经给予本书帮助的学人表示感谢。这既是实录，也反映了仲安先生不掠人之美的优秀品质。

本书出版后，我第一时间给仲安先生寄上样书，但他头脑已经迷糊，据说捧着样书，想说什么却说不出来。此事让我难过了很长时间。

向大师致敬

简谈《汉唐职官制度研究》的价值

谈到本书的价值，可能不同的学术人群会有不同的说法，而作为作者之一，我认为本书最大的价值是知识性与学术性并重。这是因为，本书缘起仲安先生给研究生及助教进修班讲课的讲稿，知识性自应放在首位，故可以作为“汉唐职官制度”入门之书；而后缀“研究”二字，又决定了本书必须考虑学术性。关于后者，有材料可以证明。本书与唐长孺师压卷之作《魏晋南北朝隋唐史三论》，均属唐师主持的“七五”期间国家社会科学重点课题“魏晋南北朝隋唐史研究”系列专著之一，唐师的《三论》主要谈这一时期经济、政治、军事、文化方面的变化，故《后记》说：“本书虽说完成，实际上缺漏甚多，比如职官、法律的变化全未述及。”（武汉大学出版社，1992年，第493页）我想，两书虽然各自单行，相互并无影响，但作为当事人，特别是作为主持人的唐师，不可能不考虑《三论》谈职官，与本书是否重复的问题。因此，我感觉，唐师的《三论》不谈职官，存在有意回避的因素。而这就决定本书需要具备与《三论》同等的学术性。

本书1993年初版，中华书局印了2000册，据说很快售罄。

此后，学术界同仁参考本书，不少用的都是复印件或电子本。因而希望再版的呼声，常有耳闻。这实际都是因为本书具有知识性，受众面较广，可以作为“汉唐职官制度”入门之书的缘故。这次增订，原则之一，就是强化本书的知识性。增补最多的是引文出处，这是为了方便学人查检校核。其次是新见传世文献材料与出土文献信息，传世文献包括日藏隋人萧吉《五行大义》所记西汉郡县曹官材料，出土文献包括里耶秦简所见洞庭郡迁陵县统治机构信息，尹湾西汉简所见东海郡官吏信息，长沙五一广场、东牌楼、尚德街等东汉简所见东汉早中晚各时期长沙郡临湘县统治机构信息，以及长沙三国吴简所见孙吴早期长沙郡临湘县统治机构信息。这些增补，只会强化本书的知识性，使本书有更为广大的受众面。

本书的学术性，学术界其实早有定论。台湾赖瑞和先生的名著《唐代高层文官》，有三大主题，第一大主题是“探讨他们的‘使职化’，如何从普通的职事高官，演变成皇帝的特使”。关于“使职化”，赖瑞和先生解释说：

> “使职化”这名词，据所知是陈仲安最先使用，见于他和王素合著的专书《汉唐职官制度研究》第一章第六节《唐后期使职差遣制的流行》。意思是唐皇朝把各种职事官架空，改用使职，也就是“以特使治国”，是一种扩充皇权，让皇权得以更集中的办法。陈仲安此书，对近年的唐代官制研究颇有影响，常见学者引用。何汝

> 泉最近出版的专书，更透露他研究唐代使职，就是受到陈仲安在1963年，发表在《武汉大学学报》那篇唐代使职“开山之作”的“启示而萌发念头的”。拙书虽然不是受到陈仲安的启发，我跟陈老的使职观点也不尽相同，但陈老的开山之功不可没。这里借用他的“使职化”，一方面因为此词简洁好用，另一方面也有“向大师致敬”之意。[①]

其中引何汝泉先生的言论，出自《唐财政三司使研究·自序》[②]。仲安先生1963年发表的论文，指《唐代的使职差遣制》[③]。赖瑞和先生说自己的“使职化”观点另有出处，郑诗亮对此有所解说[④]，因与本文无关，无庸赘述。我们只须知道，“使职化”一词，为仲安先生原创，具有广泛深远影响，这就够了。

当然，在本书中，属于仲安先生原创的观点，并不限于“使职化”。我在前揭《写在〈汉唐职官制度研究〉出版之后》一文中，除了“使职化”，还列举了仲安先生解释西汉是否存在“三公九卿制”、西汉中朝官与外朝官的根本区分、御史怎样从天子监察官转变为国家监察官等原创观点，有兴趣者可以参阅。我承担的

---

① 赖瑞和《唐代高层文官》，台北联经出版事业股份有限公司，2016年，第26页。

② 何汝泉《唐财政三司使研究·自序》，中华书局，2013年，第1页。

③ 陈仲安《唐代的使职差遣制》，《武汉大学学报》1963年第1期，第89—105页。

④ 郑诗亮《赖瑞和谈〈唐代高层文官〉与唐代官制研究》，《澎湃新闻·上海书评》2018年1月28日。

部分，也有一些属于自己原创的观点，譬如认为：九品中正制只是一种与选举有关的人事档案制度。察举与科举的根本区别在于：前者是一种他荐的选举制度，后者是一种自荐的选举制度，等等。这是本书具有较强学术性的体现。

这次增订，原则之二，就是巩固本书的学术性。本书初版迄今，二十多年，无庸讳言，关于汉唐职官制度的研究，取得了长足的发展，成果之多，令人目不暇接。但本书增订很少吸收。一则仲安先生故去多年，经他撰写和审定的学术文字，我不能随便做任何增减改动；二则这些研究成果，不少还存在不同程度的争论，不太适合阑入本书。譬如长沙三国吴简从开始整理公布到现在，关于其中“吏民”一词的含义，以及当时吏、民是否分别立籍问题，研究成果很多，意见分歧亦大，本书特别增注说明仍然沿袭传统看法。虽然学如积薪，后来居上，但我想表达的，一如前揭赖瑞和先生所说，仍是“向大师致敬”之意（图 19）！

附记：我在前揭《写在〈汉唐职官制度研究〉出版之后》一文中，全凭记忆，将仲安先生约我合作本书系于 1989 年冬，仲安先生中风住院系于 1990 年春，现在看来，记忆之不可信，有如此者。因而撰写本文，为了时间及事情正确，将尘封多年的仲安先生写给我的信全部整理扫描。另外，1980 年暑假的学术考察，黄正建兄负责管理差旅费，保存有当时的日志，提供给我参考。牟发松兄代撰本书《后记》，向我回忆了事情经过。这样，保证

图 19　唐长孺先生、陈仲安先生与学生合影，约 1986 年于武汉大学（前排左起：杨德炳、陈仲安、唐长孺、李涵、陈国灿、冻国栋，后排左起：石墨林、牟发松、鲁才全、卢开万）

了本文写作，时间及事情大致无误。本文所用图版，除仲安先生与我合影和写给我的信外，均由仲安先生哲嗣陈宁兄、唐长孺师哲嗣唐刚卯兄及牟发松兄提供。在此一并深致谢意！

（原载《澎湃新闻·上海书评》2018 年 5 月 12 日。）

谢桂华先生与《汉晋简牍论丛》

谢桂华先生的论文集——《汉晋简牍论丛》，在他去世八年后，也就是2014年10月，终于作为中国社会科学院简帛研究中心所编简帛研究文库之一种，由广西师范大学出版社出版了。在扉页（正）、版权页（背）与手迹页（正背二面）之间，专门安排一张插页，正面仅印“献给唐长孺师”六个字（图20），背面空白，邬文玲的《编后记》说这六个字是谢先生生前所拟定，让我十分感动。说明谢先生终其一生，没有忘记他出身武大受过唐师的教泽，没有忘记他在唐师指导下从事过汉简整理，没有忘记他也可以算作“武大唐门”的一员。

本书手迹页是他1992年岁末完成、1993年年初修定的论文《元康四年赐给民爵名籍残页再释》的原稿复印件，当时他还不到55岁，字写得工工整整，可谓一笔不苟。文章的内在质量固然很重要，文章的外在形象也决不能马虎。这就是“武大唐门”的风格。而文章的外在形象十分耐看，文章的内在质量也决不可

獻給唐長孺師

图 20　谢桂华先生《汉晋简牍论丛》插页

能逊色。因为人的内在与外在实际都是统一的。古人所谓“文如其人”、“字如其人”，说的就是这个道理。内外兼修，表里如一。这也就是“武大唐门”能够作为一个学派，屹立于学术之林的根本原因。

谢桂华先生关于简牍的论文和文章并不多，该论文集收了三十四篇（下引谢先生的论文和文章，均出该论文集，不再一一注明），大概是倾其所有了。但作为他们那一代人来说，却并不算少。因为：第一，他们那一代人，被耽误太多。他 1963 年武大历史系毕业，年仅 25 岁，正是做学术研究的黄金年华，却接着就被“文革”耽误了十年。这还不算大学期间的各种运动和“文革”之后的各类清查耽误的时间。第二，他参加的“公益性”工作太多，具体来说就是参加简牍整理和期刊编辑工作太多。他参加过居延汉简、尹湾汉简、额济纳汉简、肩水金关汉简的整理，创办并主编过《简帛研究》、《简帛研究译丛》，这在他们那一代人中是不多见的。这类工作做多了，自然会对学术研究产生不利影响。第三，他不到68岁就因病去世。这个年龄去世，在当下世界各国人的寿命都在延长的情况下，虽然不能说是“夭折”，但至少也令人有“享年不永”之叹。因此，我们不能对他有任何苛求。

当然，一个人的学术成就，并不取决于论文的数量，而是取决于论文的质量。而所谓论文的质量，自然是指发现了新问题，提出了新观点，具有学术远见，站在学术前沿，等等。以此为标准进行衡量，我认为，谢桂华先生的论文，是有很高质量的。这里试举三例。

（一）重视简牍复原研究

我们知道：简牍研究的基础是需要有完整的文本。然而简牍的出土——无论是盗掘还是科学发掘，都很难做到保存完整。简牍原有的次序被扰乱，如何复原就显得十分重要。关于简牍复原研究，包括简牍分类、简牍集成、册书复原等，虽然早在王国维、罗振玉整理《流沙坠简》时就已开始，日本森鹿三、英国鲁唯一等也相继做了很多工作，但像谢桂华先生1992年至1993年发表的《新旧居延汉简册书复原举隅》正续二文，将居延新旧简结合进行复原研究，在当时的中国大陆尚不多见。这种学术远见，对中国大陆的简牍复原研究，无疑起到促进作用。

（二）重视简牍草书研究

汉简草书一字多形，缺乏规范，最为难识。在当下这个“专家型社会”，研究汉简者不懂草书，研究草书者不懂汉简，是很正常之事。因此，研究汉简者编不出汉简草书字典，研究草书者编的汉简草书字典不可尽信，也很容易理解。陆锡兴所编《汉代简牍草字编》（上海书画出版社，1989 年），凡收约 1400 个字头，7000 个字形，据李洪财全面覆校，发现各类错误 260 处。而李洪财所编《汉简草字整理与研究》（吉林大学博士论文，2014 年），凡收近 3000 个字头，28000 多个字形，部分放在简文中也扞格难通。而像谢桂华先生 1998 年发表的《汉简草书辨正举隅》，对汉简草书释文的错误一一予以纠正，既懂汉简，又懂草书，十分难得。这无疑给汉简研究者竖立了一个高的标尺，值得大家学习和借鉴。

（三）重视简牍新材料研究

1996 年，长沙走马楼三国吴简的出土，在中国学术史上是一件大事。这批简牍多达 10 馀万枚，其中有字简牍就有将近 8 万枚，超过以往出土简牍的总和，轰动了整个学界。谢桂华先生在 2001 年发表的《中国出土魏晋以后汉文简纸文书概述》一文中专列“长沙走马楼古井出土的三国孙吴简牍”一节，对当时披露的这批简牍中的“吏民田家莂”、“隐核乡界州吏户口”、“司法文书木牍”涉及的问题，综合有限的研究成果，从字词到性质，进行了全面校订和探讨，少数观点虽然现在看来并不一定正确，但多数观点即使再过几十年也仍有其生命力。特别是，他认为简牍内容“涉及到两汉到魏晋这一段时期的土地、户籍、仓库管理、赋役等诸方面的根本制度，乃至社会性质等重大课题”，其中“社会性质”一词与“魏晋封建说”相关，与我和宋少华、罗新合撰的《长沙走马楼简牍整理的新收获》（《文物》1999 年第 5 期）持相同观点，这是极有学术远见的。

还值得一提的是，谢桂华先生在汉晋简牍研究领域，能够取得如此成绩，实际上与唐长孺师的指导和帮助是分不开的。20 世纪 70 年代末到 80 年代初，唐师兼文化部文物局古文献研究室主任，每年寒暑假都到北京，主持《吐鲁番出土文书》的整理工作。唐师每次到京，谢先生都是要来拜谒的。我后来负责唐师到京的接待工作，他们谈话时我偶而侍侧，听到谈的都是居延新简的整理工作。谢桂华先生《栉风沐雨　成就斐然——50 年来历史所简帛研究回顾》一文的第一节“居延汉简的整理与研究”对此有较详记载，原文为：

1972—1982 年，由甘肃省多家文物考古单位联合组建的居延考古队对居延地区进行了全面的考古调查和发掘，出土简牍近两万枚，是为居延新简。从 1978 年起，甘肃省博物馆文物队、国家文物局古文献研究室、中国社会科学院历史研究所又联合对这批汉简进行整理。我的老师、著名历史学家唐长孺先生是联合整理小组的负责人。我和所里的朱国照先生也正是从那时起开始参与这批简牍整理工作的。当时我已经年届四十，以前也没有从事整理简牍工作的经验，加之“文化大革命”时期在学业上或多或少有些荒疏，所以感到压力很大，对自己能否胜任这么重要的工作，颇感疑虑。不过想到有老师挂帅，心里略觉宽慰。但是，没想到唐先生不幸患眼疾，视网膜脱落，无法亲自释读简文。这个不幸的消息让我心情沉重，一方面为唐先生担心，另一方面觉得好像突然之间失去了依靠，压力倍增。痛定思痛，别无良策，只有在摸索中积累经验，尽自己的最大努力把工作做好，完成这批简牍的整理，以期不负唐先生厚望。那时条件比较艰苦，释读只能完全依靠肉眼进行，没有任何先进的工具可以借助。我记得当时集中工作的地方在沙滩北大旧红楼，不论严寒酷暑，参加整理的先生们每天都从各个方向赶到工作地点，伏案工作，一干就是一整天。经过多年的奋斗，终于完成了居延新简的全部整理工作，并集体讨论定稿。参加释文工作的还有于豪亮、任步云、初世宾、李均明、何双全等同志。1984 年 9 月，在文化部古文献研究室主任唐长孺先生主持下，我所张政烺、李学勤、北京大学

> 裘锡圭、社科院考古所徐苹芳等先生应邀对其中的疑难释文提出了许多宝贵的意见。这批汉简也被列为“六五”期间全国哲学社会科学历史学科古代史重点项目。为了使读者早日见到这批珍贵的资料，我们决定先将释文部分出版简化字横排本，于是有了1990年文物出版社出版的《居延新简——甲渠候官与第四燧》一书。1994年由中华书局出版《居延新简——甲渠候官》（上、下），附有完整的图版和释文。该书荣获第二届国家图书奖提名奖、第九届中国图书奖、中国社会科学院第二届优秀科研成果奖、首届郭沫若中国历史学奖三等奖等奖项。

关于唐师对居延新简整理工作的指导和帮助，《居延新简——甲渠候官与第四燧》的“出版说明”也有简单介绍，这里就不重复了。

谢桂华先生深受唐长孺师的影响，对“公益性”工作孜孜不倦，对学生和后进更是倾心爱护和鼎力扶助。谢桂华先生是2006年6月12日因病去世的。此前半个月，也就是5月下旬，黄正建师弟专门找我，说谢先生身体越来越差，还很担心他唯一的博士生邬文玲的事业前途，问我是否可以带着邬文玲参加长沙吴简整理工作，我说没有问题，这样，邬文玲就随我参加了《长沙走马楼三国吴简》的《竹简》[叁]、[柒]、[捌]、[玖]和《竹木牍》五卷的整理工作。邬文玲也没有辜负谢先生的期望，成为他简牍事业的优秀传人。谢先生去世后，最早的悼念文章，是于振波同月16日初稿、同年11月12日修改完成的《走马楼吴简续探》（台北文津出版社，2007年）的《后记——怀念谢桂华先生》，其中谈了很多谢先生作为良师益友的感人事迹。吴荣曾先生曾给于振波回信这样评价谢先生："他为中国的简牍事业付出了很大的努力，不为名，不为利，纯粹是一种奉献。这种精神非常伟大，今天如先生者有几人？他提挈后进也是凭着自己热诚的心，这点也值得人钦佩和学习！"于振波则感叹："谢先生因医治无效，不幸去世。学术界失去了一位作风正派、治学严谨的学者，一位淡泊名利、甘做人梯的实干家，一位诲人不倦、不遗馀力奖掖后进的师长。"这些都绝非过誉。谢先生虽然已归道山，他的文章永远值得我们学习，他的道德永远值得我们怀念！

（原为"第三届简帛学国际学术研讨会暨谢桂华先生《汉晋简牍论丛》出版座谈会"发言稿，广西桂林，2015年11月5日至8日。）

奖掖多后进　谦恭比前灵

——记与季羡林先生交往二三事

2009年7月11日，季羡林先生永远离开了我们。我既非季先生的学生，又非季先生的私淑，加之与季先生交往不多，本来没有资格写回忆季先生的文章。但君子之德，若风犹龙，季先生的道德与文章，对我不能说没有影响。因而特撰此文，既记与季先生的交往，亦表对季先生的怀念。

我与季先生第一次见面，大约是在1982年6月。当时，我与林小安兄正忙着为创办古文献研究室的室刊《出土文献研究》约稿。我们商定的办刊方针是：创刊号争取多用名家的论文，先打出品牌，以后出续集，再将本室同仁的论文系统推出。这是一种以老带新、以前辈带后学的办刊方法。我们准备约稿的名家中，就有大名鼎鼎的季先生。一天下午，小安兄告诉我，说已与季先生约好，我们一起去季先生家拜访，商谈约稿等事。研究室对向季先生约稿十分重视，临时负责人王东明先生专门派小车将我与小安兄送到了北京大学。记得敲开季先生家门，第一眼见到季先生时，感觉就是一位再普通不过的老人。季先生上身穿着一件白色粗布长褂，下身穿着一条蓝色粗布长裤，脚上穿着一双大约是北京同升和生产的布鞋，态度和蔼可亲，平易近人。我与小安兄分别向季先生介绍了自己的情况，以及《出土文献研究》的性质与内容，表示盼望季先生能够赐稿，以提高本刊的声望和扩大本刊的影响。原以为季先生属于大忙人，约稿纯属不情之请，不见得会答应，没想到季先生得知我与小安兄都是“文革”后第一届硕士研究生，我出于唐长孺先生门下，小安兄出于徐中舒先生门下，且都有志于学，有心办好《出土文献研究》，为奖掖后进，竟非常爽快地答应了。于是，《出土文献研究》创刊号多了一篇有分量的论文——《说“出家”》[①]。

这里顺便说说《出土文献研究》创刊号的情况。本集创刊号堪称名家荟萃，除季先生外，还有唐兰（遗稿）、徐中舒、唐长孺、张政烺、胡厚宣、周绍良、朱德熙、俞伟超等前辈大家的论文。此外，还有马雍、李学勤、裘锡圭、陈国灿、李征、蒋忠新、朱雷、程喜霖、陈炜湛、宋镇豪、李家浩等著名中青年专家的论文。这种超豪华阵容，对于《出土文献研究》来说固然是空前绝后，就是在当时各类社科刊物中亦极为鲜见。《出土文献研究》后来能够成为一个品牌，与创刊号的声望和影响有着密切关系。值得

① 季羡林《说"出家"》，文化部文物局古文献研究室编《出土文献研究》，文物出版社，1985年，第184—190页。

一提的是，季先生对本刊一直非常扶植，十馀年后，还给本刊惠赐论文[①]。这种情谊，是我终生难以忘怀的。

我给季先生第一次写信，大约是在 1989 年 7 月。当时，我正在研究吐鲁番出土的《高昌巳岁王庆祐等三人取银钱作孤易券》，对其中“孤易”一词的含义不甚清楚，怀疑有可能是西域某少数民族文字的音译，便给季先生写信求教。季先生于同年 8 月 7 日亲笔给我回信，对我提出的问题给予了详细的解答。季先生的回信全文，我后来也附在论文后面发表了[②]。大家可以参阅，这里不赘。从季先生的信中，可以深切感受到季先生的谦恭和季先生的君子之德。

我生性好静恶动，喜欢书斋生活，不喜欢抛头露面，故而一直有意将自己边缘化，与学术界更是若即若离。尽管如此，季先生对我的学术事业仍然非常关注。这当然也是因为，作为学者，不是靠嘴说话，而是靠论著说话。季先生在 1990 年 7 月 27 日为荣新江先生的大著《归义军史研究》所撰《序》中，谈到中国敦煌吐鲁番学界“青年学者脱颖而出”时，先说：“这样的青年学者，颇可以举出一些来。”然后条列了荣新江、卢向前、张涌泉、黄征、

① 季羡林《新博本吐火罗文A（焉耆文）〈弥勒会见记剧本〉第二十一张（两页）译释》，中国文物研究所编《出土文献研究》第3集，中华书局，1998年，第212—216页。

② 王素《吐鲁番所出高昌取银钱作孤易券试释》，《文物》1990年第9期，第91—94、73页。另参王素《〈吐鲁番所出高昌取银钱作孤易券试释〉补说》，《文物》1993年第8期，第66—67页。

王素、赵和平、郝春文等名字，说这些人“皆是也”[1]。而其时，我还没有参加过任何有关敦煌学的会议，甚至连中国敦煌吐鲁番学会的会员也不是。也就是在此之后，承蒙真正关心中国敦煌吐鲁番学发展的柴剑虹、郝春文、荣新江三位先生的竭力援引，当然也有季先生的奖掖，我才参加了中国敦煌吐鲁番学会，并发挥了应有的作用。

1991 年 10 月，唐长孺师主编的《吐鲁番出土文书》释文本最后一册，也就是第 10 册，由文物出版社出版，宣告该书释文本的整理工作到此全部结束。我作为释文本整理工作的参加者，觉得这是一件值得宣传的大事，就与当时主管《文史知识》工作的柴剑虹先生联系，想组织一辑文章，在《文史知识》发表，作为纪念。柴先生一听，觉得主意不错，很高兴，马上同意了。不久，一次偶然的机会，见到了季先生，我向他汇报此事，他也很高兴，说：“应该！应该！可惜我没时间，不能提供文章。”后来，“纪念《吐鲁番出土文书》出版专辑”在《文史知识》1992 年第 8 期刊出，依次收有我与陈国灿、严耀中、吴震、谢重光、程喜霖、杨际平六位先生以及内子李方写的八篇文章，受到学术界的好评。

1993 年 10 月，唐长孺师体检，发现癌症已转移。我想搞点喜庆的事，分散唐师的注意力。当时，适逢首届国家图书奖评奖，图文对照本仅出版第 1 卷，无法参评，我就将释文本全 10 册申

---

① 季羡林《归义军史研究·序》，荣新江《归义军史研究——唐宋时代敦煌历史考索》，上海古籍出版社，1996年，第2—3页。

报了国家图书奖。我获知季羡林先生是评委会副主任，就给季先生写信了解情况。季先生 11 月 22 日给我回信说：评委会已于本月 18 日开过会，自己因故没有参加，对于具体评奖情况还不清楚（图 21）。后来，释文本虽先通过第一轮删选获得提名，但最终仍然出局。不久，在一次会议上见到季先生，他对我解释说：《吐鲁番出土文书》作为出土文献整理精品，肯定能够获奖，但评委都认为，释文本只是征求意见本，如果获了奖，作为最终定本的图文对照本就不能评奖，太可惜了，不如等到图文对照本全部出版，再参评国家图书奖。我觉得评委们的考虑是正确的。

1996 年 12 月，唐长孺师主编的《吐鲁番出土文书》图文对照本最后一卷，也就是第 4 卷，由文物出版社出版，宣告本书图文对照本的整理工作到此全部结束。我作为图文对照本整理工作的执行负责人，总算松了一口气。因为，在古文献研究室，多卷本集体项目难以完成，是众所周知之事。譬如与《吐鲁番出土文书》同年（1975 年）开始整理的《银雀山汉墓竹简》、《马王堆汉墓帛书》，直到现在（2011 年）也未能完成。原因很多，人事关系复杂属于其中之一。只有我参加的《吐鲁番出土文书》释文本全 10 册，我执行负责的同书图文对照本全 4 卷，以及我主编的《新中国出土墓志》第一期工程全 10 卷、19 册[1]，均按时出版成为完璧。一次，在北京图书馆（今国家图书馆）文津街分馆召开中国

① 参阅孙漪娜《历时26年出版10卷19册，成果受专家一致好评：〈新中国出土墓志〉第一期工程结项验收会在京召开》，《中国文物报》2009年12月23日第2版。

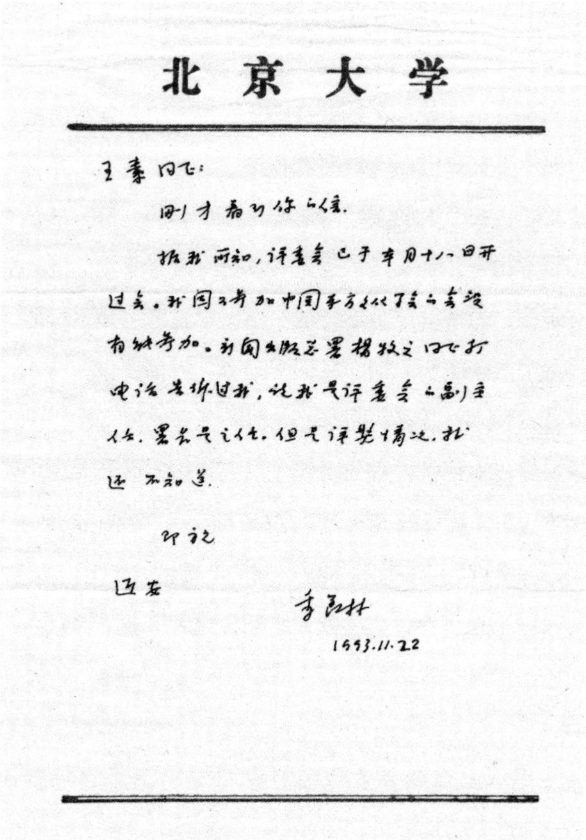

北京大学

王素同志：

刚才看到你的信。

据我所知，评委会已于本月十八日开过会。我因为参加中国东方文化学会的会没有能参加。新闻出版署杨牧之同志打电话告诉过我，说我是评委会的副主任，署长是主任。但是评奖情况，我还不知道。

即祝

近安

季羡林

1993.11.22

图 21　季羡林先生 1993 年 11 月 22 日信

敦煌吐鲁番学会常务理事扩大会议，见到季先生，季先生问我《吐鲁番出土文书》图文对照本的出版情况，我告诉季先生，《吐鲁番出土文书》图文对照本已经全部出版。季先生对我说："辛苦了！你为中国敦煌吐鲁番学界做了一件大功德呀！"至今想起这句话，仍觉言犹在耳，即使再辛苦，也感觉值得。《吐鲁番出土文书》图文对照本不负众望，1997 年获得第二届国家图书奖提名奖。

我常想：一个人的文章与道德是不可分的。恒言曰："先学做人，再学做事。"又曰："先有道德，再有文章。"一个人做人没有道德，做事肯定是不行的，做文章肯定也是不行的。《三国志·吴书·阚泽传》记泽以儒学勤劳，封都乡侯，曰："性谦恭笃慎，宫府小吏，呼召对问，皆为抗礼。人有非短，口未尝及。"《宋书·谢弘微传》记弘微有兄名曜，二人性格差异颇大，"弘微口不言人短长，而曜好臧否人物，曜每言论，弘微常以它语乱之"。季先生待人真诚宽容，恂恂如也，或许心有臧否，但口绝无是非，较之前灵，不遑多让，故能做大文章，成大事业。而这些，都是值得我们永远学习的。

（原载《敦煌吐鲁番研究》第 12 卷，上海古籍出版社，2011 年 7 月。）

风操存大道　事业在名山
——缅怀史家田馀庆先生

得知田馀庆先生不幸去世噩耗，感觉非常突然。因为这几年与田先生联系虽然不多，但对他的行迹一直非常关注，知道四个月前，也就是2014年8月23日晚，他还曾赴中国人民大学“第八届中国中古史青年学者国际会议”会场，看望与会青年学子，并回答他们的提问，当时精神状态甚佳，思维敏捷一如往昔。不想世事真的如此难料，天不憖遗，哲人其萎，令人不胜哀悼与痛惜！

我最早知道田先生，是1979年拜读他的名作《释“王与马共天下”》[①]。当时我是武大历史系的研二学生，师从唐长孺先生，学习汉唐历史。在唐师的同意下，正在编撰同时代的《晋三桓（彝、温、玄）年谱》，对该文颇为关注是理所当然的。该文认为：东

① 田馀庆《释“王与马共天下”》，《中国史研究》1979年第3期，第91—102页。

晋初年所谓“王与马共天下”，并非夸张之语，而是确有实际内容的政治局面；在王氏之后，依次出现庾氏、桓氏、谢氏等权臣的时候，仍然是庾与马、桓与马、谢与马“共天下”的局面。高屋建瓴，给了我极大的启发。同时感到，田先生对东晋门阀政治已经有了成熟的构想，我关注的“三桓”问题，他一定已经有了深入的研究，就将编撰《年谱》的工作放了下来。

此后不久，借阅了一本署田先生名的《秦汉史》①，对他的治学路径有了进一步的了解。这本书，是中共中央高级党校历史教研室根据田先生 1962 年 9、10 两月三次在该校讲授秦汉史的讲稿和讲课记录稿整理编印的。虽然只有三讲，10 万字左右，但从第二讲题为“豪强大族势力的扩张和统一国家的趋向瓦解”，已可看到田先生研究东晋门阀政治的渊源。近现代研究中国中古史，欲治隋唐，先治魏晋南北朝；欲治魏晋南北朝，先治秦汉，成为一种很有想法的治学路径。陈寅恪先生和唐师属于前者，而田先生属于后者。田先生于秦汉史极有研究，其《说张楚》、《论轮台诏》等文，钩沉索隐，见微知著，展现了田氏史学的独特魅力。同时，也为田先生研究魏晋南北朝史，打下了深厚的基础。

我最早与田先生相识，是在 1984 年 11 月成都魏晋南北朝史会议期间。田先生知道我出自武大唐门，格外客气，闲谈之中，几次问及唐师的身体情况。会议刚结束，田先生即随周一良先生专程去武大看望唐师。在武大举行的欢迎会上，田先生做了发言，

① 田馀庆《秦汉史》，中共中央高级党校，1962年。

开场即说：我这次南行，主要是为了朝山，刚刚朝了峨眉，拜见了缪钺先生，现在来朝珞珈，拜见唐先生。显示了对前辈学者的尊重。

此次成都会议，记得最清楚的，是最后一个环节，举办方特别请田先生给与会青年学子讲几句话。田先生当时虽然已满60岁，但看起来仍若40许人，站在台前，身子微微前倾，两只眼睛炯炯有神。他说：我50多岁时，已经感到精力衰退，很难开辟新的研究领域了。常常后悔，为什么没有在年轻的时候，多学一些知识。他勉励青年学子，要趁着年轻，将自己的研究领域尽量拓宽。我一直感觉田先生的这种体悟很经典。“言之无文，行之不远”。只有基础扎实宽广，学问之路才可能走得长久。我后来勉励学生，常常引述田先生的这段讲话。

我生性不好交际，只想当观众，不想当演员，与学术界总是若即若离，与田先生见面的机会不是很多。1986年9月烟台魏晋南北朝史会议没有参加。再次见到田先生，是在1989年11月桂林魏晋南北朝史会议期间（图22）。但由于众所周知的原因，这次会议，大家都是忧心忡忡，田先生也是一脸凝重。我们见了面，只是礼节性的寒暄，没有更多的交流。此后，1992年9月西安、1995年9月襄樊，两次魏晋南北朝史会议又都没有参加，算起来，与田先生称得上暌阔了。当然，其间并不是完全没有联系。田先生曾托学生向我转达想看《吐鲁番出土文书》。我给他寄了刚出版的释文本第10册，并附了几篇我关于高昌国史研究的论文。

图 22　1989 年 11 月桂林魏晋南北朝史会议期间合影（左起：笔者、田馀庆、黄烈、王延武）

他 1992 年 12 月 9 日给我写信说："承赐大作并吐鲁番文书第十册，多谢多谢。近年来得知你论著很多，不愧唐门弟子。同行议论，都佩服你和张弓同志。在厦门见到李方同志，亦曾说及。兹有恳者，吐鲁番文书第 4—9 册，共计六本，我未曾购得，可否请你或李方同志设法代购。"云云（图 23）。信中提到的张弓是我大师兄，李方则是内子。我接到信，就赶紧给田先生邮寄了六本吐鲁番文书。

1996 年 10 月至 11 月，长沙走马楼三国吴简的出土，在中国学术史上是一件大事。这批简牍多达 10 馀万枚，其中有字简牍就有将近 8 万枚，超过以往出土简牍的总和，轰动了整个学界。1997 年 8 月，国家文物局为了保护和整理这批简牍，特别成立了领导小组、总体方案制订组、整理组、保护组四套班子，张文彬局长亲自担任领导小组组长，敦请田先生出山，以领导小组成员、总体方案制订组顾问身份，担任整理组组长。由于中国文物研究所很早介入整理工作，决定整理组由长沙、北大、文研所三方专家构成。当时，我具体负责的《吐鲁番出土文书》（释文本 10 册、图文对照本 4 卷）刚刚整理出版完毕，主编的《新中国出土墓志》（全 30 卷、60 册）尚处艰难创业阶段，感到身心有些疲惫，对参加吴简整理并不是特别积极。但单位领导通知我，说国家文物局点名让我参加整理组，并说这也是田先生的意思，我还是欣然同意了。

1997 年 9 月 17 日下午，在北大二院小 108 室，召开吴简整理组成立后的第一次工作会议。会议由国家文物局侯菊坤主持，段勇记录。北大方面，田先生、吴荣曾先生、罗新参加。文研所方面，我、李均明、胡平生参加。李均明时任古文献研究室主任，我时任古文献研究室副主任。为了加快整理进度，会议决定整理组由田先生总负责，吴先生协助，下分两个小组：李均明、胡平生为一个小组，李均明负责；我、罗新为一个小组，我负责。工作交替进行。

此后，很长一段时间，与田先生见面和电话联系多了起来。那时，常常要请田先生、吴荣曾先生到文研所开会。不管是北大派车，还是文研所派车，一般都是我去迎送。不少重大问题都是田先生拍板决定的。这里试举二例：

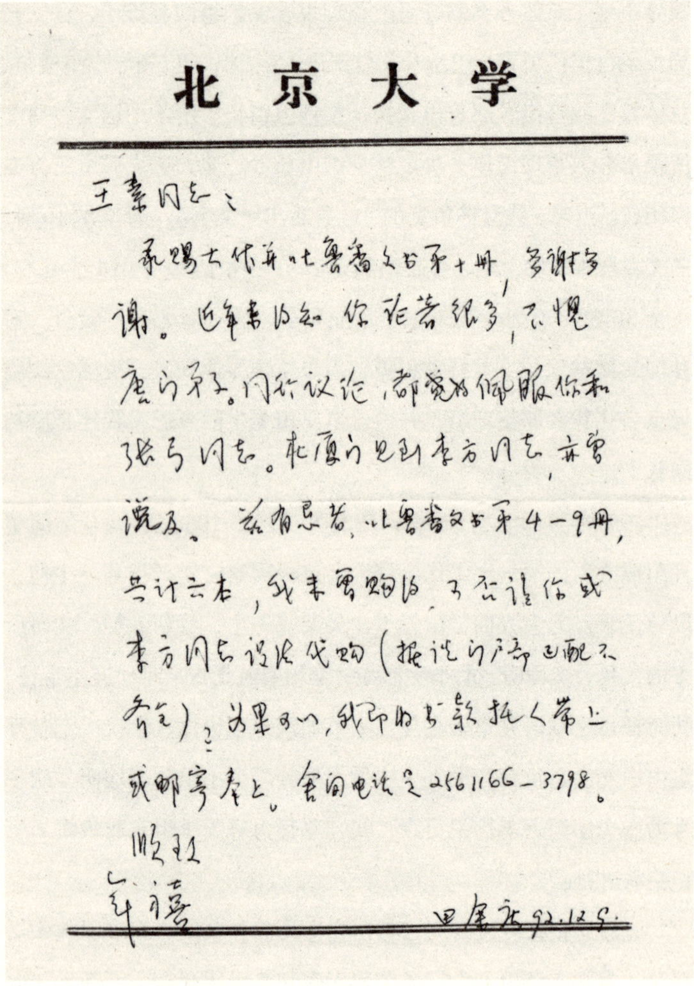

北京大学

王素同志：

承赐大作并《吐鲁番文书》第十册，多谢多谢。近年来得知你花费很多，不愧唐门弟子。同行议论，都觉得佩服你和张弓同志。在厦门见到李方同志，亦曾说及。兹有恳者，《吐鲁番文书》第4—9册，共计六本，我未曾购得，可否请你或李方同志设法代购（据说门市部已配不齐）。如果可以，我即将书款托人带上或邮寄奉上。舍间电话是2561166-3798。

顺致

年禧

田余庆 92.12.9.

图23　田余庆先生1992年12月9日信

一是《长沙走马楼三国吴简》的定名。长沙走马楼三国吴简出土之后，最早整理大木简，仅见孙吴嘉禾纪年，因而很长一段时间都称为“长沙走马楼吴简”。1998 年 5 月至 1999 年 5 月，我与罗新三次赴长沙整理竹简，不但发现了“嘉禾”以前的“黄龙”、“黄武”年号，还发现了“建安廿五年”、“建安廿六年”、“建安廿七年”纪年，甚至更早的“中平二年”（185）纪年。田先生为了稳妥，特别提出应在书名“吴简”前增加“三国”二字。因为传统是将三国时代向前延伸到东汉灵、献之际的。《三国演义》也是以灵帝中平元年（184）黄巾起事、中平六年（189）董卓入京揭开三国时代序幕的。大家对此均无异议。

二是《嘉禾吏民田家莂》和《竹简》的定名。长沙走马楼三国吴简按材质分大木简、竹简、竹木牍三类，其中，大木简有 2000 多枚，竹简有 7 万多枚，竹木牍有 400 枚左右。大木简最早整理，都是嘉禾五年和六年的吏民田家莂，内容比较单一，作为单独一卷，李均明、胡平生提议就叫《嘉禾吏民田家莂》。田先生拍板同意。竹简内容比较复杂，虽然已经整理的一卷主要是赋税简和户口简，但尚未整理的还有八卷，内容无法预测，如何定名成为十分头痛的问题。开会讨论时，田先生向我征求意见，我提议就叫《竹简》。田先生马上拍板同意。会议结束一起吃饭时，田先生还笑着对我说：“王素先生真是解决问题的好手呀！”

田先生对吴简整理做的最重要的贡献，是提出更换保护方案，使整理者能够看到比较清楚的简牍。吴简保护方案原由文研所制订，采用传统草酸脱色，字与简反差较小，释读十分费力。荆州博物馆有一个新的保护方案，采用另一种药剂脱色，字与简反差较大，效果远远优于草酸。但提出更换保护方案，需要国家文物局同意，并非易事。大家想到了田先生。田先生既是领导小组成员、总体方案制订组顾问，又是整理组组长，自己也觉得责无旁贷。田先生决定亲赴长沙进行调研。长沙市文物考古研究所宋少华所长指定由我陪同。

2001 年 5 月 22 日上午，我与田先生在首都机场会合，一同登机，下午 1 点到达长沙黄花机场，2 点半到达住宿地望麓园。稍事休息，4 点左右，在宋所长的陪同下，我们来到清水塘吴简库房。罗新是与两位摄影师乘 21 日傍晚火车、22 日清早到达长沙的。他们正忙着为我们整理的《竹简》［壹］进行拍照。田先生很认真地查看经过草酸脱色准备拍照的简牍。23 日上午，宋所长又陪我们去湖南省考古研究所参观荆州博物馆采用另一种药剂脱色的沅陵虎溪山汉简。田先生看得更为仔细。参观完毕，田先生提出还要再回清水塘看看草酸脱色的简牍。就这样经过反复比较，田先生对我和宋所长说："看来，文研所的方案，确实不如荆州博物馆的方案。"表示回京后将会如实向国家文物局报告。下午，应宋所长的请求，田先生与我帮他们审订新建简牍博物馆的展陈大纲。晚饭时，田先生提出不要我陪同，自己独自回湘阴故里看一看。24 日一早田先生回湘阴，下午 2 点左右返回（据我所知，这是田先生离乡之后第一次回湘阴）。接着，宋所长带着负责草拟展陈大纲的工作人员到我们的住处，听取田先生和我对展陈大纲的意见。25 日上午，我陪田先生乘飞机返回北京（罗新一直工作到 6 月 3 日才经武汉返京）。29 日，张文彬局长的秘书给宋所长打电话，说田先生已将调研情况向国家文物局做了详细报告，国家文物局同意更换保护方案。田先生对工作的认真负责和一丝不苟，由此可见一斑。

此次陪田先生长沙之行，前后四天，相处时间较多。北大传统是做政治史、制度史，我也是做政治史、制度史出身，共同的话题自然不少。不仅谈古，而且论今。有两件事，涉及唐师和当时的政治，使我对田先生有了进一步的了解。

第一件事：田先生说，“拔白旗”那年，他分管《光明日报》史学版，收到一篇武大来稿，批判唐师资产阶级唯心主义史学思想，上纲上线，甚为激烈，他想了一个理由将稿退了。田先生追述此事，十分轻描淡写。但我知道，此事对田先生、对唐师，都关系重大。对田先生，存在很大风险，处理不当，自己也会受牵连。因为大陆报刊均有来稿登记和文稿三审等制度，此稿到达田先生那儿，自是终审，说明已经登记，一审、再审亦均通过。如何既能稳妥退稿，又能使同僚无话可说，需要勇气和智慧。对唐师，则逃过一劫，否则，后果实在堪忧。因为唐师生性胆小怕事，抗打击能力很差，两年前，曾因领导一句莫须有的话，买好白绫，准备与师母双双自经。到了“反右”，自是咬紧牙关，什么也不说。但躲得过五七，躲不过五八。唐师 1959 年 5 月出版的《魏晋南北朝史论丛续编》的“跋语”，对“拔白旗”时自己受批判的情况曾有痛苦的描述，佛头著粪，令我至今不忍卒读。此稿如果刊发，形成一定范围内的大批判，唐师是无法承受的。

通过这件事，我将田先生归入尊师重道的民国学人行列。田先生1950年北大史学系毕业，原本就是大陆最后一代受过完整、系统的传统文化特别是传统伦理教育的学人。此次陪田先生长沙之行，发现田先生“子曰”、“诗云”，也能信口援引。当初觉得奇怪，听说这件事就不奇怪了。这一代学人，国学根底也很深厚，行为上保有民国学人温良恭俭让的操守，思想上与古圣先贤亦能遥相呼应和异代接武。道德有底线，风义有楷模。我为这件事一直非常感谢田先生。

第二件事：田先生说，“文革”后期，他被“钦点”进入“梁效”写作班子，一直非常消极，也一直非常苦闷。他与宁可先生是湖南同乡兼好友。宁先生虽非“梁效”成员，但也是“上峰”看中的后备人才。两人都在设法逃避时，听说唐师在京成立了《吐鲁番出土文书》整理组，正在“招兵买马”，便联袂到沙滩红楼拜谒唐师，请求唐师收留，向唐师学习整理文书。但唐师考虑良久，还是没有同意。田先生追述此事，并没有抱怨唐师的意思，只是笑着说：如果唐先生收留了我们，给我们学习机会，我们也早就是吐鲁番学研究专家了。因为田先生知道，以唐师之小心谨慎，是绝对不敢挖“梁效”墙脚、与“上峰”争夺人才的。

通过这件事，我对田先生又有了新的认识。田先生与唐师在学养上虽然同属民国学人，但在旧学为体、“新学”为用方面仍属两个群体。唐师 1932 年上海大同大学毕业，即参加工作，先在中学代课，后在大学教书，当时的中学和大学，都是人间净土，过惯了风平浪静的生活。加上身上带有传统士大夫工于谋国、拙于谋身的基因，在政治运动中，唐师这个群体很不适应，几乎全军皆墨，很少有人能够全身而退。而田先生 1950 年参加工作，即赶上没完没了的政治运动，一方面很快适应，一方面也学会了变通。加上田先生原属极富睿智之人，又精通政治史，见惯了各式各样的权谋，在工于谋国的同时，也学会了如何谋身。因此，“拨乱反正”后清查“梁效”，田先生因身不由己，常在边缘，得以平安无事。我真心为田先生感到庆幸。

此外，在与田先生相处这几天，我对田先生的其他方面也有了进一步的了解。譬如田先生既有口才，又有风度，当一个“学术活动家”，比很多人更有资质。但田先生却异常低调。不仅如此，还异常谦虚。田先生长我将近 30 岁，属于我的父辈（比我父亲仅小 1 岁半），我每次讲话，田先生总是十分认真倾听。我尊田先生为师长，田先生将我当朋友。实际上，我与田先生也是亦师亦友，谊在师友间。

此次陪田先生长沙之行，使我和田先生谈古论今，彼此都不再有忌讳。返京后的五年间，几乎每年都有机会见面聊天；逢年过节，我也常给田先生打电话请安，陪田先生谈论学界新闻。田先生对我很坦率地谈了他对“夏商周断代工程”和“国家清史纂修工程”的看法。他对学术界别有用心炒作“康乾盛世”很不满意，认为这是高压下的盛世，与西汉文景盛世，唐代贞观、开天盛世，不在一个层面，无法比拟。我与田先生电话联系渐少，大约是在2006年后。此前，因吴简整理已经走上正轨，整理组不再开会讨论问题，田先生不愿当挂名组长，提出辞去整理组组长之职；而我们经过商量，觉得田先生是整理组的稳定力量，田先生这面大旗仍须高举，没有同意田先生的要求。此后，给田先生打电话，田先生偶尔问起此事，我觉得不好回答，就较少电话联系了。但见面机会仍然不少。2007年8月25日在北大中古史中心召开“中国中古史中日青年学者联谊会”，2011年6月3日在北京友谊宾馆嘉宾楼召开“《唐长孺文集》出版座谈会”，都与田先生见过面，只不过没有机会交谈。原想近期找个机会，去田先生府上拜谒，没想到竟成永诀！因而田先生去世当晚，心中悲痛，一夜无眠，凌晨2点拟一挽联，发给治丧小组，以托哀思，文曰：

秦与汉，王与马，拓跋贺兰，八百年古史聆新义；
聚而离，痛而思，湖湘师友，二三子今朝哭尽哀。

古人有“三不朽”之说。田先生风操存大道，是谓立德；桃李满门墙，是谓立功；事业在名山，是谓立言。田先生可以不朽矣！愿田先生在天之灵永远安息！

2015年1月2日凌晨

［原载《东方早报·上海书评》2015年1月11日（纪念田馀庆先生特稿）第B10—B11版。按：本文收入《田馀庆学记》，浙江古籍出版社，2021年（即出）。］

陈国灿先生与《吐鲁番出土文书》

陈国灿先生不幸去世那天（2018年6月7日16时25分），我正在长沙公干，接到刘安志君的电话，听闻噩耗，惊恸之状难以言表。去年10月中下旬，我在武汉大学调研，得知国灿先生住院开刀，曾专门去医院探视，见术后恢复尚好。今年3月25日，在武汉大学珞珈山庄，参加国家社科基金重大招标项目“吐鲁番出土文书再整理与研究”开题论证会，再次见到国灿先生，言谈举止，也未显异样。没想到两个多月后，竟成永诀！天道无情，何弃我之速耶？

我于武大唐门诸师友，书信往还最多的，莫过于国灿先生。这自然与长期合作整理《吐鲁番出土文书》（以下简称《文书》）有很大关系。唐长孺师领导并具体主持《文书》整理出版工作，功劳卓著，我曾撰《唐长孺先生与〈吐鲁番出土文书〉》一文[①]，予以部分介绍，人所熟知，无须赘述。而国灿先生对《文

① 王素《唐长孺先生与〈吐鲁番出土文书〉》，原载《古籍整理出版情况简报》2008

书》释文本整理，特别是对图文对照本（名称解说见下文）修订、出版乃至获奖，所作的卓越贡献，则知道的人似乎不多，有必要予以介绍，俾学术界增加了解。

图文对照本修订的中坚

唐师属于传统学人，尊礼重教，一向有信必覆；倘若因故未覆，下封信必首先解释未覆的原因。在这方面，武大唐门最能继承唐师"衣钵"的，是国灿先生。也正因如此，唐师晚年，眼力益衰，我的不少来信，常请国灿先生代覆。唐师眼睛难以视物时，为免唐师费眼，我也都是直接给国灿先生写信，汇报相关工作情况，请国灿先生转告唐师。这是我与国灿先生书信往还最多的主要原因。而我与国灿先生的书信往还，很长一段时间，基本都是谈《文书》图文对照本的修订和出版，当然，有时也会涉及整理组内外的一些人事。

我是唐师"文革"后招收的首届研究生。1978 年 9 月入学，第一次面谒唐师，唐师就告诉我，我将来毕业分配，是去北京国家文物局古文献研究室，协助唐师及整理组诸先生，完成《文书》整理工作。我当时懵昧，不谙世事，并未理解唐师此举的深意。

年第1期（总443期），第16—22页，改写再刊《中华读书报》2011年7月6日第15版，增补再刊《魏晋南北朝隋唐史资料》第27辑（唐长孺先生百年诞辰纪念专辑），武汉大学人文社会科学学报编辑部，2011年，第43—49页。

后来才知道，在大陆，集体项目牵涉各方关系，能够善始善终者属于凤毛麟角。1974 年 10 月，经周恩来批准，王冶秋主持，在北京相继成立了《文书》与《马王堆汉墓帛书》、《银雀山汉墓竹简》三个整理组。但在 20 世纪，仅《文书》释文本全 10 册、图文对照本全 4 卷，1981 年至 1996 年全部出版完毕（释文本 10 册，本文简称“文书一”至“文书十”；图文对照本 4 卷，本文简称“图文壹”至“图文肆”）[①]。《马王堆汉墓帛书》、《银雀山汉墓竹简》整理工作很早就止步不前，都是到了 21 世纪，有关单位不得不重新组织班子进行整理，前书刚刚出版[②]，后书何时能够出版还未进入议程。可见集体项目之难做。

唐师是位极其谦逊的学者，开始整理《文书》时，就决定，出版两种本子：一种为释文本（当时称平装本或录文本），属于向学术界征求意见的本子；一种为图文对照本（当时称精装本或图版本、图录本），属于根据各方意见进行修订的最终定本。珞珈山唐师故宅保存一份由唐师亲笔书写的名为《吐鲁番文书整理研究规划》的“国家社会科学研究基金项目申报书”，写作时间应在 1983 年 4 月之后。其“主要研究阶段”专栏下将工作分为

① 国家文物局古文献研究室、新疆维吾尔自治区博物馆、武汉大学历史系编，唐长孺主编《文书》释文本全10册，文物出版社，1981年1月至1991年10月；中国文物研究所、新疆维吾尔自治区博物馆、武汉大学历史系编，唐长孺主编《文书》图文对照本全4卷，文物出版社，1992年10月至1996年12月。

② 湖南省博物馆、复旦大学出土文献与古文字研究中心编，裘锡圭主编《长沙马王堆汉墓简帛集成》全7册，中华书局，2014年。按：如果从1974年成立本书整理组算起，本书的整理出版，整整用了四十年。

如下几个阶段："前阶段自1975至［19］80年初步完成全部文书的碎片拼合，录文的标点、定名工作。1981至［19］85年平装本十册全部定稿、出版。1983至［19］85年精装本第一、二册完成摄影及录文修订工作，并于［19］85年前出版；三、四两册于1987年出版。"重点在后面的精装本，亦即图文对照本。可见图文对照本是唐师晚年最为重视的工作，而这项工作只有交给自己的学生才最为放心。

1981年秋、冬之际，我从武汉大学毕业，不久就北上，到北京沙滩红楼报到，成为国家文物局古文献研究室的正式员工。离开武大前，唐师找我谈话，说："《文书》俗别字和特殊符号较多，无法铅排制版，目前是请退休的邵怀民先生抄录制版。为了保证质量，曾经制定一个工作原则，即：邵先生抄稿前，先由新疆考古所的李征先生将释文与原件校核一遍（当时李先生保管原件）；邵先生抄稿后，再由新疆博物馆的吴震先生将邵抄件与释文校核一遍。你参加《文书》整理，暂时主要是协助李征、吴震两位先生，从事校稿工作。"我铭记于心。

正式工作之后，我发现，唐师虽是古文献研究室的主任，但由于只是兼职，而且每年只在寒暑假来京，日常工作实际由书记王东明负责。王书记有时直接给我安排工作，特别是在李征、吴震两位先生返新期间。李先生很高兴，给唐师写信，希望我能代替他，承担邵先生抄稿前的与原件校核的工作，以便他能专心拍摄图版。文书一至文书三，出版时间都在1981年，即在我到古文献研究室之前，就已出版。李先生提出，我的校核原件工作，可以从文书四开始。唐师是否同意，我不清楚，总之，从1982年1月开始，我就由王书记安排，每天上午在李征先生的办公室，做校核原件的工作了。从事出土文献整理研究，能够见到并触摸原件，是一件十分幸福的事。因此，我工作很有干劲。有时上午校核原件，下午校核邵抄件，忙得不亦乐乎。但没想到，由此引发一些误会。

我这儿保存的国灿先生第一封来信，是1982年12月3日，很长，写满4页纸。起因是，吴震先生原籍江苏，早年曾供职南京博物院，一直想回内地，当时唯一的可能，就是调古文献研究室。唐师不管人事，也无实际权力，此事由王书记办理。1949年后，北京户口管理很严，调人进京并非易事。王书记最终也没办成，这是后话。我到古文献研究室后，与吴震先生在同一间办公室，关系一直很好。我对吴先生极为尊重，不管是在当时，还是在现在，都坚定认为，吴先生是新疆研究吐鲁番第一人[①]。吴先生由新返京，见我在校核邵抄件，知道我只是奉命行事，就怀疑王书记的这种安排，是想让我取代他，目的是不想调他进京。为此，吴先生给国灿先生写了一封信。我后来也有所察觉，故不久也给唐师写了一封信。两封信说的是同一件事，引起唐师和国灿先生的重视。国灿先生在前揭给我的信中描述道：唐师特别将他召到家中，

① 关于吴震对新疆文物考古的贡献，详参王欣《吴震先生与新疆文物考古研究》，《中国边疆史地研究》2010年第2期，第136—145页。

让他看了我的信，他也向唐师汇报了吴先生给他的信的内容。唐师说："可见前段时间，我强调王素协助，而不是代替他们的工作的考虑是对的，当时就怕他们有这种想法。"国灿先生给吴先生回信也特别解释说："唐师和我们一直坚持去年《文书》工作会上的原则：邵抄前李征校核一遍，邵抄后吴[震]校[核]一遍，王素可从旁协助你们二位的工作。"消除了误会。可见国灿先生为了整理组的团结，做过很多工作。

我这儿保存的国灿先生第二封来信，是 1984 年 2 月 29 日，更长，写满六页纸，是关于图文对照本修订事的信。按照前揭唐师亲自拟定的"六五规划"，从 1983 年开始，我就负责图文对照本的编辑出版工作了。关于图文对照本修订工作，我曾在图文肆的《编后记》中简单介绍，大致是由国灿先生归纳提出，唐师最终审定，我具体执行[①]。因而在此之后，我与国灿先生的书信

① 王素《〈吐鲁番出土文书〉图文对照本编后记》，原载《文书》[肆]，文物出版社，1996年，第607—610页，收入《汉唐历史与出土文献》，故宫出版社，2011年，第502—505页。原文为："《吐鲁番出土文书》图文对照本的编辑，是唐长孺先生晚年最为重视的工作。1981年后，整理组只剩唐先生、陈国灿先生、朱雷先生、程喜霖先生、吴震先生、李征先生和我七人。本书编辑之初，唐先生亲自给我们安排工作，主要是：我负责全书的编辑。李征先生负责全书图版的摄制。全书释文的修订，由我们六人分别提出意见，唐先生最终审定，我具体执行。但实际上，并未完全照此办理。这是因为，不久以后，整理组解散，成员分别回到各自的岗位，分别忙于各自的事业，没有时间兼顾本书的工作。其中，李征先生更不幸于1989年因病去世。剩下数百张图版，是1991年9月，我去乌鲁木齐和吐鲁番补摄的。至于修订意见，后来主要由陈国灿先生提出。我作为全书编辑，当然也提出了一些修订意见。唐先生则自始至终，坚持最终审定工作。1994年春，唐先生卧病在床，还请陈国灿先生将本书[肆]的修订意见读给他听，并逐条进行审定。唐先生对工作认真、负责的精神，永远值得我们学习。"

往还就明显多了起来。我首先编辑图文壹，计划收文书一至文书三的文书。但这三册文书，由于先后校稿工作都不太理想，问题很多。我给国灿先生写信，提出应与照片重新校核，并询问整理组内部相关校订的情况。国灿先生回信先说：

> 精装本开始全面的校订，很好。平装本第一册有［王］去非的校记。二、三册是吴震校的，他都写有较多的校记，只是每册勘误表只刊出了其中一小部分。吴原写的校记，一直在他手头，可在他的办公桌内找找。可是，吴现不在京。我与唐师商量，是否请朱［雷］、程［喜霖］一起来校一下。唐师说："这不行，我们手头没有底稿本，无从查对，还是王素对照底稿本和邵抄本对一对。"我想，此事只有烦你操持办一办。好在平装 1 至 3 册均已照齐原件照片，干脆你从第一册到第三册，全部从头到尾虑（滤）一遍。你心细认真，肯定能纠正许多误漏。吴震的二、三册校记，据我当时印象，仍有一些遗漏刊误处，不能仅凭该件。

接着用了一页半的篇幅，以第二、三册为例，列举需要修订的文字和标点，约有三十多处，说："以上是我翻阅时所见，差错处当然不止这些，可见从头到尾核对一次照片来校订之必要。唐师也赞成你这样做。"接着又用了两页的篇幅，针对《前言》

和墓葬编排等，列举需要修订的文字和应该调整的墓葬，约有十馀处。最后说："唐师很关心精装本的质量，你尽量认真搞细一些好了。"

我编辑图文对照本，遵唐师和国灿先生嘱托，也尽量认真仔细。编辑图文贰时，发现文书四所收《唐贞观十八年（644）西州高昌县武城等乡户口帐》（文书四214—215页），共17行，由两个断片（20/4、20/5）粘接，但实际是两件文书：前15行为一件文书，后2行为另一件文书。我已做主，请李征先生将两件文书拆开，并分别拍摄了图版（图文贰121—122页）。我给国灿先生写信，汇报了相关情况。1985年6月20日，国灿先生回信说：

> 来信收到两天了。第四册214页文书问题，经与唐先生商量，既然照片已分开拍摄，也就分作两件，分别拟题为：1—15行这件可拟为《唐贞观十八年（公元六四四年）西州高昌县某乡户口帐》；16—17行拟为《唐西州高昌县武城乡户口残卷（帐）》。这样一来，文书号也得分别标明。16—17行的这一件在单独成件后须加一说明，在排列序列上，可紧靠于十八年某乡户口帐后。

我后来在《唐西州高昌县武城乡户口残帐》前加题解云："本件原与前件粘接。"

我在编辑图文对照本时，仍兼顾尚未出版的几册释文本的校核工作，常常发现问题。此外，发现释文本出自众手，体例不一，文字表述也不统一。我给唐师写信作了汇报，希望在编辑图文对照本时，能够顺手做一些统一体例和文字的工作。1987年6月5日，国灿先生回信，写满四页纸，摘录几段如下：

你给唐先生的信，收到后，唐先生找我商量，已有一周多了。本当立即遵［唐师之］嘱，给你写信，由于这一周本室忙着接待谷川道雄的学术交流团，故延误至今。

第十册，邵先生原抄好一部分，所缺［释文］者及［文字］有出入的抄件，唐先生说，不必为这几件专门电请吴［震］至京，因已有照片在，请你将照片找出核对，或补抄就行了。

精装各册文书的时间断限，与墓葬时间略有不同，是须作出说明。唐师说，请你根据编定本中每本最后有纪年文书作一说明即可，上限也可查检作说明，这样每册都有有纪年文书的起止年代。

平装第四［册的补遗］、第九册中的附录，因是后来发现补录的，现精装本时，按墓葬时限并入其中，唐师说也可加以说明之。

《凡例》中有些文句不符合精装本内容者，当然都须删改。精装本由于有图版与录文对照，故每件文书在平装本中录文标示的“前缺”、“后缺”，均予省去。唐师说，像这类不符合精装体例者，均请你大胆修改之。

有了唐师的“尚方宝剑”，国灿先生的全力支持，我对图文对照本的体例和文字做了力所能及的统一工作。但由于《文书》是邵怀民先生抄录制版，每改动一个字，都须请邵先生在抄件上挖补新写，十分麻烦，有时也存在因问题不大而将就的情况。当然，这个责任应由我负，与唐师和国灿先生无关。

我给唐师和国灿先生写信，国灿先生给我写信和回信，共同商讨图文对照本修订问题，一直延续了很多年。这类信件很多，丛脞蕞尔，这里就不一一引述了。总之，没有国灿先生的辛勤劳作，无私奉献，图文对照本修订工作是不可能完成的。

这里插叙一事。1986 年 9 月下旬至 10 月下旬，池田温先生来古文献研究室访学，逗留一个月，本室领导让我负责接待和陪同。由于池田温先生提出，逗留期间，还想去北京图书馆查阅资料，领导又安排曾在北京图书馆工作过的本室古文字专家林小安先生协助我处理相关事宜。9 月 16 日，国灿先生来信，说唐师原本准备亲自到北京迎候池田温先生，但因肠胃旧疾复发，需要静养，难以成行，决定派他代表唐师协助本室接待池田温先生，他已购 21 日火车票，22 日上午抵京（图 24）。这样，我与国灿先生就有了一个月的相处时间。包括：10 月 1 日国庆，我在东城区工体北里旧宅设家宴招待池田温先生，请国灿先生及吴震、张弓、

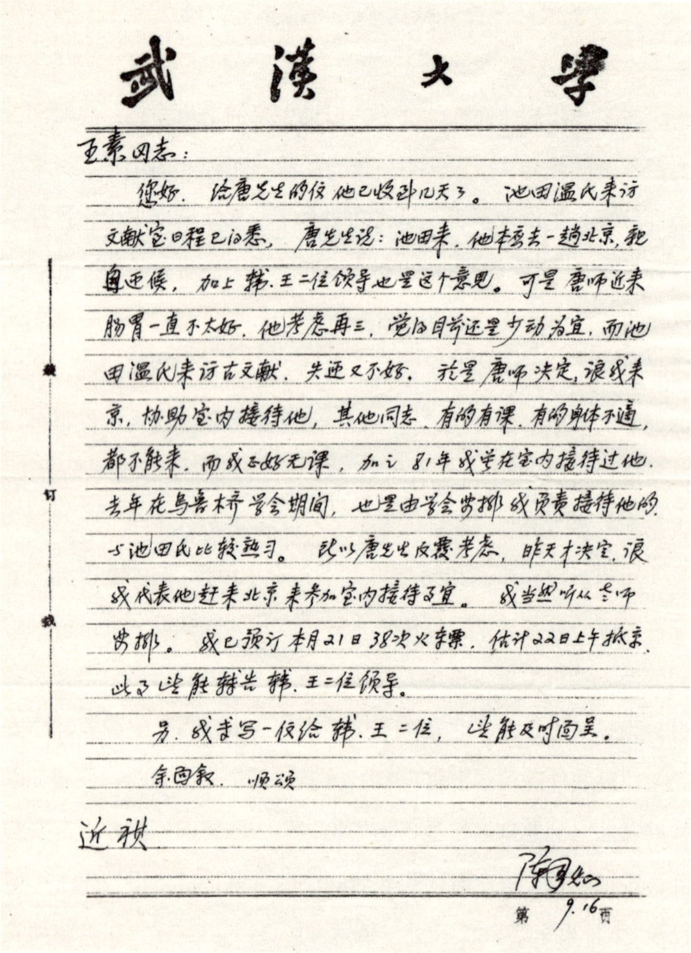

武漢大學

王素同志：

您好。给唐先生的信他已收到几天了。池田温氏来访文献室日程已知悉。唐先生说：池田来，他本应去一趟北京，亲自迎候，加上韩、王二位领导也是这个意见。可是唐师近来肠胃一直不太好，他考虑再三，觉得目前还是少动为宜，而池田温氏来访古文献，失迎又不好。于是唐师决定，让我来京，协助室内接待他，其他同志，有的有课，有的身体不适，都不能来。而我正好无课，加之81年我曾在室内接待过他，去年在乌鲁木齐学会期间，也是由学会安排我负责接待他的，与池田氏比较熟习。所以唐先生反覆考虑，昨天才决定，让我代表他赶来北京来参加室内接待事宜。我当然听从唐师安排。我已预订本月21日38次火车票，估计22日上午抵京。此事请能转告韩、王二位领导。

另，我专写一信给韩、王二位，请能及时面呈。

余面叙，顺颂

近祺

陈国灿

9.16

第　页

图 24　国灿先生 1986 年 9 月 16 日从武汉大学来信

林小安等先生作陪。10 月 10 日，我与国灿先生、林小安先生陪同池田温先生去北京图书馆查阅资料（图 25）。很多公私时间都在一起。关于图文对照本的修订，自然成为我们两人的主要话题。而当面探讨，也节省了很多书信往还的时间。可见本文说国灿先生是图文对照本修订的中坚不是虚誉。

还有一事需要提及。1991 年 10 月，文书十出版，《文书》释文本全 10 册至此全部出版完毕。一次我去中华书局办事，见到主持《文史知识》编辑工作的柴剑虹先生，谈起此事，他说这是学术界的一件大事，应该纪念一下。于是我们商定，在《文史知识》1992 年第 8 期，开辟"纪念《吐鲁番出土文书》出版"专辑，由我负责组稿。1981 年后，《文书》整理组只剩唐师、国灿先生、朱雷先生、程喜霖先生、吴震先生、李征先生和我七人；1989 年 7 月 29 日，李征先生不幸去世，此后仅剩六人。我计划组稿十篇，这六人一人写一篇，另外再请对《吐鲁番出土文书》颇有研究的杨际平、严耀中、谢重光诸兄与内子李方各写一篇。我根据他们的研究领域，拟了十个题目，并根据《文史知识》的普及性质，拟了四点写作要求，然后于 1992 年 4 月上旬分别写信约稿。

国灿先生最为积极，收到信后，即于 1992 年 4 月 10 日回信说：

> 《文史知识》要出专组文章，由你组稿，全力支持。同意你的安排。我和朱雷同意你定的题目，力争 5.1 前将稿寄给你。

图25 1986年10月10日文津街北京图书馆（今国家图书馆古籍馆）合影（右为林小安）

十天后，4月20日，国灿先生即将文稿寄给了我，附信说：

本月10日曾奉一函，想已收到。为了支持你的组稿，立即围绕文书中契券问题动手写稿，尽量努力按你信上说的四点要求写，现将稿子随信寄来，从题目到内容、到字数，如有不合处，就请代劳修改好了，目的在于宣传《文书》。唐师说：组稿十篇，新疆方面，无论如何也要请吴震写一篇……不知你是否有此安排？朱雷处，在4月7日接读你信当日，便将信给他看了，他答应写，按时寄来。

他现在事情杂，我怕他忘，4 月 18 日我又催了他一次，他说正在写。原本想等他稿子写好，一起寄来，但不知等到何时。他有个拖拉的毛病，所以我先将自稿寄给你，以供有修改的馀地。

最后，唐师因眼睛濒于失明，写不了；朱雷先生据说写了一半，没有续写。组稿八篇，如期刊出[①]，受到学术界的关注，扩大了《文书》的影响。

图文对照本出版的功臣

我所在的古文献研究室，领导更换频繁，人事关系极其复杂。王东明书记不久调离。马恩田接任临时负责人，不久亦调离。由于唐师当时仍兼古文献研究室主任，国家文物局任命文物出版社总编办公室原主任韩仲民为古文献研究室副主任。大约 1984 年 12 月，我编辑图文壹基本完成，找文物出版社洽谈出版事宜，文物出版社大概觉得释文本已经出版，再出图文对照本可能会难卖

① 刊出的这八篇文章依次为：王素：《吐鲁番文书与两晋南北朝隋唐史研究》，第16—24页；陈国灿：《由雏形走向定型化的契约——谈谈吐鲁番出土契券》，第24—30页；严耀中：《军政合一在边陲——从高昌郡看十六国时地方军政制度》，第31—34页；吴震：《从吐鲁番文书看麹氏高昌土地制度》，第35—38页；谢重光：《千年旧帐的妙用——吐鲁番文书对中古寺院经济研究的推动》，第39—42页；程喜霖：《护照与签证功能合一的过所》，第42—45页；杨际平：《吐鲁番文书与均田制研究》，第46—51页；李方：《戈壁滩上的府兵》，第52—57页。

赔钱，要整理组给出版补贴，开始数目似乎不太大，但不久就涨到 6 万元。那时 6 万元是一个天文数字，整理组自然拿不出来，我只好去找韩仲民。韩仲民到古文献研究室后，鉴于这里人事关系复杂，实行“无为而治”，什么事也不管。我几乎天天赖在韩的办公室，好说歹说，软磨硬泡。过了大半年，实在无计可施，只得写信向唐师如实汇报了图文对照本出版遇到困难事。1985 年 10 月 14 日，唐师回信，有云：

关于精装本，我别无他求，只是：（1）录文应附；（2）恳求出版社能在我有生之年看到出版。

最后一句，让我深感自责。武大唐门，以国灿先生头脑最为灵活，也最为强立。于是，我把全部希望寄托在国灿先生身上了。

国灿先生不久知道了此事，同年 12 月 26 日来信说：

从你给唐师的信中知悉，精装本目前又出了新花样，要补贴 6 万元才动手。韩仲民原说向局里报告补贴。我曾写一信给他（也是唐师意），请不要停工待款，一面编排着，一面报告局里搞点补贴。谁知现在出版社得寸进尺，一开口就是 6 万。我曾与唐师一块算了一下，第一卷印出后，买（卖）50 元一本，如印 2500 册（这也是销售光了的平装第一册的印数），也可得 12 万 5 千元，何以有贴6万元之理。所以他们出此言，带有敲诈性质。韩仲民对出版是行家，他为何不说话？这样一来，精装还不知拖到何年何月？最近，中国社会科学院给唐师发一函来，普遍要求检查六五重点项目执行情况，分有四个方向，其中之一是项目进度，未按协议完成的原因何在？唐先生让我目前正在起草，看来出版社障碍重重也得只好写进去了。草稿写好后再送唐先生过目，寄过来，你再补充一些经费执行情况一类就可以了。

图文对照本的修订与出版，是国家“六五规划”重点项目，到期完不成，唐师自然很着急，我们也都很着急，但也只能走一步看一步了。

很快进入1987年，图文对照本出版工作毫无进展。是年，著名考古学家黄景略先生新任国家文物局副局长，到古文献研究室调研，提出要振兴古文献研究室云云。我感到这是一个机会，12月下旬，给国灿先生写信报告了这一情况。国灿先生1988年元旦回信说：

来信内容也读给唐师听过，知悉了一些室内新动向。原唐师考虑给谢辰生同志转局长一信，是想争取局领导支持解决精装出版问题。不过也未存太大希望。但愿局领导能给以关注，给想点办法。黄景略同志我们都不熟习，他如真是全力投入古文献室建设，促使业务搞上去，当然是室今后的福音，或许也是吐鲁番文书继续整理工作的福音。

但后来才知道，黄景略先生其实也只是想在古文献研究室新增考古专业，强化文物系统的考古力量。图文对照本出版工作仍然毫无进展。

国灿先生 1988 年元旦回信最后说："（知你）目前忙于《陆贽集》点校工作。何时回汉？回武汉后，请一定到珞珈山一叙。"我由于父母在武汉，每年春节都要回汉探亲，按例也都要赴珞珈山给师长拜年。此前在陈仲安先生的指导下，从事《陆贽集》点校工作，刚刚完成初稿，也正要送请仲安先生审订。1988 年 2 月 19 日是戊辰年正月初三，我赴珞珈山，先到仲安先生府上，拜年寒暄如仪，留下《陆贽集》初稿[①]，就马上到唐师府上，国灿先生已在那儿等候，拜年寒暄完毕，就进入正题。唐师问我们对图文对照本出版有什么建设性意见，我的思路还停留在依靠包括国家文物局在内的所谓单位组织上，但国灿先生的思路已跳跃到寻找外援上了。他说：日本学术界对《文书》极其重视。池田温先生已有计划，邀请他明年赴日访学三个月，他想利用这个机会，

---

① 关于《陆贽集》点校工作情况，详参王素《陈仲安先生与〈汉唐职官制度研究〉》，原载《澎湃新闻·上海书评》2018年5月12日，现亦收入本书。按：该文原将此次赴珞珈山给师长拜年，系于是年"正月初二"，"初二"为"初三"之误，现已更正。

在日本寻找合适的出版社，把图文对照本拿到日本去出版。唐师和我觉得可以一试，但实际均未抱太大希望。

1989 年，由于众所周知的原因，国灿先生的签证没有获批。直到 1990 年 6 月，国灿先生才得到签证获批消息。他来京办手续时，我恰巧因事出差，没有机会见面。国灿先生 7 月 4 日从东京给我写信说：

估计此信到日，你已回到北京。我（6 月）27 日到京，29 日领得签证，30 日到上海，7 月 1 日上午登机，下午至成田机场。池田温先生及韩昇到机场迎接。现本人已在东洋文化研究所上班。

昨日与池田先生谈及吐鲁番文书图录本，他颇为关心，提出如国内印刷有困难，可中日合作出版，由中方提供图版，日本印刷，看文物出版社有何条件？如果双方同意，可以加速此书的出版。如文物出版社愿意合作出书，可将划定的版式样张寄来几张（复印件），也好让这边的出版社考虑。

此事，望接信后，郑重与出版社谈一谈，希望他们能有个积极的态度。我们的目的是希望能尽快将此书印出来。（图 26）

我为国灿先生的工作效率感到振奋，急忙与文物出版社领导

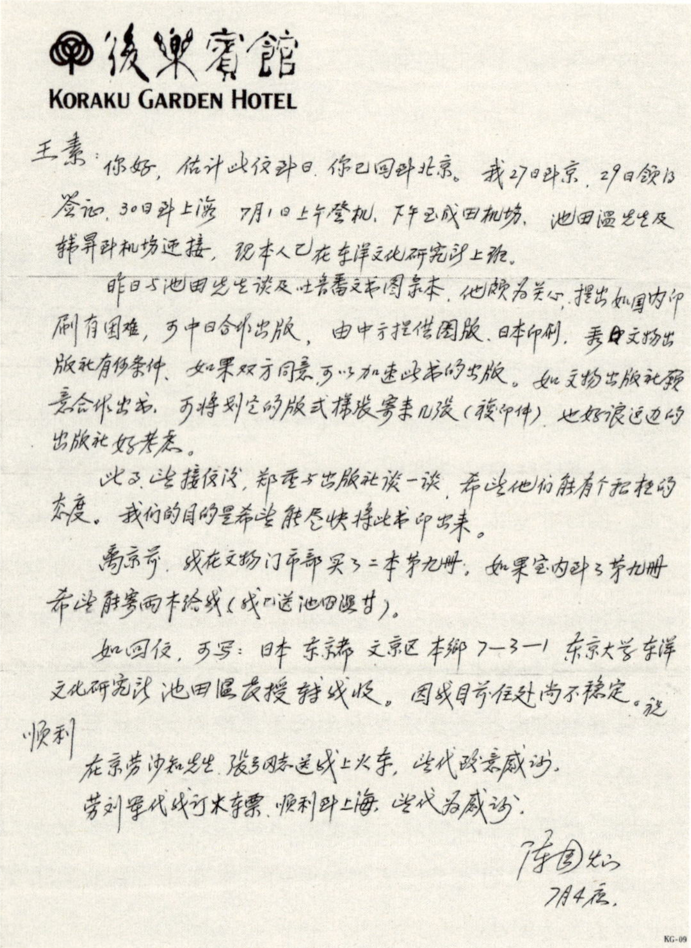

後樂賓館
KORAKU GARDEN HOTEL

王素：
你好，估计此信到日，你已回到北京。我27日到京，29日领了签证，30日到上海，7月1日上午登机，下午到成田机场，池田温先生及韩昇到机场迎接，现本人已在东洋文化研究所上班。

昨日与池田先生谈及吐鲁番文书图录本，他颇为关心，提出如国内印刷有困难，可中日合作出版，由中方提供图版、日本印刷。要看文物出版社有何条件。如果双方同意，可以加速此书的出版。如文物出版社愿意合作出书，可将划定的版式样张寄来几张（複印件），也好让这边的出版社好考虑。

此事望接信后，郑重与出版社谈一谈，希望他们能有个积极的态度。我们的目的是希望能尽快将此书印出来。

离京前，我在文物门市部买了二本第九册，如果室内到了第九册希望能寄两本给我（我已送池田温等）。

如回信，可写：日本 东京都 文京区 本乡 7—3—1 东京大学东洋文化研究所 池田温教授转我收。因我目前住处尚不稳定。祝
顺利

在京劳沙知先生、张弓同志送我上火车，望代致意感谢。
劳刘军代我订火车票，顺利到上海，望代为感谢。

陈国灿
7月4夜。

KG-09

图 26　国灿先生 1990 年 7 月 4 日从日本东京来信

商谈，他们认为中日合作出版图文对照本可以一试。于是，我给国灿先生寄去了图文对照本复印样片。

过了一个多月，8 月 23 日，国灿先生给我回信说：

图录本样片早收到，由于我人去京都了，故一周前才见到，谢谢了。书稿样片当即交池田温先生找有关书店联系，昨天听他回信说：出版社看到复印样片，照片小，且看不清，因之积极性不高。池田说，如果选些大些的照片（原件的 1/2 或 1/3），出版社看得较清楚，或者从书法角度引起兴趣，他们的积极性会高起来。

我看主要是照片未放大，如都能按原尺寸的 1/3 或 1/4 规格放大照片，贴在书稿片上给他们看，另外再选几张书法好、较整的片子，放大 3—5 张，一道寄来给他们，或许事情会有新进展。当然，如真有了进展，同意意向条件，就将进入具体协商阶段，或者他们派人到京，或者你同文物社派一人一道过来。当然，即使谈成，以后还有许多事情要做。你看如果与出版社商量可以的话，就在近日内冲洗出放大照片寄我。

到了 9 月 28 日，我就满了三个月，该回国了。吐文书图版本在日出版事，如能在我回国前能有个初步眉目就好了。

我其实知道：图文对照本的图版，主要是古文献研究室员工罗扬拍摄。罗扬是资深古建专家罗哲文先生的哲嗣，极聪明好学，从其父那儿学的摄影，算得上自学成才，但毕竟没有受过专业训练。而日本对图版质量要求甚高，图文对照本的图版质量，不太可能为他们所接受。但我还是按要求，将放大照片寄给了国灿先生。

此后很长时间没有音讯。国灿先生如期回国。11 月 20 日，给我写信，先解释：刚回国，就马上赴敦煌参加敦煌学国际学术讨论会；会议结束后，又沿河西走廊考察到兰州；回武汉后，又过了二十多天，才有时间给我写信。然后说：

> 回国前，池田温又与我谈及图录本在日出版事，看来并不像原来想的那么顺利。我请池田努力予以促进。上周接到池田来一信，说二玄社鉴于讲谈社等与文物出版社合作的经验，感到文物出版社较难打交道，但仍未放弃争取在较合适条件下的合作。我看此事不出你所料，希望不是太大，也只好听其自然了。
>
> 此次在敦煌开会期间，有别的出版社颇有意于图录本。我想我们撇开文物出版社，直接与国内别的出版社打交道出版。不知文物出版社作何考虑？如果他们不干预，别的出版社不要一文钱，而且还付稿酬，能否考虑交给这类出版社出。你可向文物社作点试探打听，看他们有

何意见？

此信写毕，未发之际，又接池田温来一信，说二玄社经核算，成本太高，有困难不好解决。池田提出，他所管的东洋史史学会还存有3—4百万日元[①]，可以拿出300万日元资助在中国文物社出版图版本。300万即人民币10万元。此事不知文物社如何？如果头头同意，达成协定，也可付诸实施。你可先作试探口气，看文物社胃口，必要时我可来京一趟。文物社不行，还有另外出版社可谈。等你尽快回信再定。

我遵嘱找文物出版社领导，试探问道：“如果日本某学会同意资助我们项目组300万日元，出版《文书》图文对照本4卷，你们是否同意？”领导答：“可以。但日方有什么条件？需要了解清楚。另外，这点钱不够，你们项目组和古文献研究室还应该买一部分书。”我如实给国灿先生写信作了汇报。

一个月后，12月12日，国灿先生给我回信，说：

池田温先生方面我已去信问，接受资助有何条件、程序、手续和要求等。他是日本东洋史研究学会会长，

① 按：此信称“东洋史史学会”，下文引国灿先生信又称“东洋史研究学会”、“东亚史学会”等等，可能均不完全正确。池田温先生后来给我写信说是“东亚史会”。前揭拙撰《〈吐鲁番出土文书〉图文对照本编后记》最后也是说“谨向资助本书出版的池田温先生和日本东亚史会”表示衷心的感谢！

应该会还有三百馀万元（日元）未用完，所以他有此考虑，也不知是他个人意见还是经该学会研究讨论过的意见。当然有此资助一定要争取。文物出版社说得了资助还要各部门承担购买一批书，这恐怕比不上平装本那样办了。因各单位现在的经费少了，而图录本一册就价格很不便宜。将来主要是［在］开辟国际市场上下功夫，不能以此作为出版与否的先决条件。此次不知是与出版社哪些同志商谈，最好能通过总编确定下来。

两周后，12 月 30 日，国灿先生又给我写信，说：

关于图录本，池田温昨来信提出资助 300 万日元条件是赠送图录本总印数的 2% 给东亚史学会，即印 1000 册，送 20 册给他们。另外来信提了两点希望：（1）希望图录本形样能如“居延汉简甲乙编”的部头、程度。（2）希望为友谊互惠起见，能给东洋文化研究所寄赠文物出版社出版之种种刊物（未说时限）。别的没有要求。我想届时书的前言或后语提上一句也是可以的。不过唐先生说，将来图录本应在扉页上写上“本书整理为中国社会科学‘六五’规划重点科研项目，受中国社会科学基金资助”。以上情况可与出版社商妥，把条件谈定。我想印数难以印上千册，如印 800 册，赠送日方 10 部，想是行得通的。

让文物出版社说说条件，再谈谈。

池田温委托我为此款使用的监督执行人，也提出要文物出版社的中国银行帐号，计划明春适当时，即将款汇过来。此事我想为慎重计，不可匆忙将款交出版社，只有当出版社开始动手造计划进行了，才能放款。要订协议（或合同），要经社领导，别到时款已进账，而出版又杳如黄鹤。由此我有个想法（此想法只可你我知道），在条件谈到双方同意、订下协议后，先将款汇到古文献室（按国家规定，外汇汇到国内，必须在银行存三个月才能提取，及时是取不出的），过三个月后再看情况提取出来交给他们。如果出版社有中国银行帐号，当然是可直接汇到该帐号上。这要看你与他们交涉的情况。

现在北京有一家新兴的出版社，资力雄厚，很想出几部有学术价值的著作，因此找我们联系多次，不要补贴，愿出好此书。可是文物出版社又不愿放手，此事也就不好进行了。因为人家想的是此书出来，在国际上能打开销路，能赚钱。

国灿先生 1990 年 12 月 30 日信，我 1991 年 1 月 4 日收到。这次因为 300 万日元已经铁板钉钉，我就揣着国灿先生的信，直接找文物出版社最高领导社长兼总编杨瑾女士洽谈，十分顺利，她全部答应池田温先生提出的条件。我给国灿先生回信汇报了洽谈结果，并告知了文物出版社的中国银行账号。同时，我马上启动已搁置数年的图文对照本编辑工作，由于时间久远，恍如隔世，需要重新熟悉，连春节也没有回汉探亲。2月23日，国灿先生给我回信，说：

春节过得好吧？节前收到你来信后，即信告池田温，告知文物出版社同意所提出条件，希望在适当时将款汇自（至）文物社。昨接池田来信，告知已将款汇出，并将汇单存据复印件（中国银行东京支店的送金依赖书及计算书）寄来。今随信将复印件寄来二份，以备你与出版社交涉、督促。池田的资助款是2月15日汇寄的，想已到达北京，转入文物出版社账上，望能及时拿一份与杨瑾同志打招呼。来信中说社方打算以信的方式给我来一信，但迄今未收到此信。现在款已汇到，请社方一定要写一信给我，表示池田资助款日元300万已收到，在出版图版本印出后，按印数的2%赠送给池田温先生，并赠送《文物》等刊物一年。这样，我才好向池田先生交代。同时有社方的信函在手，也等于拿到了一份出版保证。此信最好由社方写就，盖上公章交你转寄于我（你可复印一份存手头，备日后交涉用）。

池田来信说，受赠2%，只是考虑印数一千部，赠20部；如超过一千部以上之部数，可减为1%，即若印二千部，只须受赠30部。这也是为减轻文物社负担之考虑。按池田的预计，可印二千馀部。四卷一套，同时出齐发售，会使销售量大增。

我看池田的估计过于乐观，能印上800—1000部就不错了。当然日本的市场不会太小。在日时，他曾与我预计日本市场约在300部上下。

300万日元，按现市汇价，折合人民币12万元，补贴出1—3册总是可以的，发行后周转回的经费即可贴补出第4册了。他们不能将前几册的销售费一概不计。不会有太赔本的事。如果真的赔本太多，为何有出版社不要一个补贴费即愿出此四册？

2月15日是农历正月初一。日本虽然早已不过中国传统春节，但像池田温先生这样的“中国通”，对于春节在中国人心中的意义还是知道得很清楚的。他选择这一天汇款，也表示了一种急迫心情。

我按照国灿先生的要求，请文物出版社开具承诺信，盖上公章，寄给了国灿先生。不久，收到国灿先生4月2日回信，说“文物出版社收了钱，能出此一保证信就可以了”，又说“唐师对此事感到满意”。我也终于松了一口气。回想从1990年7月初国灿先生赴日访学，到1991年4月初图文对照本出版事最终尘埃落定，整整九个月，我、国灿先生、池田温先生三人，为图文对照本出版事频繁通信商量办法，我最年轻，已感殚精竭虑，心力交瘁，国灿先生、池田温先生精神负担决不轻松亦可想见[①]。尤其国灿先生，要给我与池田温先生分别写信转达信息，而每封信又几乎都是长篇大论，称他为图文对照本出版第一功臣决非过誉。

1991年7月是唐师八十华诞，唐门弟子拟在武大开会纪念。我当时清理图版，刚将图文贰清理完毕，就发现有很多文书并未拍摄图版，心中着急，没有回汉参会，派内子李方代我赴会。8月下旬，清理图版工作完毕，发现一共缺少600多幅图版。9月初，我带摄影师杨树森，先去新疆博物馆补摄图版，任务完成，再去吐鲁番文管所补摄图版。不幸的是，到达吐鲁番的第二天上午，我们租赁的小汽车，在高速行驶中，为躲避驴车，急转倾覆，杨树森背部皮肉磨损严重，我的右膝盖也因磨损露出白骨。但我们在被送到医院简单敷药包扎后，仍忍着伤痛，下午到吐鲁番文管所坚持补摄图版，任务完成，当晚赶回乌鲁木齐，第二天返回北京。杨树森因失血较多，马上住进医院。我则在家，边疗养，边工作。

我在家休养几天后，便给唐师写信，将此次赴新工作情况简单做了汇报。不久，收到国灿先生9月29日来信，说：

前两天见到你给唐师信，知此次出差新疆，在吐鲁番

---

① 因为图文本出版事，我对池田温先生一直深怀感恩之情。1992年3月，池田温先生从东京大学正式退休，4月下旬，携夫人到北京外国语大学日本学研究中心任日方主任，工作一年半。在这一年半内，我经常去池田温先生下榻的友谊宾馆拜谒他们贤伉俪，文物出版社也曾专门设宴招待他们贤伉俪，都是为了向池田温先生表达谢意。

出了车祸，险些送命，实为震惊。真没想到此次如此不顺，罹此横祸。为了《文书》的出版，你和小杨奔波至新，又至吐，没有想到作出了这样大的牺牲，所以唐师和我都感到心情沉重，只有在纸上遥致慰问了。望能及时作有效治疗，如果最后诊断无伤筋裂骨情况，想恢复正常还是快的。

此次赴新补摄图版，还有一事，差点影响图文对照本的出版，不能不略加提及。即在新工作期间，曾与相关人士座谈，他们问到图文对照本署名问题，我说：本书作为考古发掘报告的一部分，文物国有，自是首先得署合作单位之名。另外，图文对照本修订工作由唐师主持，他原本就是《文书》主编，故在合作单位署名后，拟署“唐长孺主编”。他们说：文书一版权页上原有“主编唐长孺”五字，后被贴掉，据说是唐先生谦虚，自行去掉主编名，图文对照本也应该尊重唐先生的意愿，不署“唐长孺主编”，云云。我只当是说笑，没有太在意，给唐师和国灿先生写信都没有提及。但不久，他们给我写了一信，同时还给文物出版社领导写信，要求图文对照本暂停印制，不仅“唐长孺主编”署名需要再议，合作单位署名也须再议。我感到事情很严重，才给唐师和国灿先生分别写信，将此事经过原原本本作了汇报。

11月19日，国灿先生给我回信，说：

简装录文本第一册出来时，本来后面已印上“主编唐长孺”字样，当时王东明主持室内工作，不知是谁（现在看很清楚了）起而横生枝节，提出异议，搞小动作，让文物出版社将这五字贴掉。事后唐先生知道十分生气，说：这样做，别人还以为我又犯了什么大错误？还问过王东明究竟怎么回事？王也只能支唔过去。本来唐先生是理所当然的主编。当时老师也就容忍过去算了。此次图版本重行运转，是唐先生明确与我说的：“此次图版本，应明确标明主编人。一部大书不能没有主编。”“列为国家六五重点科研项目，也是我领的衔，我并非挂名主编，我是每篇文书作过斟酌、过了目、动了手的，有问题我要负责的。”[①] 由此，我才在以前的信里郑重提到署出主编人问题……我在此写这些，也是为了让你明白此事背景。并非如你来信所云“唐先生自行去掉主编名”。

其时，古文献研究室刚并入新成立的中国文物研究所，领导分工，由副所长胡骏分管古文献研究室工作。文物出版社不想惹

① 2017年3月初与4月中旬，中华书局徐俊和我先后赴武汉大学唐师故宅公干，发现大量唐师读书笔记，其中包括三册唐师整理《文书》笔记，还有一些与整理《文书》相关的零散材料，足见唐师所说“每篇文书作过斟酌、过了目、动了手”决非虚语。我们已经成立项目组，委托唐门高弟刘莹成功申报国家社科基金项目“唐长孺读书笔记整理与研究”，并由刘莹负责将唐师整理《文书》笔记和材料整理出来，交中华书局出版，供学术界研究。

这些麻烦事，将他们的信转给了胡骏。胡骏找我了解情况，我如实作了汇报。胡骏也不想惹这些麻烦事，对我说："这件事委托你全权处理！"我心里明白，便采用"冷处理"办法，工作照常进行，并将相关情况向唐师和国灿先生作了汇报。国灿先生 12 月 15 日回信说：

> 就按你来信中说的意见办，你考虑得较为周全。从现在看，十年前坚持将你分到古文献室工作的意义是多么的重要。

1992 年 10 月，图文壹出版。但在大陆，图书版权页上印的出版时间，实际只是出版社准备印刷的时间，见书一般还得等几个月甚至半年。1993 年 5 月中旬，终于拿到几册图文壹样书。当时已知唐师癌症复发。我唯恐邮寄有所耽搁，便让内子李方赶紧背两册样书，连夜乘火车送到武汉大学，给唐师和国灿先生。同时，我亲自给尚在北京外国语大学日本学研究中心任职的池田温先生也送上一册样书。5 月 21 日，国灿先生回信说：

> 正拟给你写信，李方来到，第一卷拿到了，谢谢。印得还是很漂亮（外观、装订差一点），不比《大谷文书集成》差。池田先生来信说了两点意见：1. 图版小了一些，如能与原件比，缩小 1/2 就好了。2. 残细片没有录文。此外他

> 也说了印得不错。总算能见到第一卷等赞扬语。这两点意见：第 1 点看我们能否设法改进，在后续卷中将图版放大一点。至于第 2 点，本来多是模糊不清，或价值不大者多，恐怕也只好如此了（唐师也是此意）。

池田温先生提的两点意见，其实是第 1 点没法改进，因为版面是固定的；第 2 点还可以补救，我特地为此写过两篇“残片考释”的文章[①]。

1994 年 9 月，图文贰出版。如前所说，当时根本见不到书。因此，唐师是年 10 月 14 日仙逝，没能见到图文贰的样书。此后，图文叁、图文肆分别于 1996 年 2 月和同年 12 月出版，唐师自然更无法见到样书。这一直使我深感遗憾！

图文对照本获奖的推手

《文书》的释文本与图文对照本，尤其图文对照本，出版后

① 王素《〈吐鲁番出土文书〉［壹］附录残片考释》，《出土文献研究》第3辑，中华书局，1998年，第145—169页；《〈吐鲁番出土文书〉［贰］附录残片考释》，《出土文献研究》第4辑，中华书局，1998年，第57—65页。按：很多学术界同道不知我为什么要写这两篇文章，又为什么只写了图文壹和图文贰，没有写图文叁和图文肆。我想，看了前揭池田温先生提的第2点意见，就应该知道我为什么要写这两篇文章了。此外，《出土文献研究》最初是我和林小安合作创办的不定期刊，林小安负责甲骨、金文，我负责简牍、敦吐文书、石刻墓志。第1、2辑我们两人共同主持，第3、4辑由我独立主持，第5辑（古文字专号）由他独立主持。此后经费出现困难，长期停刊。我的“残片考释”文章，也就没有续写。而这种写作劲头，一旦懈怠，就再也难得提上来了。

获得过很多大奖。释文本：1992 年 3 月获得全国首届古籍整理图书评奖一等奖。图文对照本：（1）1997 年 8 月获得第三届国家图书奖提名奖；（2）1999 年 8 月获得首届国家社科基金图书评奖一等奖；（3）同年 12 月获得全国第二届古籍整理图书评奖一等奖；（4）同年 12 月又获得首届郭沫若中国历史学奖三等奖；（5）2013 年 8 月获得首届向全国推荐优秀古籍整理图书奖。但其中，古籍图书奖和国家图书奖，奖励的都是出版社，对作者只是一份荣誉，没有实质性的利益。只有社科基金图书奖和郭沫若历史学奖，奖励的才是作者，尤其社科基金图书奖的奖金高达 4 万元，在 20 世纪 90 年代，是个不小的数目，在作者心中，因“含金量”最高，恐怕也最为看重。而这个社科基金图书奖，就是由国灿先生主持申报的。不仅如此，国灿先生主持分配这笔奖金，如同“陈平分社肉”，作者在获得实实在在利益的同时，也感受到了国灿先生的廉善公平。国灿先生作为图文对照本获奖的推手，还得从头说起。

1993 年 10 月 25 日，国灿先生给我写信说：

> 唐师近来体检，发现肝不太好，今天正联系着住院，可能你已从张弓处听说了。如能抽出时间回汉来看看老师也好。要知道你也是唐先生最喜爱的学生之一啊。

其实，我早就知道唐师癌症复发，一直想搞点喜庆的事，让唐师高兴。当时，适逢首届国家图书奖评奖，图文对照本仅出版第1卷，无法参评，我就将释文本全10册申报了国家图书奖。在论证中，我特别强调“吐鲁番学”的建立，与《文书》的整理、出版及研究有着密切的关系。12月中旬，得知释文本已经通过第一轮删选，获得提名，我赶紧写信向唐师和国灿先生报喜。

1994年1月1日，国灿先生给我写信说：

> 新年好！12.18来信早收到，又送来好消息，《吐鲁番出土文书》被选入国家图书奖初评入选名单，当然叫人高兴，我将你来信中间的一大段念给唐先生听了，（他）也很高兴，并说：“古籍只有三个名额，得正奖轮不上，像标点本二十四史有可能得奖。不过，能被提名也不错了。”你的战略很对，论证上突出吐鲁番学的建立。（19）93年8月在香港的34届亚非研究国际学术会议上，我也是这样说的。一套书的出版，能奠定一门新学的基础，确是不多的，但愿此次在全国初评中能给予充分肯定。

国灿先生在这封信的最后告诉我：

> 唐先生于一周前从同济医院返回家中休养，现在也还是不疼不痛，饮食未减，没有什么反映。不过他本人思想上显得沉重，认为已“病入膏肓”，其实照样能吃、

睡、走、思考。你写信给他时，信上最好多慰问几句。他现在比较注意，谁来过信，是否知道我病了，等等。

我谨记于心，给唐师写信，较以前更勤一些。

同年 1 月 18 日，首届国家图书奖揭晓，释文本没有获奖。据知情者见告，最后一轮删选，有评委提出，《文书》作为出土文献整理的经典，肯定能获奖，但释文本获了奖，图文对照本就很难再参评了，释文本只是征求意见本，图文对照本才是最终定本，图文对照本不能参评，未免太可惜了，不如先将释文本放一放，等图文对照本全 4 卷出版完毕再参评。就这样，释文本暂时出局。三年后，图文对照本如愿获得第三届国家图书奖提名奖。遗憾的是，唐师看不到了。

国灿先生一直都是武大唐门的“掌门大师兄”①。原来给我写信，抬头都是直称“王素”或“王素同志”，内称“你”。唐师仙逝后，1995 年 1 月 23 日，第一次给我写信，抬头称“王素兄”，内称“您”，譬如问“您编的《出土文献研究》第 3 辑进展如何”等等，令我十分诧异，及看内云：“先生走后，室内确实面临如何继续保持优势学术地位问题，唯有大家拿出高水平成果来才能镇住局面。没有成果，说得再多，也难以服人。”我就明白了。

① 按：20世纪50年代，在武汉大学受唐师亲炙的学生大约有四人，除张泽咸先生是本科外，高敏先生、徐清廉先生、国灿先生都是研究生，高在郑州大学，徐在西北大学，只有国灿先生在武汉大学，故国灿先生是名副其实的“掌门大师兄”。

唐师仙逝后，国灿先生深感自己作为“掌门大师兄”责任重大，唯恐武大唐门的学术声誉因自己懈怠而中辍，希望能够团结内外唐门弟子，继承唐师学术，多出高水平成果，保持武大唐门的优势学术地位。我想，在这个时候，我一定要支持国灿先生的工作。

不久，国灿先生的名著《斯坦因所获吐鲁番文书研究》，由武汉大学出版社出版。4月20日，国灿先生给我与内子李方两人写信，说：

> （本）书版权页上，平装本写的是（19）95年2月，实际书印出已到3月中，出版社为了力争（19）95年赶评出版图书奖，故在精装本版权页上又改为1994年12月。依照武大出版社的意思，希望此书能得到全国同行专家的评论，包括书籍印刷、设计、质量、内容、学术价值、意义等等之类。我想请王素与张弓二位合搞一篇书评，争取近期在《光明日报》上发出，不知可否？出版社编辑们不熟习同行专家学者，只有紧追着要我出面联络。

我与张弓师兄商量，张弓师兄说：“我对吐鲁番文书研究不多，名不正则言不顺，还是你写吧，我负责找地方发表。”我很快就写好了，寄给国灿先生征求意见。5月24日，国灿先生给我回信，说：

评介写得非常好，短短二千字，勾划出了书的全貌，也作了极好的盛誉。这也正是出版社须要的，同时也是对我个人所做的这项工作极高的肯定、推崇……感谢写出的评介。何时在何刊发？或许张弓到时会来信。

但由于种种原因，这篇评介，直到1996年才正式发表[①]。国灿先生的这部名著，1998年9月获得教育部第二届人文社科研究优秀成果评奖二等奖。

1998年11月25日，全国哲学社会科学规划办公室发布《关于国家社会科学基金项目优秀成果评奖的实施意见》，里面提到："为进一步调动广大哲学社会科学工作者的积极性和创造性，提高科研水平，推动学科建设，多出高质量的研究成果，向建国50周年献礼，根据《国家资助哲学社会科学研究课题管理暂行办法》的有关规定，全国哲学社会科学规划领导小组决定1999年组织国家社会科学基金项目优秀成果评奖。"评奖范围为："经全国哲学社会科学规划领导小组批准在'六五''七五''八五'时期立项，并于1997年12月31日前完成，在省部级评奖中获奖的各类项目的最终成果，均可申请评奖。"《文书》是国家社科基金"六五"规划项目，释文本1992年3月获得过全国首届古籍整理图书评奖一等奖，图文对照本申报评奖没有问题。当时，

① 王素《〈斯坦因所获吐鲁番文书研究〉评介》，《中国史研究动态》1996年第6期，第29—31页。

接收评奖申报文本的机构为中央党校科研处。我获得消息后，便马上赶到中央党校科研处，领取了评奖申报表格。我问科研处负责人：可否以古文献研究室名义申报？对方回答：只能以主编单位名义申报。这样，我就只能打电话请国灿先生承担申报工作了。

这里说到“打电话”，有一个背景。1993 年 9 月 21 日，国灿先生给我写信说：“我家中装了电话，由武大总机转（722712－4279），有急事可用之。”但我很少打，原因有二：一是由总机转分机，常因线路太忙，打不通。二是当时长途电话费用昂贵，我们工资微薄，打不起。故国灿先生说“有急事可用之”，没急事就不要用了。但过了几年，印象是在 1998 年 4 月，国灿先生家里安装了直拨电话，而我也连续出版了几部专著有些稿费，与国灿先生联系，就改用电话，而不再写信了。我这里保存的国灿先生来信，最后一封是 1998 年 3 月 25 日，可以印证。因此，我从中央党校回到家，当晚即给国灿先生打电话，汇报了图文对照本可以参加首届国家社科基金图书评奖事，并强调只能由武汉大学申报评奖。记得国灿先生很高兴，说：“这是好事，一定要争取。你尽快将评奖申报表格寄给我，我来填写。”第二天一早，我就将评奖申报表格用航空挂号给国灿先生寄去了。此后，我就没有再过问此事。1999 年 8 月某日，国灿先生兴奋地给我打电话，说图文对照本获得首届国家社科基金图书评奖一等奖，他受到邀请，不日将赴京参加颁奖典礼，到时想与我见一面。我也很兴奋，感到自己的辛苦没有白费。顺带说一下，后来有关方面编印了一册小书，对此次获奖成果予以专门介绍[①]，其中，关于《文书》的介绍，也是国灿先生写的。

颁奖典礼结束，我在东城区工体北里旧宅设家宴款待国灿先生。我们话题广泛，聊了很长时间。当然，重点还是如何振兴唐门、振兴吐鲁番学。可以清楚感受到国灿先生对唐门的炽热感情，和对吐鲁番学的执著追求。

在此之后，由于大陆各类会议日渐增多，特别是近些年，唐门第三代翘楚张荣强君聘请国灿先生为北京师范大学客座教授，国灿先生几乎每年都要到北师大讲课和举办讲座，我们见面的机会很多。2011 年 7 月 4 日，武汉大学举办唐长孺师百年诞辰纪念国际学术研讨会，我们唐门弟子曾在一起共同探讨唐师治学之道（图 27）。1976 年唐山大地震后，《文书》整理组先从沙滩红楼迁到上海，后又从上海迁到故宫西北角的城隍庙。整理组在城隍庙办公时间很短，国灿先生在武大有讲课任务，似乎没有参加，故没有印象。我 2006 年调到故宫，即在城隍庙办公，我的办公室距唐师办公旧屋近在咫尺，一直想请国灿先生前来看看。2014 年 6 月 5 日，张荣强君终于陪同国灿先生来故宫参观，我们在唐师办公旧屋前合影留念（图 28）。2016 年 8 月 22 日，我与国灿先生参加纪念莫高窟创建 1650 周年国际学术研讨会（图 29），私下交谈，一个重要话题，就是关于图文对照本的再整理。其实

① 全国哲学社会科学规划办公室编《首届国家社会科学基金项目优秀成果评奖获奖成果简介》，中国社会科学出版社，2000年9月。

图 27 2011 年 7 月 4 日武大唐长孺师百年诞辰纪念国际学术研讨会合影（左起：孙继民、孙晓林、国灿先生、笔者、王延武、李文澜）

这个话题，十年前我就与国灿先生讨论过。

犹记那是 2006 年底，国灿先生主持整理的《吐鲁番柏孜克里克石窟出土汉文佛教典籍》初出校样，图版主要为彩照，释文为印刷字体，十分美观清晰[①]。我们就想到应对图文对照本进行再整理。因为我们都感到，图文对照本图版质量较差，给研究者

① 新疆维吾尔自治区吐鲁番学研究院、武汉大学中国三至九世纪研究所编著《吐鲁番柏孜克里克石窟出土汉文佛教典籍》，文物出版社，2007年。另参王素《吉光片羽 功德无量——〈吐鲁番柏孜克里克石窟出土汉文佛教典籍〉述评》，原载《吐鲁番学研究》2008年第2期，第140—144页，收入《汉唐历史与出土文献》，故宫出版社，2011年，第576—581页。

图 28　2014 年 6 月 5 日故宫城隍庙唐师办公旧屋前合影（左为张荣强）

图 29　2016 年 8 月 22 日纪念莫高窟创建 1650 周年国际学术研讨会合影

比照释文进行对读，造成一定的困扰，而随着国家经济和科技的发展，对图文对照本进行再整理，用高清彩照取代原黑白照片，用印刷字体取代原手抄字体，是可以预见的一项重要工作。我由于 1992 年主持《新中国出土墓志》整理，1997 年参加《长沙走马楼三国吴简》整理，后来，2014 年又主持《故宫博物院藏殷墟甲骨文》整理；这三项大工程占用太多时间，实在不遑他顾，只能寄希望于国灿先生。可惜由于种种原因，国灿先生没能领衔做这项工作。值得高兴的是，国灿先生的高弟刘安志君能够继承唐门文书学，以他为首席专家投标的国家社科基金重大招标项目“吐鲁番出土文书再整理与研究”于 2017 年成功获批立项，使这项工作终于从设想成为了现实。

这里多说几句。按照当初的设计，本项目不仅要对图文对照本进行再整理，还要对柳洪亮的《新出吐鲁番文书及其研究》所收文书进行再整理[①]。这并不仅因柳书图版质量较图文对照本更加不如，还因柳书实际是在唐师与国灿先生的直接指导下完成的，可以《文书》续编视之。如 1991 年 9 月 29 日，国灿先生给我写信说：

> 柳洪亮来武大读研究生，将他发掘的这些东西作了录文初步整理带来武大，我们作为一门课程“吐鲁番文书整理与辨读”对他作了指导，经过一学期，课程结束，

① 柳洪亮《新出吐鲁番文书及其研究》，新疆人民出版社，1997年。

他的整理也完成。他原想交武大出版社出版(以吐文管所、吐考古所名义出)……唐师考虑颇周全，所以我与柳洪亮说，书不一定要在武大出，不论在哪出，一定要与吐文管所、新博协调好再行事……

国灿先生为柳书撰《序》也说：

1989年，洪亮同志考入武大历史系就读硕士研究生，并由我作指导。结合专业学习，他将这批文书照片带在身边，作为实习材料，边学习边整理，使文书的整理质量有了很大的提高，深受唐长孺先生的称赞，将书名定为《新出吐鲁番文书》就是先生的提议。[①]

本项目收入柳书，唐门文书学的内容就更加丰富和完整了。

国灿先生对《文书》的贡献是多方面的，释文本的整理固不必论，图文对照本的修订、出版、获奖也只是其中的几个方面，更具学术意义的恐怕是对《文书》的研究。国灿先生不幸去世后，我曾代表在京唐门弟子写了一副挽联：

潜心中古，情系文书，吐鲁番方称巨擘；

回首卌年，谊兼师友，珞珈山下哭先生。

① 柳洪亮《新出吐鲁番文书及其研究》，新疆人民出版社，1997年，第4—5页。

其中“巨擘”两个字，不是什么人都当得起的，但在唐师之后，唯有国灿先生当得起。2018 年 7 月 7 日，我赴武大珞珈山庄，参加国灿先生的追思会，作了题为《略谈陈国灿先生对吐鲁番学的重大贡献》的专题发言，约略提到国灿先生对《文书》研究的贡献，可惜限于时间，语焉不详。关于国灿先生对《文书》研究的贡献，不是本文预设的内容，只能期望以后有机会再专文评述了。

2018 年 10 月 8 日于北京天通苑寓所

（原载《敦煌学辑刊》2019 年第 1 期，2019 年 3 月。）

知謇謇之为患　纷忳忳之愿忠

——深切缅怀张忠培先生

我对中国考古学人的认识，前后有两个阶段：

第一个阶段是20世纪80年代。当时，我们从事历史文献研究的人，与同属一辈的考古学人交往，大都感到有一种尴尬，这就是，我们对他们的工作十分关注，他们对我们的工作却不甚热心，偶尔遇到，互通姓名，都是我知道他，他不知道我。因此，我认为：中国的考古学积淀有限，即使从瑞典考古学家安特生（J. G. Andersson）初来中国的1914年算起，也不过几十年；中国田野考古学的基本理论和基本方法，最早也都是安特生带来的。中国的考古学人，不需要自己去爬疏文献，创建理论，难免会重器物而轻文献，重实践而轻理论。

第二个阶段是20世纪90年代以后。与三位考古“大先生”有关。

第一位是俞伟超先生。我是“文革”后第一届研究生，1981

年毕业分配到国家文物局古文献研究室工作，1982年转为助研，此后由于种种原因，文物局十年没有给我们晋升职称。1992年春，重新启动评职称程序，中有一条规定：40岁以下可以破格评正高，指标由文物局特批，不占单位正高份额。我当时不到40岁，原准备申报破格，后考虑有些同事心理不平衡，便决定仍走正常程序。在国内，评职称会议，虽然要求保密，但实际无密可保。职评会刚一结束，就有朋友告诉我，俞伟超先生是评委会副主任，他在会上特别指着我的材料提议说："王素同志有两部著作，都很有功力和理论，应该破格评正高。"可惜由于本单位领导反对，说担心回去难以平衡众情，没有成功。尽管如此，对我的影响仍很重大。同年稍晚和1993年，我以副研身份，先后被文物局推荐为国家级有突出贡献专家和享受政府特殊津贴，都得益于俞先生这次未获成功的提议。

我参评职称的两部著作：一部是《三省制略论》[①]，属于考证与理论相结合的历史研究；一部是《唐写本论语郑氏注及其研究》[②]，属于整理与理论相结合的文献研究。都能获得俞伟超先生的青睐，说明俞先生是重视文献和理论的。稍后拜读俞先生《先秦两汉考古学论集》和《考古类型学的理论与实践》二书[③]，更

---

① 王素《三省制略论》，齐鲁书社，1986年；《三省制略论（增订本）》，中西书局，2021年。

② 王素《唐写本论语郑氏注及其研究》，文物出版社，1991年。

③ 俞伟超《先秦两汉考古学论集》，文物出版社，1985年；《考古类型学的理论与实践》，文物出版社，1989年。

为俞先生的文献功底和理论修养所折服。前书第一篇论文是《古史分期问题的考古学观察》，触碰的是纯粹史家也不敢轻易问津的历史理论问题。后书《序言》说："因（20 世纪）40—50 年代以前的西方的传统考古学的影响，有许多研究者的思想境界，实际上是把若干具体事物的现象说明作为这门学科追求的最高宗旨。在这样一种环境中生活的考古工作者，要产生超越这种环境的思想和工作方法，当然是比较困难的。"梳理了当时很多考古学人缺乏理论修养的原因。俞先生后来还有《古史的考古学探索》[①]一类理论性极强的新著问世。学界称俞先生为"新考古学派"的开拓者，决非过誉。从此，我对中国考古学人的认识发生了重大变化。

第二位是宿白先生。20 世纪 80 年代到 90 年代初，文物出版社将考古"大先生"的论著出过了一轮。90 年代末到 21 世纪初，文物出版社计划从考古"大先生"的学生中，选一批五十岁上下，与其师出论著时年龄相仿者，为他们出一轮论著，以见学术传承有序。初步拟了一个三十多人的名单，其中也包含几位非考古专业的学人，派编辑送给宿白先生审定。宿先生一边看，一边用笔汰除，一边对编辑进行解释，大意说：这些学生虽然也很优秀，但由于受教育的背景不同，不可能达到他们老师同龄时的水平，也不可能取得他们老师同龄时的成就，还是缓一缓，等达到水平和取得成就时再说吧。最后仅保留了两个人，说：可以先给他俩

① 俞伟超《古史的考古学探索》，文物出版社，2002年。

单独出论著。这两个人：一个是我，一个是李零。都是做文献研究的。这个计划后来虽因人数太少而流产，但反映了宿先生对文献的重视。

宿白先生文献素养之深，就是真正做文献研究者，也没有几人能够望其项背。1951 年主持发掘河南禹县白沙镇北宋雕砖壁画墓，编撰的《白沙宋墓》①，几乎每条注释都大量引据文献，展现了深厚的文献功底，使本书成为考古报告的经典之作。后来从事石窟寺、古建筑、雕版印刷等考古，也都是穷尽文献之后才做研究。这些均为人所熟知，无须多说。这里想略作解释的是，宿先生所说的“受教育的背景不同”，堪称一语破的，道出了这两代学人本质的差别。当时的那些考古“大先生”，大学教育虽然有的是在 1949 年后，但最为重要的基础教育——中小学教育，却都是在 1949 年前。民国年间的中小学，是一块闲杂人等不得入内的净土。沿袭晚清“洋务运动”以来“中学为体，西学为用”的教育方针，重视德育和“通识”培养。从现存民国中小学教科书的内容看，尽管五花八门，但都是中西兼容的人类文明的真善美精华。而我们这一代，那就大不一样了。以我为例，小学还没毕业就搞“文革”，初中完全辍学，高中时期下乡务农。这样的教育背景，怎么能和那些考古“大先生”攀比？前面所说重器物而轻文献，重实践而轻理论，只能是指与自己同属一辈的考古学人。至于那些考古“大先生”，道德高尚，学问根基扎实，都是

① 宿白《白沙宋墓》，文物出版社，1957年。

重文献和重理论的。

第三位就是张忠培先生。我们是因长沙吴简结缘的。1996 年 10 月至 11 月，长沙走马楼出土大批三国吴简，轰动了国内外，受到各方关注。考古界最为重视这批三国吴简的，恰恰就是本文提到的宿白、俞伟超、张忠培三位“大先生”。但大家只知道宿、俞二位先生重视吴简，对张先生重视吴简不太清楚。俞先生 12 月中旬专程到长沙考察吴简，并接受记者专访，将此次长沙吴简大发现，与 20 世纪初的殷墟甲骨、西北简牍、敦煌文书、清宫档案四次大发现相提并论，称为“中国古代文书的第五次大发现”，并称“具有无法估量的历史价值”①。宿先生关于吴简的评价，见于《古国文明灿烂辉煌——宿白、张忠培谈九六中国十大考古新发现》一文。当时二位先生接受《中国文物报》专访，做了分工，文献由宿先生主讲。宿先生主要谈这批吴简的出土，对于破解中国古史分期，特别是“魏晋封建说”的价值，断言“沉寂相当一段时日的中国古史分期问题有望取得突破性进展”②。而张先生作为国家文物局考古专家组副组长，受国家文物局委派，11 月下旬就来到了长沙，实地考察了走马楼考古工地，详细询问了发掘情况，完整检查了发掘资料，对出土吴简的重大价值作了充分的

① 万戈《中国古代文书的第五次大发现（俞伟超先生专访）》，《长沙晚报》1996年12月15日第1版。

② 宿白、张忠培《古国文明灿烂辉煌——宿白、张忠培谈九六中国十大考古新发现》，张忠培《中国考古学：九十年代的思考》，文物出版社，2005年，第375—376页。

肯定，并对保护和整理工作提出了指导性意见。张先生原本就是长沙人，在长沙读完中小学才赴北京读大学，出于对家乡的热爱，对吴简的关注更胜于一般考古学人。

我是 1998 年正式开始吴简整理生涯的。是年 5 月上中旬，我与北京大学的罗新先后来到长沙，在长沙市博物馆库房，与长沙市文物考古研究所所长宋少华等合作整理《长沙走马楼三国吴简》的《竹简》[壹]。22 日下午，张忠培先生来了，和我们打过招呼，看了一下我们做的释文，就和宋少华坐在我们身后聊天。

张先生首先说，自己在不当故宫博物院院长之后，有了更多时间思考学术问题。我知道，张先生去职是在 1991 年 1 月。张先生是想说，在此之后，他才真正有较多时间思考学术问题。但我觉得，他其实是一直在思考学术问题的。譬如他在去职之前出版的《中国北方考古文集》的《编后记》中说："为便于读者了解，本书按各文的主要内容编排了一个大致顺序，除作了一些注释、补记及文字修改外，没有变动原来的观点。需要说明的是，前后抵触的观点当以后来写的文字为准。"[①] 将原文收入书中，观点虽然没有变动，但前后写的文章，对同一问题的看法却出现了矛盾。这说明了什么呢？只能说明张先生一直在思考学术问题，一直在以后来之我否定从前之我。

张先生接着说，自己刚从台湾经香港回来。本年 3 月，自己应台湾"中研院"史语所邀请，主持"傅斯年汉学讲座"，所做

① 张忠培《中国北方考古文集》，文物出版社，1990年，第263页。

学术演讲，题目是《中国古代文明的形成》，论述中国黄河及长江流域在公元前3200年到3300年之前就已进入文明时代。我们知道，此文现已收入前揭《中国考古学：九十年代的思考》。本书《序》说："中国文明起源、形成和走向秦汉帝国的道路这一由苏秉琦先生提出的'文明论'，是我90年代最为关心的一个课题。"[①] 张先生20世纪90年代发表约70篇文章，不少确实都与该"文明论"有关。张先生的观点很鲜明，就是从"文明论"的角度审视，不仅良渚时期不是奴隶制社会，夏商周也不是奴隶制社会。应该说，这个观点的产生，在白寿彝总主编的《中国通史》第2卷，也就是苏秉琦主编，张忠培、严文明撰稿的《远古时代》中，就已显露了端倪。因为《远古时代》从1985年开始撰写，1990年左右完成，其中特别安排了"文明曙光的出现"一节。本书属于对中国史前文明研究进行全面总结的考古学名著，二十年后，以《中国远古时代》为名，又出版了单行本[②]。同样也是二十年后，2015年，唐际根在"中国考古学研究中日论坛"公布其承担的国家社科基金重点课题《殷墟王陵区祭祀坑人骨与羌人的种族和文化》和社科院创新工程《殷墟布局研究》最新成果，指出殷墟发现的杀殉死者，应是商人从都邑以外地区尤其是西北地区抓来的俘虏，其中相当一部分是当时的羌人，对商王朝是奴隶社会的传

① 张忠培《中国考古学：九十年代的思考》，文物出版社，2005年，第2页。

② 苏秉琦主编，张忠培、严文明撰稿《远古时代》，上海人民出版社，1994年；《中国远古时代》，上海人民出版社，2014年。

统观点提出了质疑。现在看来，张先生关于“文明论”的思考，在 90 年代就已领先于当时的学术界了。

张先生最后对宋少华和我们说，《长沙走马楼三国吴简》是极为重要的文献资料，希望每一卷出版之后，都务必给他送一套。张先生离开库房，我陷入了长长的思考。从后来了解的情况看，张先生自大学课堂到考古工地，对任何问题都是主张自由思考和独立判断的。21 世纪前十年，张先生不仅出版了前揭《中国考古学：九十年代的思考》，还出版了《中国考古学：走近历史真实之道》、《中国考古学：走向与推进文明的历程》[①]。还有他即将出版的三部遗著——《中国考古学：走出自己的路》、《中国考古学：说出自己的话》、《中国考古学：尽到自己的心》[②]。从书名看，张先生追求的是“真实”的“自己”。张先生对中国考古学的贡献，一般总结为“两学”、“三论”，“两学”指考古层位学、考古类型学，“三论”指“谱系论”、“国家论”、“文化论”。但实际上，我觉得最值得推崇的，还是张先生追求的“真实”的“自己”以及自由和独立的学术思想。

1998 年后，我几乎每年都要去长沙整理吴简，在长沙经常能够见到张先生的身影。当然，在其他地方也能偶然见到张先生。譬如 1999 年 6 月，我参加在河北易县西陵召开的“中国考古学

① 张忠培《中国考古学：走近历史真实之道》，科学出版社，1999年；《中国考古学：走向与推进文明的历程》，紫禁城出版社，2004年。

② 按此三部著作，故宫出版社2018年4月全部出版。

跨世纪的回顾与前瞻国际学术研讨会”，聆听了张先生热情洋溢的开幕式致辞[①]。但见张先生最频繁，还是在调进故宫之后。

2002 年 9 月，郑欣淼先生初任文化部副部长兼故宫博物院院长，即给我打电话，表示希望调我进故宫。2003 年 8 月，我赴故宫参观刚购入的隋人摹西晋索靖书《出师颂》展览，郑院长听说，便与谢方开副院长在御膳房请我吃饭，再次提到希望调我进故宫。但由于种种原因，2005 年 2 月，我才决定离开工作二十五年的中国文物研究所古文献研究室。此次调动，颇费周折，直到 2006 年 1 月，才正式在故宫报到上班。此后，在故宫的各种会议上，经常见到张先生。

张先生是一个敢言的人，他在故宫以重视学术著称。在故宫的各种与学术相关的会议上，经常能听到他强调“学术才是故宫的灵魂和发展的基础”一类的话，批评故宫的学术缺乏发言权、对话权和话语权。在一次关于学术的会议上，他提到故宫某同仁的论文，大声指责：从先秦说到明清，一个注释也没有，这也叫论文？气得拄着拐杖径直走出了会议室。我当时很震惊。后来听说张先生在考古界更严厉，作为国家文物局考古专家组副组长，每年都要若干次到地方检查考古工地，常常听到张先生对发掘不满意，嚷嚷“挖的什么呀？摘掉他的（考古）领队证”等一类很

① 张忠培《以“世界的中国”的姿态迎接新世纪》，张忠培、许倬云主编《中国考古学跨世纪的回顾与前瞻（1999年西陵国际学术研讨会文集）》，科学出版社，2000年，第vii页。

极端的传闻（当然，最后都没有真正摘证）。感到张先生在故宫还是很客气的。我在一次学术会议上，批评本院刊物发表的院外作者的论文缺乏学术水平。中间休息时，张先生特别走到我面前，说：“你的发言很好，很中肯！”不仅自己敢言，不怕得罪人，也希望别人敢言，这就是张先生的风格！

2014年4月9日到14日，我在长沙整理《长沙走马楼三国吴简》的《竹简》［玖］，适逢张先生应邀来湘考察铜官窑基地和兔子山遗址出土简牍，省文物局设宴接待，我和宋少华受邀陪席。这时，我们已开始酝酿两年后的2016年，在长沙举办纪念走马楼吴简发现20周年的国际学术研讨会了。席间，我诚邀张先生到时出席本次国际学术研讨会，张先生愉快地接受了邀请。

2016年8月27日至28日，在长沙召开的“纪念走马楼三国吴简发现20周年长沙简帛研究国际学术研讨会”，在长沙吴简研究史上无疑是一个十分重要的会议。此次会议由故宫博物院、湖南省文化厅、长沙市人民政府主办，长沙简牍博物馆、故宫研究院古文献研究所承办，北京大学历史学系、日本长沙吴简研究会、韩国庆北大学人文学术院等十馀家单位协办。来自中国（包括台湾地区）、日本、韩国、美国等国的一百多位知名专家学者参加了此次盛会。单霁翔院长代表主办方在开幕式上致辞，我代表承办方作大会总结，张先生代表主办方致闭幕词。我在大会总结中谈到这次学术研讨会有三个重要特点：（一）学术梯队结构完整，老中青三代专家学者呈金字塔结构，显示吴简研究后

图 30　张忠培先生在纪念长沙吴简发现 20 周年国际学术研讨会闭幕式会场

继有人。（二）大视野的论文不少，揭示了社会真实面貌，总结了历史发展规律，反映吴简研究上了一个新的台阶。（三）运用考古学原理进行复原的论文很多，反映复原工作仍是吴简研究的主要方向。我注意到张先生在台下望着我，露出满意的微笑。（图 30）

最后是张先生致闭幕词。他的闭幕词名为《希望家乡成为简牍的强市、强省》[①]。他表示：自己出生于长沙，与湖南有着浓浓的乡情，与长沙吴简、里耶秦简、益阳兔子山简牍这三次湖南地区重大简牍发现有着特殊的缘分。他认为：考古工作人员一定要做好文物保护，在做好保护的前提下进行科学的发掘，然后对材料进行科学的整理，写出像样的报告，提供一个学术讨论的平

① 张忠培《希望家乡成为简牍的强市、强省——在纪念走马楼三国吴简发现20周年长沙简帛研究国际学术研讨会闭幕式上的讲话》，《长沙简帛研究国际学术研讨会论文集》，中西书局，2017年，第8—14页。

图 31　张忠培先生在纪念长沙吴简发现 20 周年国际学术研讨会致闭幕词

台。他对这次学术研讨会给予很高的评价。他说："我认为这是一个学术质量优良、实现了实事求是学风和朴实无华的文风以及严肃认真、齐放争鸣及学术自由的会风的高端的学术研讨会。"他指出：对于博物馆来说，一定要做好学术研究，安全是生命线，学术是灵魂，展示要面向大众。他期待通过人才保障，学术与研究各方面水平的提升，自己的"家乡实现由简牍的大省、大市向简牍的强省、强市的转变"。（图 31）

全体代表对张先生的闭幕词报以热烈的掌声。会议也在热烈的掌声中圆满闭幕！代表们都争先恐后请张先生合影留念。日本长沙吴简研究会一直是吴简研究的中坚力量，这次派出一个六人代表团参会，他们也不甘落后，请张先生和我们几位整理吴简的元老合影（图 32）。张先生知道吴简全书 11 卷 32 册，我主持整理了 6 卷 18 册，此外我还承担了故宫甲骨和新中国墓志两项国家社科基金重大项目工作，拉着我说："调你进故宫，故宫赚了，赚了呀！"

会议结束回到北京，张先生似乎意犹未尽。一周之后，也就是 9 月上旬，我正在公交车上，接到张先生的电话，他说："老王，什么时候有时间，来我家，陪我聊聊天？"我回答："没问题！您等我安排！"大概两天后，一个周五的下午，我来到张先生小石桥的家。我先赠送一本我整理笺注的《唐长孺诗词集》（中华书局，2016 年）给张先生，然后就在张先生的小书房里，我们

图 32　张忠培先生在纪念吴简发现 20 周年学术研讨会闭幕式会场与中日学者合影（左起：李鄂权、罗新、安部聪一郎、伊藤敏雄、阿部幸信、宋少华、张忠培、笔者、窪添庆文、鷲尾祐子、关尾史郎）

面对面，聊了整整一个下午。话题很多，难以尽述。有一个话题值得一说，就是张先生将他近几年发表的含有微言大义和带有春秋笔法的文章，统统搬出来，让我学习，看是否能够领悟他的潜台词。其中，《文化杂交：广州的过去与未来》一文[①]，给我留下了深刻的印象。这篇文章虽然仅有4页，4000多字，却堪称一篇高屋建瓴的杰作。张先生认为：广州文化从先秦开始就呈现“一元为主的多元文化谱系结构”。进入秦汉帝国“一统多元”时代，广州与全国一样，尽管“政权一统”，但仍“文化多元”。不同的是“广州最先成了中国冷眼向洋看世界的城镇，是中外文化交流的重要窗口”。此后，广州一直按照“传承、吸收、融合、创新”的文化演进规律发展，形成了独有的杂交文化，并在改革开放中发挥作用。广州要建设世界文化名城，不仅必须继续走文化杂交路线，还必须坚持邓小平“发展是硬道理”的正确理论，坚决抵制所谓“全盘西化”虚拟话题的吓人恐怖暴语。张先生还对过去“以阶级斗争为纲”的错误政治路线和当下“文化搭台，经济唱戏”的庙会经济与媚态文化进行了反思和抨击。读来令人智开神爽！

此后，张先生知道我工作忙，很长一段时间没有找我。而我也以为来日方长，很长一段时间没有与张先生联系。2017年仲夏某日，在故宫建福宫敬胜斋开会，碰到张先生，打了个招呼，见

① 按：本文原为参加《2010广州论坛：广州建设世界文化名城高峰论坛》而撰写，最早在《中国文物报》2011年2月25日第3版发表，《书屋》等三家刊物曾转载，这里根据的是发表于《南方文物》2012年第2期的最终修改定本。

他会议未完就离开去医院，脸色很不好。我有点担心，便准备将手头的急活尽快了结，再次去小石桥张府拜谒。然而，就在这时，惊悉张先生突然病逝的噩耗。当时只觉悲从中来，眼泪涔涔而下。赴八宝山送张先生最后一程归来，写了一首七律，表达我对张先生的哀思。

七律·挽张忠培先生

考古曾经六五春，三论两学见艰辛。
自由独立勤求索，刬伪反刓归朴真。
难忘握蛇弘正气，忍言暴虎慨轻身。
再寻国士公何在？湘汨空教泪湿巾。

张先生为人刚直，嫉恶如仇，有国士风。屈原《离骚》："余固知謇謇之为患兮，忍而不能舍也。"宋玉《九辩》："纷忳忳之愿忠兮，妒被离而鄣之。"屈、宋皆为楚国忠臣。张先生亦为楚人，名字中也有一个"忠"字。张先生忠于国家，忠于人民，忠于考古与文博事业，不仅是学术界的良心，也是中华民族的良心！

（原载《纪念张忠培先生文集·怀念卷》，故宫出版社，2018 年 3 月。）

鉴千秋三致意　参万岁一成纯

——深切缅怀饶公选堂先生

2018 年 2 月 6 日，一代儒宗饶公选堂先生在香港寓所寿终正寝，宣告大师时代正式结束。我与饶公有着二十多年的文字之交，受饶公恩化亦深，撰文缅怀，自是应有之义。我有三部著作、七篇论文，均与饶公有关。回忆这些论著的撰写过程，实际也就是缅怀与饶公的交往行谊。这里就按时间先后，记述如下。

（一）《S.6251 号北凉玄始九年随葬衣物疏补说》[①]

我最早见到饶公，大约是在 1991 年春天。当时我任职的古文献研究室还在沙滩红楼。一日，饶公应李均明先生之邀，来到古文献研究室，参观正在整理中的《居延新简》；我应李均明先生之请，参与接待和座谈。记得在座谈中，我介绍自己正在编辑《吐

① 王素《S.6251号北凉玄始九年随葬衣物疏补说》，原载香港《九州学刊》第6卷第4期（敦煌专号三），1995年，第149—153页；增订收入《中国古代社会经济史论——黄惠贤先生八十华诞纪念论文集》，湖北人民出版社，2010年，第349—353页。

鲁番出土文书》图文本的有关情况，饶公很感兴趣，问了一些关于本书整理及出版的问题，十分专业，令我颇为钦佩。

1992年岁末，荣新江先生应饶公之邀，到香港中文大学中国文化研究所，协助饶公做敦煌学研究，其间一项工作是协助饶公编辑《九州学刊》“敦煌专号”，向我约稿。我撰写本文，对大陆学者从未留意、仅日本学者关注过的英国斯坦因第三次中亚探险从吐鲁番阿斯塔那2墓区1号墓掘获的北凉玄始九年（420）随葬衣物疏的学术史进行了详细梳理，对其价值与意义进行了新的发覆。饶公读后较为欣赏，1993年5月2日给我回信（图33），全文为：

王素教授史席：

《九州学刊》敦煌专号之辑刊，叠蒙鼎力支持，远惠佳制，高文谠论，沾溉无涯。尚望加强联系，多赐教益。遥瞻绛帐，无任翘跂。

此颂　铎安。

饶宗颐敬启五月二日

这是我第一次收到饶公的亲笔书信。饶公书信格式犹存古风，使用“平阙式”一丝不苟，这里为了制版方便大多省略（下同），辜负了饶公的用心。还值得一提的是，饶公为本专号撰写《引言》，对拙文“用心之细”亦给予了表彰。

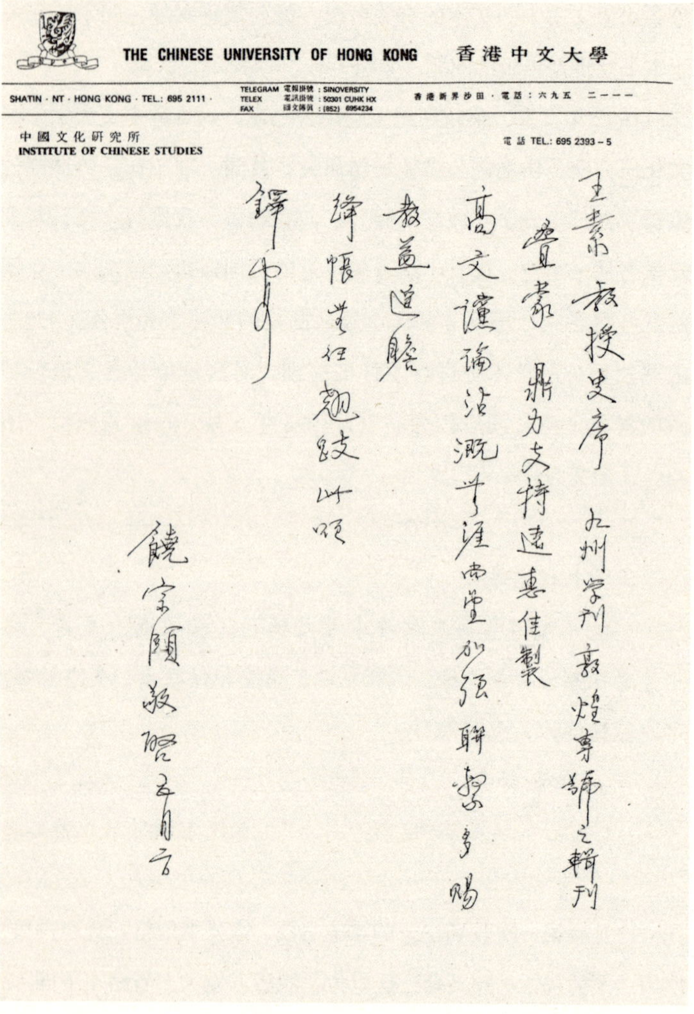
THE CHINESE UNIVERSITY OF HONG KONG　香港中文大學

SHATIN · NT · HONG KONG · TEL.: 695 2111 · TELEGRAM 電報掛號 : SINOVERSITY　TELEX 電訊掛號 : 50301 CUHK HX　FAX 圖文傳真 : (852) 6954234　香港新界沙田 · 電話：六九五　二一一一

中國文化研究所
INSTITUTE OF CHINESE STUDIES　電話 TEL.: 695 2393 – 5

王素教授史席：九州學刊敦煌專號之輯刊，疊蒙鼎力支持，遠惠佳製，高文讜論，沾溉無涯。尚望加強聯繫，多賜教益。道睽絳帳，曷任翹跂。此頌

鐸祺

饒宗頤敬啓　五月二日

图 33　1993 年 5 月 2 日饶公第一次写给我的亲笔书信

（二）《才人之诗·学人之诗·诗人之诗——〈选堂诗词集〉窥管》[①]

1995年7月至10月，我应饶公之邀，到香港中文大学新亚书院敦吐研究中心工作四个月（另详下文），其间，饶公以《选堂诗词集》（台北新文丰出版公司1993年版）一部为赠。我幼从先君学习诗词，在背诵、赏析、写作方面下过很大的功夫，虽若干年后转而治史，此调不弹也久，但毕竟是童子功，恢复起来亦不太难。当时白天在新亚书院工作，晚上回到宿舍就诵读饶公的诗词，本集收诗词一千数百首，等到工作完成，准备返京，集中诗词亦将诵读完毕。

我以为饶公的诗词，如同他的学问，浩瀚精深，难以管窥蠡测。钱仲联先生系近代诗词名家，为《选堂诗词集》作序，以学人诗较学人诗，谓观堂诗早岁从剑南入，取径未高，寒柳挽观堂词号称名篇，亦不过长庆体而已，皆不如饶公之诗，上溯典午，下逮天水，上自嗣宗、康乐，下及昌黎、玉局，所承至博至大。此论固然不错，但我以为尚不足以概括饶公之诗。饶公之诗，非仅学人诗，实则才人诗、诗人诗兼而有之。思虑及此，不觉技痒，遂撰成本文，寄请饶公哂正。饶公1996年10月29日给我回信[②]，

---

① 王素《才人之诗·学人之诗·诗人之诗——〈选堂诗词集〉窥管》，原载《华学》第2辑，中山大学出版社，1996年，第370—373页；收入郭伟川编《饶宗颐的文学与艺术》，香港天地图书有限公司，2002年，第95—104页；增补再刊王素主编《陶铸古今——饶宗颐学术艺术展暨研讨会纪实》，故宫出版社，2012年，第174—187页。

② 此信图版及全文，已刊王素主编《陶铸古今——饶宗颐学术艺术展暨研讨会纪

颇多谬奖，正文为：

王素吾兄左右：

得手示及大作，论拙诗，深入腠理，令人惊叹！向知兄沈潜《郑氏论语》，不意诗学之极深研几如是，佩服之至！

近人重学而轻文，力求事之曲折，故考据之业确能迈越前古；但文学修养，则微嫌不足。尊论能造渊微境地。才人学人诗人三者之分，古来立论多落于一边，作者各有偏胜，畸阴畸阳，人各有其所好，无可如何！乃谓弟能兼之，万不敢当。平生为学，喜从难中求易。于诗亦有同然，故步韵之作特多，兄一语中的，殊获其心。知音之难，今古同叹！敢布区区，尚祈垂察。

此颂 著安。

弟宗颐再拜 10.29

纸下附言："大文已寄曾君宪通矣。"曾宪通先生当时正在编辑《华学》，即谓已推荐《华学》发表。故本文两月后即在《华学》第 2 辑刊出。

此后，我在诗词方面，虽与饶公仍偶有互动，譬如饶公 16 岁曾撰《优昙花诗》五古二首，当时称为"神童诗"，久佚，后

实》，故宫出版社，2012年，第183、187页。有兴趣者可以参阅。

从网络搜索复得，饶公传真给我，我步韵追和之。但深知自己才力有限，不似饶公能够纵横捭阖，学艺兼修，唯恐顾此失彼，荒怠本业，态度总难积极。饶公似有察觉，1997 年 2 月 20 日给我写信，特别附言："王素兄诗学根柢湛深，望勿放弃，可以馀力从事，必有所成，敢断言也。"但我依然不甚积极，直至近年整理笺注业师《唐长孺诗词集》[①]，才不得已再作冯妇，辜负了饶公对我的期望。

（三）《吐鲁番出土高昌文献编年》[②]

（四）《魏晋南北朝敦煌文献编年》[③]

此二书均为饶公主编，属"补资治通鉴史料长编稿系列丛书"之第三和第四种。饶公《总序》认为：我国历史最重时间，故先秦史书多以《春秋》为名，至司马温公著《通鉴》另创新制，编年史书更受重视。频年地不爱宝，新资料不断出土，然非系年排比，使如散钱之就串，学者终难取舍会通。本丛书即有意爬梳新出土资料，掇拾史事，考证时间，仿《通鉴》之例，按年编排，原始要终，得其条贯，提供给学术界充分利用者[④]。

前书即本文前云 1995 年 7 月至 10 月，我应饶公之邀，到香

① 王素笺注《唐长孺诗词集》，中华书局，2016年4月初版，同年7月重印。按：我目前正在整理本书增订本，预计可在2022年出版。

② 王素《吐鲁番出土高昌文献编年》，台北新文丰出版公司，1997年。

③ 王素、李方《魏晋南北朝敦煌文献编年》，台北新文丰出版公司，1997年。

④ 饶宗颐《补资治通鉴史料长编稿系列总序》，收入郑会欣编《选堂序跋集》，中华书局，2006年，第83—90页。

港中文大学工作四个月的具体成果。前书完成，饶公审读后，颇为满意，希望我能再接再厉，对同一时期敦煌文献也进行整理编年。我同意后，就有了后书。不同的是，后书是在北京整理编著的。饶公原想请我再赴香港中文大学一趟，认为这样便于集中时间工作，我考虑再三，认为还是在北京工作查找资料比较方便。饶公是极为通情达理之人，表示尊重我的意见。当时我任职的古文献研究室已并入中国文物研究所，内子李方与我同在该研究所工作。就这样，我与李方联手，用了不到一年时间，完成了后书。故前后二书，同在 1997 年出版，前书在 1 月，后书在 12 月。从此，我能干活、能出活，给饶公留下很深的印象（另参下文）。顺带说一下，此二书的《前言》都是饶公写的，高屋建瓴，富有启发意义。

（五）《西晋索紞写〈道德经〉残卷续论——兼谈西晋张儁写〈孝经〉残卷》[①]

西晋索紞写《道德经》残卷的真伪，是敦煌学十分著名的公案。相关学术史人所共知，这里无庸细述。该残卷原有 1948 年黄宾虹、叶恭绰等名家题跋，均谓洵可宝贵。此后，遂有饶公之研究

① 王素《西晋索紞写〈道德经〉残卷续论——兼谈西晋张儁写〈孝经〉残卷》，原载《首都博物馆丛刊》第17期，燕山出版社，2003年，第3—11页；收入《汉唐历史与出土文献》，故宫出版社，2011年，第209—218页。

长文[①]。然而过了不久，即有学者撰文质疑[②]。饶公自此很长一段时间未对该残卷发表意见。1994 年，我撰写了一篇短文，主要介绍该残卷，顺便对常见的几点质疑进行了合理的解释[③]。但我从未向饶公提起，饶公也并不知道。1996 年秋，饶公赴京开会，我前往驻地拜谒，饶公拿出一页纸，对我说："这是你写的谈索统写本的文章。姜伯勤先生刚复印给我的。很好！很好！"像找到知音一样，非常高兴。饶公返港之后，1997 年 2 月 20 日，给我寄来一册前揭研究索统写本长文，附信说："索统写本，弟之旧作，谨奉一册，以供存览，尚乞指正。"

2001 年 8 月中旬，我和饶公都到长沙参加"长沙三国吴简暨百年来简帛发现与研究国际学术研讨会"。当时我已参加长沙三国吴简整理工作，会间拜谒饶公，我对饶公说："吴简时代与索统写本很近，二者书体颇多吻合之处，可以从吴简集字，与索统写本做逐字比较。"饶公高兴地说："这项工作很有意义，应该抓紧做。"但由于种种原因，这项工作直到现在也没有完成。

2002 年 9 月中旬，饶公给我写信，说不久将来北京，邀我与内子李方前往驻地一聚。后来，我与李方到东长安街饶公下榻的宾馆见了饶公。饶公翻开一本首都博物馆藏品图册，指着里面的

① 饶宗颐《吴建衡二年索统写本〈道德经〉残卷考证——兼论河上公本源流》，《东方文化》第2卷第1期，香港大学，1955年，第1—71页。

② 主要有日本神田喜一郎（1962年）、香港梅应运（1970年）等先生，不具录。

③ 王素《西晋索统写〈道德经〉残卷》，《中国文物报》1994年4月3日第3版。

一件西晋太康四年（283）张儁写《孝经》残卷图版[①]，对我说，这本图册是他不久前去首博参观时买的，这件张儁写《孝经》残卷，时代和书风，与索统署吴建衡二年（270）写《道德经》残卷十分相近，非常值得研究。我仔细审阅张儁写本图版，感觉确有意义。于是我们商定，以张儁写本为切入点，各写一篇文章，续谈索统写本真伪问题，一并刊布。

过了不久，10月17日，我正在上班，单位办公室通知我，说有我的传真，我取回一看，是饶公的来信和他已完成的文章。信云：

王素、李方贤伉俪侍者：

在京时间虽暂，得获聆教片刻，忭慰无量。

拙文论索统卷已草就，请斟酌指正。尊文亦盼尽快写出，俾可一并刊布。

（中述转托李均明先生诸事，暂略）

俪福

宗颐拜启 2002年10月17日

可见饶公心情之迫切。过了半个月，又收到饶公10月24日来函：

① 首都博物馆《首都博物馆二十周年纪念馆藏精品撷英》，燕山出版社，2001年，第204页。

王素吾兄：

回港拜诵10月6日手书，谨悉程功。日前寄上谈索氏拙文，矩园题跋及可园印记，二字皆“园”字。可园有粤人张敬修，官江西布政（中大有其遗稾，卒于同治三年），及陈作霖（词家）。弟疑《孝经》跋或经张荫桓手，但张氏于1900年被杀，恐不确。拙跋请候查出“可园”事迹再论定之。望兄细看该《孝经》卷原物，内尚有始藏印，可仔细研究，再告知详细。至感至感。

匆颂　著安

宗颐手启10月24日

我遵嘱找到首博叶渡先生，承他厚意，得以亲睹原卷。于是我撰成本文。饶公和我的文章都在首博馆刊发表[①]。我的文章下文还会谈到，这里就不多说了。

（六）《略谈选堂先生对于吐鲁番学的贡献》[②]

2005年是饶公米寿。饶公是《敦煌吐鲁番研究》的创刊主编，本刊2004年就开始组稿，准备为饶公祝寿。我考虑，饶公对敦煌学研究的贡献人所熟知，对吐鲁番学研究的贡献知道的人就不太多了，于是撰写了本文。

---

① 饶宗颐《索统写本〈道德经〉残卷再论》，《首都博物馆丛刊》第17期，燕山出版社，2003年，第1—2页。

② 王素《略谈选堂先生对于吐鲁番学的贡献》，《敦煌吐鲁番研究》第8卷，中华书局，2005年，第13—21页。

饶公关于吐鲁番学的成果虽然不多，粗略统计约有九篇，但对于吐鲁番学的开拓之功却不容低估。譬如：（一）《京都藤井氏有邻馆敦煌残卷纪略》（1957 年），是关于日本有邻馆藏敦煌、吐鲁番文献来源及数目的最早记录；（二）《穆护歌考——兼论火祆教入华之早期史料及其对文学、音乐、绘画之影响》（1978 年），对古代吐鲁番的火祆、摩尼二教进行了开创性的研究；（三）《说鍮石——吐鲁番文书札记》（1983 年），是迄今为止关于《吐鲁番出土文书》所记"鍮石"研究的唯一的一篇论文；（四）《敦煌与吐鲁番写本孙盛晋春秋及其"传之外国"考》（1986 年），是最早将敦煌与吐鲁番两地出土的《晋春秋》残卷合在一起进行研究的成果。此外还有：（五）《写经别录》（1987 年），（六）《柏林印度艺术博物馆藏经卷小记》（1992 年），（七）《吐鲁番：丢了头颅的廾廾（菩萨）》（1993 年），（八）《〈吐鲁番出土高昌文献编年〉序》（1997 年），（九）《〈吐鲁番出土唐代文献编年〉序》（2002 年），对吐鲁番出土的《论语》、佛教写经、文书文物，进行的专门考释和通识研究，都能够给人留下深刻印象。

（七）《陶铸古今——饶宗颐学术艺术展暨研讨会纪实》[①]

2002 年 9 月，郑欣淼先生初任文化部副部长兼故宫博物院院长，即给我打电话，表示希望调我进故宫。但直到 2005 年，我

① 王素主编《陶铸古今——饶宗颐学术艺术展暨研讨会纪实》，故宫出版社，2012年。

才决定离开工作二十五年的中国文物研究所古文献研究室。此次调动，饶公一直非常关注。2006年1月，我正式在故宫报到上班。同年12月中旬，我与郑院长赴香港大学，参加“学艺双修·汉学大师——饶宗颐教授九十华诞国际学术研讨会”。饶公特别对郑院长说：“你把王素先生调到故宫博物院，太好了，他可是干活的好手呀！”

2008年10月底，故宫博物院与香港大学饶宗颐学术馆联合主办“陶铸古今——饶宗颐学术艺术展”与相关研讨会，饶公亲到故宫现场，并捐赠10幅书画给故宫永久收藏，群贤毕至，少长咸集，成为当年京城文化界的一件盛事。我参观了展览，参加了研讨会，对饶公“学艺双修”特别是书画艺术方面的思想和造诣深感震撼。展览与研讨会结束，按故宫惯例，应给捐赠者编一部纪实性图文集，作为永久纪念。故宫专家对饶公不太了解（其实直到现在，内地除甲骨、简帛、敦煌等几个领域外，对饶公了解亦不多。关于这个话题，下文还将涉及），于是，我主动承担主编本书。不仅如此，为了突出饶公在书画艺术方面的修养和成就，我还自编了一份《饶宗颐教授书画类论著目录》收入本书[①]。本书的出版，对大陆学术艺术界了解饶公起到普及作用。

（八）《选堂书画与齐物思想——从“参万岁而一成纯”引

① 王素《饶宗颐教授书画类论著目录》，《陶铸古今——饶宗颐学术艺术展暨研讨会纪实》，故宫出版社，2012年，第381—391页。

起的思考》①

本文原是前揭“陶铸古今——饶宗颐学术艺术展”研讨会参会论文。2010 年 8 月上旬，中央文史馆、敦煌研究院和香港大学饶宗颐学术馆联合在莫高窟举办“庆贺饶宗颐先生九五华诞敦煌学国际学术研讨会”和“莫高馀馥——饶宗颐敦煌书画艺术特展”，由于本文当时尚未发表，内容与特展主题相关，故又以本文作为莫高窟参会论文。本文受到会议主办方的重视，被推荐作为大会主题报告。值得一提的是，本文除了故宫和莫高窟两个会议文本外，还有两个本子：

一个是摘要本②。莫高窟会议结束后，《中国社会科学报》向会议约稿，主办方推荐了本文。我应报纸要求，对原文本进行了较大压缩，整理出一个摘要本，在《中国社会科学报》发表。摘要本是本文最早发表的一个本子。

一个是讲座本③。2013 年 9 月，香港大学饶宗颐学术馆在天津美术馆举办“雄伟气象——饶宗颐教授天津书画展”。这次展览为了表现饶公的广阔胸襟与无比创作力，展出的书画作品多为

① 王素《选堂书画与齐物思想——从“参万岁而一成纯”引起的思考》，《陶铸古今——饶宗颐学术艺术展暨研讨会纪实》，故宫出版社，2012年，第310—318页；《庆贺饶宗颐先生九十五华诞 敦煌学国际学术研讨会论文集》，中华书局，2012年，第30—35页。

② 王素《选堂书画与齐物思想——从“参万岁而一成纯”引起的思考》，《中国社会科学报》2011年5月26日第12版。

③ 王素《选堂书画与齐物思想——从“参万岁而一成纯”引起的思考》，《天津美术馆公共教育活动第一种：美术讲堂一百期纪念文集》，天津人民美术出版社，2018年，第101—107页。

巨幅宏制。当时，天津美术馆提出：天津观众对饶公不太了解，希望香港方面能够派人前来，举办讲座介绍饶公。香港方面向饶公请示，饶公说："请故宫博物院的王素先生去讲一场吧。"我就于9月28日下午，到天津美术馆举办了本讲座。过了几年，天津美术馆给我来信，说希望我能提供一个讲座文本，他们想公开发表。我就根据馆方要求和讲座内容，整理了本讲座本。讲座本内容与会议文本大不相同，实际上是两篇不同的文章。

（九）《略谈选堂先生对东南亚华文碑铭整理的功绩——从〈星马华文碑刻系年〉说起》[1]

本文是2013年12月上中旬，我应邀赴香港大学，参加"第二届'饶宗颐与华学'暨香港大学饶宗颐学术馆十周年馆庆国际学术研讨会"，提供的参会论文。本文是第一篇系统揭示饶公对东南亚华文碑铭进行开创性整理功绩的论文，但范围并不局限于此，还对饶公前撰《新加坡古事记》的价值以及稍后与许云樵先生就新加坡古地名"蒲罗中"问题的论战进行了新的研究，认为：饶公对东南亚的学术发展，功绩是多方面的，其中，《星马华文碑刻系年》的整理出版固然开当地金石学之先河,《新加坡古事记》提供的治史新体例以及"蒲罗中"论战展现的严谨求实的学风，无疑也对东南亚的学术发展起到推动作用。

① 王素《略谈选堂先生对东南亚华文碑铭整理的功绩——从〈星马华文碑刻系年〉说起》，《饶学与华学——第二届饶宗颐与华学暨香港大学饶宗颐学术馆成立十周年庆典国际学术研讨会论文集》（上册），上海辞书出版社，2016年，第105—111页。

（一〇）《关于西晋索紞写《道德经》残卷的通信——以牟复礼先生回复马泰来先生的电邮为中心》[①]

2013年12月上中旬，我应邀赴香港大学，参加“第二届‘饶宗颐与华学’暨香港大学饶宗颐学术馆十周年馆庆国际学术研讨会”时，初次见到闻名已久的美国普林斯顿大学东亚图书馆馆长马泰来先生。与马泰来先生寒暄时，他几次提到前揭饶公的《索紞写本〈道德经〉残卷再论》和我的《西晋索紞写〈道德经〉残卷续论——兼谈西晋张儁写〈孝经〉残卷》二文，给他留下了深刻印象。

会议结束，马泰来先生返美，12月22日，给我发来一封电邮，其中谈到：“2004年12月我看到您的文章后，即和饶（宗颐）师的文章一同影印，寄给牟复礼教授。他的回信见后。其实当日他的身体已甚衰弱，旋入医院。2005年2月10日谢世。他对您的评价极高！”牟复礼（F. Mote）先生是欧美汉学界的泰斗，著述甚多，与杜希德（Denis Twitchett）先生共同主编的上下二卷《剑桥中国明代史》尤为人所熟知[②]，无须多作介绍。牟复礼先生回复马泰来先生的电邮写于2004年12月29日，内称收到马泰来先生寄来的前揭饶公和我的论文，便“立刻认真地阅读”，感觉“意

① 王素《关于西晋索紞写《道德经》残卷的通信——以牟复礼先生回复马泰来先生的电邮为中心》，《敦煌吐鲁番文书与中古史研究——朱雷先生八秩荣诞祝寿集》，上海古籍出版社，2016年，第19—25页。

② “杜希德”为Denis Twitchett为自己取的中文名字，大陆港台多据英文原名译作崔瑞德或崔维泽。

义非同一般”，自己“非常欣喜地看到，大量依据王素先生的论述，饶宗颐先生又回到了他起初的论断。我认为王素先生的论文堪称证伪论真的典范之作，论辩有据，言之成理”。

关于西晋索纨写《道德经》残卷的真伪，不仅如前所说是敦煌学十分著名的公案，还一直是十分敏感的问题。原因之一，恐怕是涉及饶公和牟复礼先生两位重量级人物。大家都知道饶公是最早研究索纨写本的专家。牟复礼先生则是索纨写本入藏美国普林斯顿大学美术馆后最早介绍该残卷的专家[①]。本文主要是梳理相关学术史，说明我的《西晋索纨写〈道德经〉残卷续论——兼谈西晋张儁写〈孝经〉残卷》，同于我较早发表的《西晋索纨写〈道德经〉残卷》短文，主旨都不是辨别索纨写《道德经》残卷的真伪，而都只是“解惑释疑之作”，作为结果，也只是“将学界对于索纨写《道德经》残卷的种种质疑，都一一给予了合理的解释。在此基础上，提出了敦煌吐鲁番写卷‘证伪论真’应有的标准”。

此外，与饶公的交往，还有几件事值得一说。一是 2012 年 6 月 13 日，我接受腾讯网络电视《饶宗颐：万古不磨意，中流自在心》节目组访谈，提出大师需要家学，现在已无世家，“君子之泽，一世而斩”，出不了饶公这样的大师，制作者将我的论说以“这是一个很难出大师的时代”为题播出，产生了一定的影响。二是同月 27 日，我应邀赴上海，参加“海上因缘——饶宗颐教授上

① F. Mote: The Oldest Chinese Book at Princeton, *The Gest Library Journal* Ⅰ-1,1986. pp.34–44.

图 34 2012 年 6 月 27 日我与饶公在上海西郊宾馆最后一次合影

海书画展”开幕式，在西郊宾馆会议中心会客室见到饶公，合影时，饶公要我坐在沙发扶手上，用双手紧紧抱住我的右手，不愿放开，似有很多话想对我说，可惜当时人太多，没有机会说话（图 34）。三是 2017 年 11 月 18 日，饶公继是年初夏，远赴巴黎举办书画展览后，复莅临北京中国美术馆，参加“莲莲吉庆——饶宗颐教授荷花书画巡回展”开幕式。当时我正在北京某宾馆参加某基金评审会，本来没有时间参加该展开幕式，但我一直有种预感，饶公前赴巴黎办展是想与欧洲的朋友告别，此次莅临北京是想与内地的朋友告别，故仍抽暇赶到中国美术馆参加该展开幕式，虽然明知只能在人海中远远地看饶公一眼，但内心感到满足和再无遗憾！

饶公一生，学艺贡献，人所熟知，可以不论。从外而言，始终热爱中国传统文化，尊重中华人文精神；从内而言，夙慕庄生“参万岁而一成纯”之义，而一直躬身行之。饶公寿终正寝当日，我给香港大学饶宗颐学术馆与饶宗颐教授治丧委员会发去唁电，深表哀悼，最后附铭辞曰：

巍巍我公，皇皇儒宗；陶铸天人，夙夜匪躬。
巍巍我公，赫赫罔穷；参透万岁，成纯御风。

特别以“参万岁而一成纯”落脚。相信饶公天上有知，一定会感到欣慰！

（原载《敦煌吐鲁番研究》第 18 卷（饶宗颐先生纪念专号），上海古籍出版社，2019 年 4 月。）

杨新先生的古书画鉴定与诗书画创作

一

我很早就知道杨新先生（1940—2020）。我 1981 年武汉大学毕业，分配到国家文物局古文献研究室。当时，作为拨乱反正后的第一届研究生，属于稀缺资源，古文献研究室一次进了五人。由于历史原因，这一届研究生年龄相差普遍悬殊，我们五人也不例外，最年长的是景爱，1938 年生，最年轻的是我，与景爱相差十五岁。我们都是 1982 年转为助研。此后，国家文物局十年不评职称。其间，仅 1986 年，为解决被历史耽误的老专家职称问题，非正式评了一次职称。我们五人中，仅景爱因年长，被破格评为副研究员。而杨新先生年龄比景爱还小，因古书画鉴定成绩突出，被破格评为研究员，给我留下了深刻印象。

杨新先生知道我，则在二十年后。2006 年 1 月，我调入故宫博物院，与杨新先生同在研究室工作，成为同事，经常见面。是年8月，承蒙郑欣淼先生信任，代为选编《郑欣淼诗词百首》，并撰《情缘物动　物感情迁》一文为序[①]。本书出版，欣淼先生赠送同道，杨新先生自然也获得一册。翌年，杨先生的《杨新诗书画集》出版[②]，不久，他到我办公室闲坐，惠赠我一册。杨先生极其谦虚，直言自己的诗书画与前辈如徐邦达、启功等先生相较，差得太远，还须急起直追，希望我多提意见，云云。当时的我，一则初获赠书，未及拜读，再则杨先生一耳失聪，自号“半聋”，研究室所在的城隍庙，是个非常安静的小院，令人常有“不敢高声语”之感，记得当时没有特别回应，只是客套地说：故宫能诗书画者，杨先生恐怕已是殿军，此后再也没有了。杨先生只是苦笑，未置可否。

此后几年，我常将《杨新诗书画集》置之座右，一边阅览一边思考。与杨新先生虽然仍经常见面，但由于双方都很忙碌，一直未能找到合适的机会对话。原以为“事会之来，岂有终极”？没想到杨先生2010年突发脑溢血，短暂痊愈后2013年又复发，遂长期辗转病榻，直到2020年1月遽归道山，再也没有机会交流了。呜呼哀哉！今年2月初，杨先生的女公子杨丽丽找到我，

---

① 王素《情缘物动　物感情迁》（《郑欣淼诗词百首》代序），原载《郑欣淼诗词百首》，线装书局，2006年，第1—4页；再刊《古韵新风——郑欣淼作品集》，线装书局，2010年，第80—83页；摘刊《诗刊》2013年1月号上半月刊，2013年1月1日，第76页；再刊郑欣淼《诗心纪程》，人民出版社，2018年，第332—335页；收入王素《汉唐历史与出土文献》，故宫出版社，2011年，第473—475页。

② 杨新《杨新诗书画集》，文物出版社，2007年。下引本书，仅括注页码，不再出注。

说她正在编辑纪念杨先生的文集，希望我能赠稿，我想也没想就答应了。但事后仍颇费踌躇：写什么？从哪儿写起？经过半个多月思考，才决定从古书画鉴定的角度，写杨先生的诗书画创作。因为杨先生认为：古书画鉴定与诗书画创作有着密切关系。

杨新先生从大学到故宫，师从的都是名师。他1960年考入中央美术学院，从王逊（1915—1969）、金维诺（1924—2018）学习美术史论；1965年分配到故宫，从徐邦达（1911—2012）、启功（1912—2005）学习古书画鉴定。王逊先生是美术史教育的开拓者和奠基人，若不是连番遭受政治迫害，原本前程无量[①]。金维诺先生是著名美术史家，徐邦达先生与启功先生是著名古书画鉴定家，都人所熟知，无须介绍。王逊、金维诺未闻兼善诗书画创作，而徐邦达、启功都是诗书画创作大家，仅此就可判定：诗书画创作与古书画鉴定关系匪浅。

杨新先生对诗书画的“三绝”极力推崇。《杨新诗书画集·后记》云：“一身而兼诗、书、画三能者，从唐代郑虔开始，直到近现代的吴昌硕、齐白石，千百年来，代不乏才人。在中国文化艺术发展史上，这是一道独特的风景线，应当作为优秀的传统来继承。”（第107页）同书收有杨先生撰书时间应该更早的《题郑板桥行书轴》云：“三绝诗书归去来，使君的的有奇才。横斜莫笑如街石，都是胸中块垒堆。”自注：“板桥书法横斜欹侧，

① 薄松年《怀念新中国美术史界拓荒者王逊》，原载《艺术学研究》2015年号，第9—14页；再刊《中华读书报》2016年1月27日第21版。

人谓乱石铺街，故诗及之。”（第30—31页）2012年，台北历史博物馆举办“清翫雅集二十周年会庆特展”，杨先生作为荣誉会员，撰文志贺，又一次提到：“说到诗书画，似乎要从‘郑虔三绝’开讲。”[①]诗书画“三绝”虽然“代不乏才人”，但真正为官方认可者，“二十四史”及《清史稿》等传统正史仅记载三人：首为唐代的郑虔[②]，次为清代的恽格和华喦[③]。郑虔书画虽无作品传世，无从比较，但诗存有一首，题曰《闺情》，云：“银钥开香阁，金台照夜灯。长征君自惯，独卧妾何曾。”颇有古乐府意味，较之李白、王昌龄等的闺怨之作，不仅毫不逊色，且似更胜一筹，可见名下无虚。恽格（1633—1690）是常州画派的开山祖师，清六家之一。华喦（1682—1756）是扬州画派的代表人物之一，与扬州八怪齐名。清六家“四王、吴、恽”与扬州八怪金农、郑燮（板桥）、罗聘、李方膺、李鱓、黄慎、高翔、汪士慎，诗书画皆精通，但除恽格本人和郑板桥（1693—1766）外，很少能称“三

① 杨新《诗为心声　画为心印：清翫雅集二十周年会庆特展志贺》，《收藏》2013年第3期，第18—27页。

② 《新唐书·文艺中·郑虔传》：“虔善图山水，好书，常苦无纸，于是慈恩寺贮柿叶数屋，遂往日取叶肄书，岁久殆遍。尝自写其诗并画以献，帝（玄宗）大署其尾曰‘郑虔三绝’。”

③ 《清史稿·艺术三·恽格传》：“恽格，字寿平，后以字行，改字正叔，号南田，江南武进人……擅诗名，鬻画养父。画出天性，山水学元王蒙。既与王翚交，曰：‘君独步矣。吾不为第二手。’遂兼用徐熙、黄筌法作花鸟，天机物趣，毕集豪端，比之天仙化人。画成，辄自题咏书之，世号‘南田三绝’。”又《华喦传》：“华喦，字秋岳，号新罗山人，福建临汀人……画山水、人物、花鸟、草虫无不工，脱去时蹊，力追古法。有时过求超脱，然其率略处，愈不可及。工诗，有《离垢集》，古质清峭。书法脱俗，世称‘三绝’，可继恽格。”

绝”，说明“三绝”另有标准。这个标准就是，诗书画均臻上乘，且旗鼓相当，难分伯仲，才能称为“三绝”；如果或稍强，或稍弱，存在参差轩轾，就不能称为“三绝”。杨新先生自然明白这个道理，故在诗书画三方面都下过很大功夫。

二

杨新先生的诗词，严格说没有受过正规系统训练。旧时蒙塾教授诗词，皆从诗骚开始，然后汉魏乐府、六朝古体、唐诗宋词元曲循序渐进，到明清点缀为止，各个王朝和时代都有所涉猎。杨新先生则不然。但由于他的专业是美术史和古书画鉴定，从接触诗词到继而学习和创作诗词，时间应该不会太晚。

他现存诗词，最早应该是一首《忆秦娥·古意》：“寒蛩切，孤灯客馆明复灭。明复灭，满怀思绪，半帘残月。　江城橘柚伤离别，芳踪此去何由觅。何由觅，烟波千里，云山万叠。”（图35）所谓“古意”，意谓拟古、仿古。此词系拟仿李白《忆秦娥·箫声咽》。《忆秦娥》词牌传统写男女伤别离。李白的“清秋”、“西风”，点明是秋天；杨新先生的“寒蛩”、“橘柚”，也是秋天的虫果。秋风肃杀，草木凋零，容易衬托离别的气氛。薛永年先生说：“大学期间，杨新写了一篇小说，名曰《湘水回波记》，内容是青年男女旅途相遇之后的相慕之情。”（《缅怀杨新学长》）与杨先生词中的“客馆”契合。我怀疑此词是自题《湘水回波记》者。

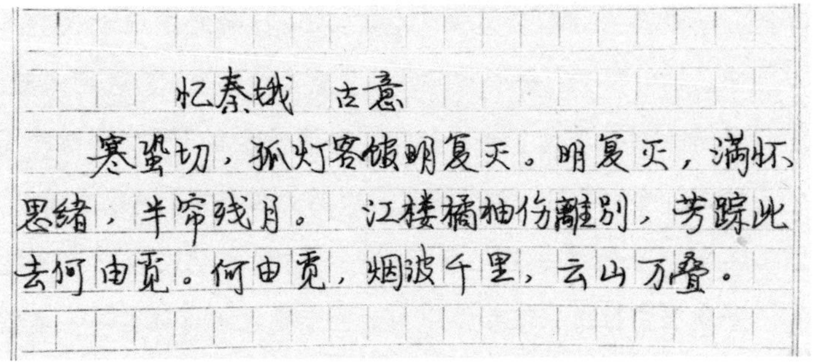
忆秦娥　古意

寒蛩切，孤灯客馆明复灭。明复灭，满怀思绪，半帘残月。　江楼橘柚伤離别，芳踪此去何由觅。何由觅，烟波千里，云山万叠。

图 35　杨新先生钢笔手书《忆秦娥 · 古意》

如果推测不错，则时间应在 1963 年前后。当时杨新先生 23 岁左右。

他现存诗词，其次是四首《采桑子 · 向阳湖干校即事》和一首《沁园春 · 向阳湖喜雨》（自题“五七干校作”）。向阳湖在湖北咸宁，是文化部“五七干校”所在地，杨新先生是 1969 年去，1972 年回。这五首词应为其间所作。四首《采桑子》分别以“轻风四月”、“和风六月”、“薰风八月”、“金风十月”开头，写农家春（分早晚）夏秋三季景物。《沁园春 · 向阳湖喜雨》写田园雨晴气象变化。因种种原因，连同前揭《忆秦娥 · 古意》，一直秘不示人（另参下文），影响了交流切磋，乃至创作的进步。直到 20 世纪 90 年代末，向吴空和王成纲两位诗家敞开心扉，学界才知道杨新先生也娴于此道，但已晚了三四十年。

杨新先生《杨新诗书画集 · 后记》开篇即云：

余不善诗，亦未曾从学。只是在研究中国古代书画中，接触较多。每读前贤作品，至其精妙处，心怦怦然动，遂萌生创作之意。偶有仿作，则藏之箧底。十馀年前在南戴河开会，专门讨论《故宫藏珍品文物全集》的编写问题，吴空先生写了一首七律赠我……当时我仍在故宫博物院副院长岗位上，深知诗中用意，于是也用诗作答……吴空先生……读后大加肯定，问还写过别的诗没有。我说："有是有，只是羞于见人。"吴先生说："没关系。"并介绍王成纲先生正在编辑《华夏吟友》，向全国征集旧体诗词。于是我便鼓起勇气，抄录了旧作十馀首寄给了王成纲先生。不久得到回信，其中有八首已排印成铅字，是准备刊用的。王成纲先生不仅是诗词作家，也是诗词批评家。他对写作旧体诗词要求非常严格，对我的作品挑了许多毛病，要求修改，是一位非常难得的诤友。正是［在］他们两位的鼓励和帮助下，使我对写旧体诗增加了自信心，提高了写作能力。（第 106 页）

这里省略了吴、杨二先生唱和诗（下文另有介绍）。吴空先生出身世家，文史功底颇佳，是著名诗人。因早年参加革命，一直在中央工作，1968 年受到迫害，1974 年调到故宫，成为研究室首任主任，1983 年调回国务院，1985 年任参事室副主任，翌年兼任文史馆副馆长。《故宫藏珍品文物全集》正式名称为《故宫博物院藏文物珍品全集》，是杨新先生主持编撰的一部多达60卷的丛书，故宫文物精华多见此书，“故宫人”俗称“60卷”，吴空先生是顾问。1998年8月在南戴河开会讨论该书体例，吴空先生受邀参会，故有二人唱和及推荐诗作发表事。

杨新先生1999年11月2日写给王成纲先生的信云[①]：

成纲先生：

手教敬悉，先生指疵甚是。今据《佩文韵府》、《词林正韵》改正。请先生再予指正。我于此道无所师承，完全门外，只是在研究中国美术史时有所接触，好之而已，模仿了几首，自惭形秽，不敢示人。因与吴空先生共事，偶尔唱和，故尔推荐，实则难登大雅之堂。写古典诗词，我感觉非常之难，且来得特慢，往往在床上辗转数夜才能成篇。一是缺乏灵感，二是词汇不富。而更难者未有新意，背得诗多，记得典故熟，雅则雅矣，其奈陈旧何？而标语口号，逞花口溜，壮夫所不为。故难之又难。更有甚者……在五七干校时所填《沁园春》词“向阳湖喜雨”一首，压之箱底二十馀年，不敢向人求教，怕的是被误解为影射时政，而不能自辩，其实并没那意思，只是表达某种美感，罗列景物，凑词而已。先生创作多年，其中感慨定多。

---

① 此信由杨丽丽提供。毛笔行书，写于故宫博物院公文纸，虽为底稿，但极其工整，反映杨新先生之认真。信末原署年份为“乙卯”，当为“己卯”之笔误，己卯为1999年。

改稿请斧正。不是谦辞，是真心的。我自己也不知改过多少次。主要是想看您的思路，有助于学习提高。

……

王成纲先生为当代诗词界高人。从1995年开始独立主编《华夏吟友》，至2002年陆续出版5大卷，后又续出“甲申（2004年）本”、“丙戌（2006年）本”[①]。由于民间诗词爱好者甚多，实在忙不过来，曾请湖北英山农民诗人饶惠熙先生来京任副主编助力。饶惠熙先生诗词功力亦颇不俗，所撰七律《杂感》曾获第三届（2016年）“诗词中国”传统诗词创作大赛“年终创作奖”律诗组一等奖[②]。副将如此，主将可知。杨新先生得王成纲先生指教，诗力骤增，自是必然。

综观前揭一文一信，可以判知：

（一）杨新先生确实是“在研究中国古代书画中”和“在研究中国美术史时”对诗词有所接触才学习和创作诗词的。也就是说，杨新先生是在意识到诗词与古书画鉴定确实存在密切关系之后才学习和创作诗词的。

（二）杨新先生是先学填词。所谓“偶有仿作”和所谓“模

① 我曾在《华夏吟友》发表十首诗词（三首七绝、四首七律、两首五古、一首词），《华夏吟友》第3卷，香港天马图书有限公司，1998年，第3—4页。故了解一些情况。

② 饶惠熙《杂感》：“种菜无妨也种花，自怜耕读老生涯。闭门唯乐诗兼酒，开卷还忧国与家。秦鹿汉蛇知有数，春风秋月咏无邪。嗟余一亩三分地，获取朝霞更晚霞。”起合流畅，对仗工稳，诚为佳作，唯觉骈坒句式过多，有不胜重叠之感。

仿了几首”，应指前揭《忆秦娥·古意》和咸宁“五七干校”诸词作。可能还包括吴空先生 1974 年调到故宫后，杨新先生与他合作的《忆秦娥·宫苑四咏》（故宫春雨、圆明夏暑、景山秋爽、颐园冬雪）①。此后，很少见到杨新先生的词作。我怀疑原因主要是“词言情”，杨新先生本是多情之人，而感情宣泄，每难抑制，易干时讳，如同前面几次提到的《沁园春·向阳湖喜雨》②，不写也罢。当然，古人题画，多诗少词，对于古书画鉴定，诗比词更有用处，或许也是原因之一。

（三）杨新先生是后学写诗。诗乃“正声”，故曰“思无邪”；诗乃“心声”，故曰“诗言志”。杨新先生现存诗作，公开发表者，多未系年。如《杨新诗书画集》的诗词编排，是先诗后词，先五言诗后七言诗，以致两首登岳阳楼诗，五言“再登”在前，七言“初登”在后。该书 2007 年 5 月出版，所收诗词多自署“丙戌（2006 年）”某时节（如秋、冬、小雪、大雪等）书，乃是为翌年出版

① 见《杨新诗书画集》，第84—91页。按：此“宫苑四咏”，三咏自署“丙戌（2006年）仲冬”书，乃书写时间，非创作时间也（另参下文）。据杨新先生家藏稿本附跋云：“余偶填《忆秦娥·故宫春雨》一词，适吴空先生来院，不惭形秽，出示求正。先生曰：‘接着写。’当即拟宫苑四题，合成四季，请先生以同调写夏、冬二景，余则补秋景。承蒙允诺，是为合作。”吴空先生是1974年来院，合作当在是后不久。

② 杨新《沁园春·向阳湖喜雨》：“草偃风狂，乱云翻墨，急电惊雷。看满湖珠跳，渔舟隐没，千峰失翠，树杪泉飞。小鸟潜踪，娇花滴泪，弱柳柔桑尽折摧。猖狂甚，任呼嚣喧叫，肆虐逞威。　　霎时雾散云开，竟洗出江山更秀媚。望东冈新绿，瓜秧正旺，南畴禾黍，叶茂根肥。北麓丛林，参差蓊郁，几处炊烟童牧归。西塘外，蜃楼霞染就，万道斜晖。”此词写向阳湖先雨后晴，天地万物变换姿态，下半阕有意将东南北西四字镶嵌其中，显示四方雨后景象，亦颇具匠心。此词确与时政无涉，但在采珠骈阗年代，赋柳嘲杨之虞并非无据。

新写时间，并非创作时间。这为我们了解杨新先生创作诗作的轨迹增加了难度。幸而还有家藏稿本，有的存有系年；实在没有系年者，则只能根据内容进行考证了。

据内容考证，最早应是《昭君墓》七绝二首（图 36）：

（一）

大漠秋来草尚青，阴山遥对障如屏。
游人去后苍苔冷，寂寂孤坟向月星。

（二）

封土巍巍百尺强，传闻姓字曰王嫱。
马王堆下轪侯妇，任尔年年说短长。

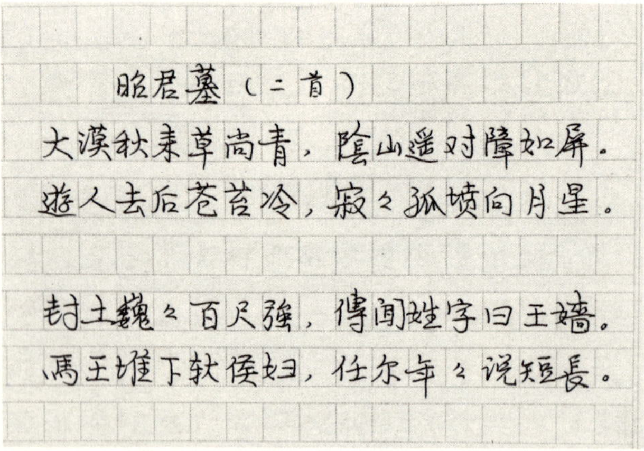
昭君墓（二首）
大漠秋来草尚青，陰山遥对障如屏。
遊人去后苍苔冷，寂々孤墳向月星。

封土巍々百尺強，傳闻姓字曰王嫱。
馬王堆下轪侯妇，任尔年々说短長。

图 36　杨新先生钢笔手书《昭君墓》七绝二首

此据《杨新诗书画集》（第 12—13 页）迻录，原未系年。家藏两种稿本亦均未系年。后有“己卯（1999）中秋”书赠同事张露本，仅称“旧作”，从其中脱“苔”字，又将“轪”误作“铁”来看，年代一定久远，才导致记忆失真（张露《杨新先生的古书画研究和文博情怀》）。昭君墓在今内蒙呼和浩特南郊。杨新先生是秋天前往一游的。第一首感叹昭君墓之冷寂。第二首以马王堆之轪侯妇，与昭君同属西汉妇人，却年年被人议论，为昭君之孤独鸣不平。当然，这里的轪侯妇只是一个代称，实际是指马王堆汉墓出土文物之热。1972 年至 1974 年，在长沙马王堆发掘了三座汉墓：二号墓主是轪侯利苍，一号墓主是利苍妻（即轪侯妇），三号墓主是利苍之子。出土大量精美文物，包括少量简牍和大量帛书、帛画，轰动了整个世界。利苍妻尸体保存完好，至今仍供展出。然则，京城离长沙毕竟远隔千里，谁会在杨新先生耳旁“年年说短长”呢？我推测，应该是故宫的前辈大师。帛书、帛画出土后，已成“泥砖”，当地无人敢承接揭剥任务，故连夜运到故宫，是由故宫张耀选、杨文彬、孙承枝、江绍大、张有年、孙孝江六位书画装裱修复大师揭剥装裱的。稍后，1974 年底，国家成立马王堆汉墓帛书整理小组，故宫唐兰、罗福颐、顾铁符三位古文献整理大师受邀参加简帛整理工作。揭剥装裱时间不长，不可能“年年说短长”。而唐、罗、顾三位先生上午到离故宫近在咫尺的沙滩红楼整理小组上班，下午回故宫办公室休息，持续了很多年。唐先生 1979 年去世。罗先生 1978 年回院，1981 年去世。顾先生最晚，1980 年回院。据此推测，杨新先生的《昭君墓》七绝二首，应写于 1980 年前。这是杨新先生第一次写怀古诗。此类诗讲究景物在诗中，情意在诗外。杨新先生颇得其中三昧。

接下来应是《题黄胄〈群驴图〉卷》七绝：

横斜逆顺写来真，浅淡深浓妙入神。
如此健毫如此墨，画驴岂是贩驴人。
自注：黄胄先生以画驴知名，“文革”中被污为驴贩子。

此据《杨新诗书画集》（第 48—49 页）迻录，原未系年。家藏稿本有序云：“黄胄先生爱写新疆风物，画中多有毛驴。或为单幅，三五成群，寥寥数笔，生动传神，故以画驴著称，‘文革’中被污为驴贩子。是卷作于 1982 年元月，时东风解冻，大地春回，心舒神畅，兴至笔随，欣欣然于画中可见，诗以记之。”黄胄先生一生画《群驴图》无数，一年就有多幅，无从考证杨新先生所见为哪一幅。但据原序推测，此题画诗应写于当年或稍后。这是杨新先生第一次写题画诗。黄胄先生《群驴图》最重姿态繁夥和笔墨变化。题画诗讲究诗中有画，诗外有情。杨新先生此诗“横斜逆顺”说姿态繁夥，“浅淡深浓”言笔墨变化，末二句由笔墨联想到黄胄先生往昔遭遇，情感油然而生，得题画诗正脉。

现在再介绍前文省略了的杨新先生与吴空先生在南戴河开会时的唱和诗。

吴空先生诗题应曰《南戴河消暑赠杨新先生》，诗云：

月华灯影小楼东，罗幔微凉乐事丰。
举盏回思经骇浪，凌波依旧御长风。
凤毛渐觉文场少，鸡肋原知宦路同。
自是山林消夏好，逍遥几度胜游中。[①]

此诗五韵字，全属一东韵，足见用韵严谨（因为今人一东、二冬两韵混押十分普遍）。律诗最重颔、颈二联。此诗颔联颇具巧思，用南戴河的“骇浪”、“凌波”、“长风”，譬喻二人“文革”中都受到冲击，但并未一蹶不振，现在依然各领风骚。颈联叹息当下论文鲜才俊，进仕难抡材，吴空先生原本学宦双修，有感而发也。全诗对仗工稳，起合自然流畅，诚为佳作。

杨新先生《南戴河消暑答吴空先生》云：

暑气初消斗指东，曙光微透半窗红。
长城推倒凭谁手，大海沉浮任尔风。
落帽身轻天地阔，著书心事古今同。
偷闲暂得怡然足，喝六呼三一掷中。

① 此诗见有吴空手书赠同事秦凤京与《杨新诗书画集·后记》（第106页）二本，文字略有不同，此处选录优胜者。其中“罗幔”之“幔”，手书作“帷”，平仄不合，当系笔误；《后记》引作“慢”，不辞，亦为手民之误；其字当作“幔”，“罗幔”，丝罗帷幄也。

自注："长城"句谓搓麻将也。

此据《杨新诗书画集》(第68—69页)迻录。家藏本原称"奉和"、"步韵"[①]，不确，应以正式发表者为准[②]。前揭《后记》杨新先生自云"深知(吴空)诗中用意，于是也用诗作答"，此诗吴空先生"读后大加肯定"，自有高明之处。譬如颔联"大海"句与颈联"落帽"句呼应吴诗颔联，亦有巧思在焉。而以麻将入诗，旧瓶新酒，相得益彰，反映杨新先生与时俱进，不拘一格的思想与风格。

综观杨新先生的诗，除了自述怀抱，主要可分如上怀古、题画、酬答三类。主要学唐诗。启功先生《论诗绝句二十五首》之第一首《综论》云："唐以前诗次第长，三唐气壮脱口嚷。宋人句句出深思，元明以下全凭仿。"[③]三唐之诗出口成章，类似国画之白描，

---

① 杨新先生家藏两种稿本皆有此诗：一题作《南戴河消暑奉和吴空先生》，序云："戊寅（1998）夏杪，《故宫藏文物珍品全集》会议在南戴河召开，日午游泳，灯下搓麻，吴空先生有诗相赠，步韵和之。"一题作《南戴河消暑》，序云："1998年8月，《故宫博物院藏珍品文物全集》60卷编辑会议在南戴河黄金海岸召开，坐而论道，海中游泳，灯下搓麻，皆乐事也。步吴空先生原韵以纪实云。"题与序文虽互异，诗则完全相同。

② 按和诗规格有三：一曰依韵，即彼用一东韵，己亦用一东韵，韵字可以不同。二曰用韵，即彼用五韵字，己亦用该五韵字，次序可以不同。三曰步韵，又称次韵，即彼用五韵字，己亦用该五韵字，次序亦须相同。而吴空先生诗第二句押"丰"字，杨新先生诗第二句押"红"字，既非用韵，更非步韵，说依韵又有四韵字相同。推测应是杨新先生原拟步韵，完成后未及覆核，不知有此疏忽，迨至编辑《杨新诗书画集》始发觉，遂将诗题改用"答"字回避。

③ 启功《启功韵语》，《启功丛稿·诗词卷》，中华书局，1999年，第92页。按：启功先生太原公子，不衫不履，其诗并不严格遵守平仄与用韵，同书《总序》（第1—4页）已有精妙解说，可以参阅。

属于诗人之诗；宋人之诗精雕细凿，类似国画之工笔，属于学人之诗。杨新先生的诗是诗人之诗，而非学人之诗，故能于寻常中见奇崛。下文还会涉及杨新先生的诗，这里就不多评说了。

三

杨新先生的书法创作，以行书为主，或行草相间，大体是明清人的笔调。这可能与故宫书画收藏以明清最为丰富相关，也与杨新先生的古书画鉴定于明清最有心得相关[①]。明清人学书法，重视字体、间架、结构、笔力，从童子时代就颇下功夫。一般而言，行草临摹二王（王羲之、王献之），楷书临摹唐元四家（欧阳询、颜真卿、柳公权、赵孟頫），笔力临摹北碑（尤重龙门二十品）。当然，这是最基本的。转益多师，心慕手追，原是书家不懈的追求。也只有如此，继之以融会贯通，才能最终形成具有自己个性的书法风格。因此，所谓明清人的笔调，实际已包含二王、四家、北碑等的精华在内。就此而言，如果说杨新先生的书法，含有二王、四家、北碑的笔意，那也主要是从明清人那里学来的。

杨新先生的书法用笔，一般重气不重势，故多见映带行气，

---

① 1994年12月，由故宫博物院与中央美术学院等单位合办"《明清绘画透析》中美学术研讨会"，杨新先生是主要发起人和评述人。参阅：吴敢《〈明清绘画透析〉中美学术研讨会召开》，《文物》1995年第6期，第96、89页。楚水《进一步推动中国美术史研究弘扬民族优秀艺术传统——薛永年、杨新谈"〈明清绘画透析〉中美学术研讨会"》，《美术》1995年第1期，第64—65页。

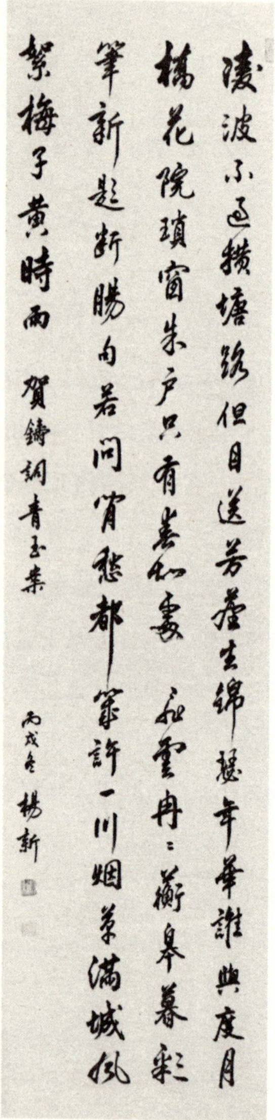

图37 杨新先生手书《贺铸〈青玉案〉》

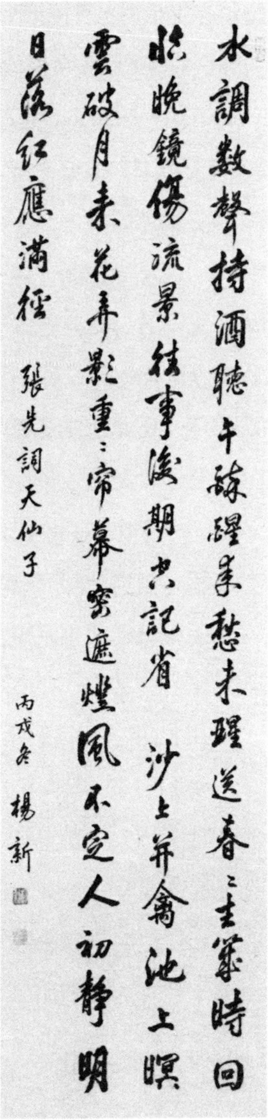

图38 杨新先生手书《张先〈天仙子〉》

少见攲侧取势。如杨新先生手书《贺铸〈青玉案〉》中的“过横”、“春知”、“飞云”等，手书《张先〈天仙子〉》中的“破月”、“红应”等，两字间都有明显映带，显得气韵生动流畅（图37、图38）。但这两幅字都是行书，看起来却字字端正，未见明显的攲侧取势。唐太宗赞叹王羲之的书法，称映带行气“状若断而还连”，攲侧取势“势如斜而反直”（《晋书·王羲之传论》）。杨新先生的书法用笔多见前者，是其艺术家气质的反映；少见后者，可能与其性格腼腆方正有一定关系。

杨新先生的书法用笔，还非常注意变化。著名书法家和书法史家刘涛先生认为“执笔原无定法”。他说：“书法的魅力，在于书写具有不可预测性。书家作书，不能像绘画那样先拟画稿，也不能像治印那样打印稿，难以预知完成的样式和效果。书写之际（特别是行书、草书），只能随机调控，做到以意率笔的‘心手双畅’，就很不容易了。”又说：“书写时，能将手中的笔正用侧用，顺用逆用、重用轻用，实用虚用；能快能慢，能擒敛能纵放，才能写出生动有势的姿态。”① 虽然书家的书法创作确实具有不可预测性，但有些常用字难免重复，为使字形不致单一缺少变化，对其形体还是可以预为设计的。譬如王羲之《兰亭集序》的二十个“之”字，每个“之”字写法都不相同，这自然是有意为之的。杨新先生手书《李白〈将进酒〉》，其中三个“来”字、五个“君”字、五个“不”字，写法也都不相同，自然也都是有

① 刘涛《极简中国书法史》，人民美术出版社，2014年，第5页。

意为之的（图 39、图 40）。

杨新先生于明清最重董其昌的书法。董其昌《画禅室随笔·画旨》说：“画与字各有门庭，字可生，画不可熟，字须熟后生，画须生外熟。”杨新先生对其中“字须熟后生”的书法理论曾有专门研究，认为该理论的意思实际是说：学习古人书法，由生到熟，是一种境界；突破古人书法的束缚，再由熟到生，又是一种境界。学习书法，要由生到熟，由熟到生，经过多次反复，才能达到飞跃并形成自己独特的书法风格[①]。杨新先生自己也是这样做的。我们在杨新先生书法作品里，常常能够看到董其昌书法的影子，这是研究杨新先生书法需要注意的。

四

杨新先生的绘画，功夫最深，品类也最多，但本质仍是“文人画”。

杨新先生是湖南湘阴人。湘阴今属岳阳市，在洞庭之滨，湘江之畔，这里平原低山，风物宜人。他从小就喜欢画画。1957 年考入广州美术学院附中，三年学习，得岭南画派真传。1960 年考入中央美术学院美术史论系，1965 年毕业分配到故宫博物院工作，也都以美术为主业。这些皆为人所熟知，无须多说。

① 杨新《“字须熟后生”析——评董其昌的主要书法理论》，《新美术》1993年第1期，第19—25页。

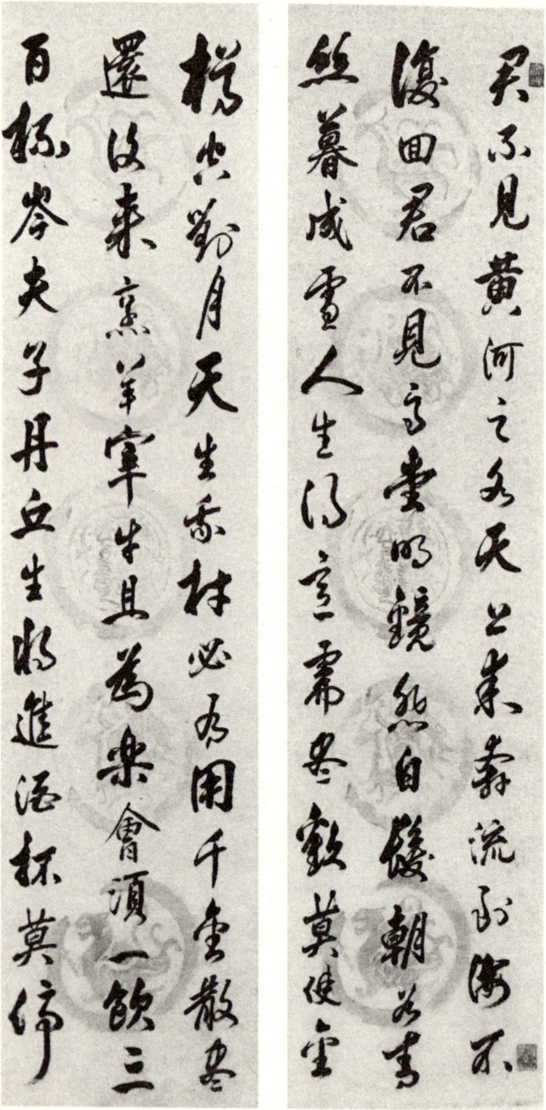

图 39 杨新先生手书《李白〈将进酒〉》（上）

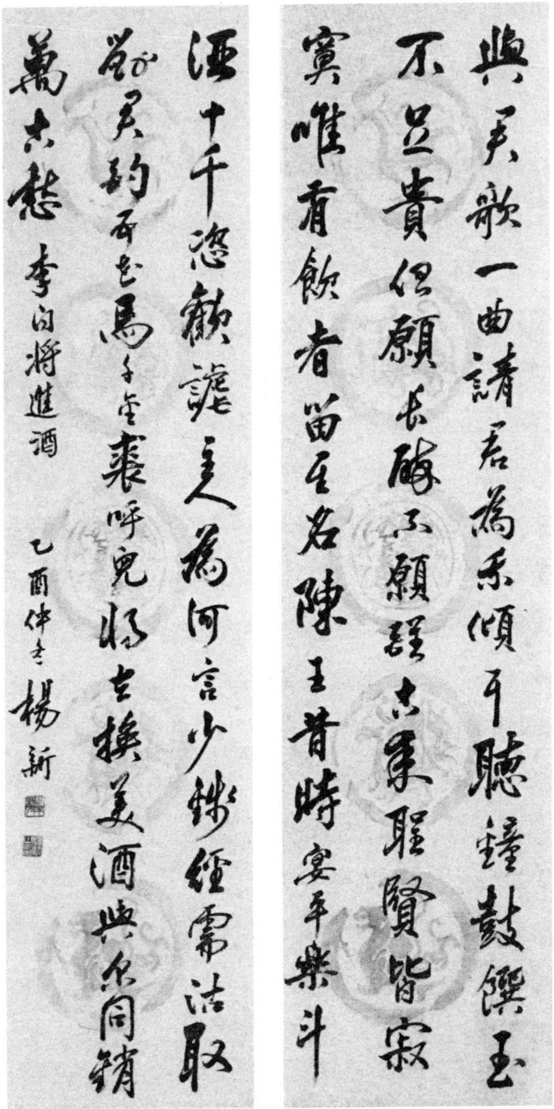

图40 杨新先生手书《李白〈将进酒〉》（下）

中国画分两大类：一是工匠画，崇尚工笔，主要是职业画家的专利。二是文人画，崇尚写意，主要是“游于艺”的文人的专利。工匠画是真正的传统国画，起源甚早。而文人画始于唐代的王维。如董其昌《画禅室随笔·画旨》说：“文人之画，自王右丞始。”成于宋代的苏轼。苏轼首次提出文人画与工匠画的区别，如邓椿《画继·轩冕才贤》“苏轼”条引轼云：“观士人画，如阅天下马，取其意气所到。乃若画工，往往只取鞭策皮毛槽枥刍秣，无一点俊发，看数尺许便欲倦。”工匠画从形神到思想都不如西画。譬如人物画：西画作者大都学过解剖，画过人体，画人物自能骨相；而工匠画家从无此类学养，所知仅限于形骸，画人物只能皮相。唯有文人画，是国画中最有价值的奇葩，能与西画相抗衡。而杨新先生是熟知这一点的。2008 年 10 月 30 日上午，故宫博物院举办“陶铸古今——饶宗颐学术艺术研讨会”，杨新先生发言谈到文人画，说：“古人都是讲品评的：‘能品’最低，因为画得非常像、非常准确，反而最低。再往上是‘妙品’。再往上是‘神品’，画到传神，这就到头了。可是，宋人在‘神品’之上加上了‘逸品’。那么，这个‘逸品’怎么理解？‘逸品’实际上就是文人画。”[①]“逸品”是文人画，“能品”是工匠画，其间尚有“神品”和“妙品”，可以认为，在杨新先生心目中，文人画要比工匠画高出几个层次，学习的难度自然也要高出很多。

---

① 王素主编《陶铸古今——饶宗颐学术艺术展暨研讨会纪实》，故宫出版社，2012 年，第126页。

图 41　杨新先生《北海公园写生初稿》

杨新先生很早就学习文人画创作。他现存画作，据聂崇正先生回忆，最早似是 1961 年 6 月在中央美术学院读书时的《北海公园写生初稿》（《点滴忆杨新》）（图 41）。这是一幅水彩画（聂先生说是“纸本水墨淡设色画”，意思大致相同）。从技法和意境看，是杨新先生现存最早的文人画。文人画的技法和意境与工匠画不同。饶宗颐先生《选堂学倪：云林树石画稿册》说：“树势如戈戟，须辨其主从关系，始合画理。”[①] 所谓“画理”，是指文人画的画理。该水彩画画老柳枝干主从关系较为明晰，符合文人画的画理。聂崇正先生介绍该水彩画云：“画面为水边的一颗柳树，从根部呈 V 字形，向两侧分开，垂柳袅袅，背景中有

① 故宫博物院编《陶铸古今：饶宗颐书画集》，紫禁城出版社，2008年，第174页。

二小舟轻轻荡漾，颇具诗意。”符合文人画画中有诗的标准。可惜缺少真正的诗。

古代没有文人诗、文人书之说，因为诗书是文人的“标配”，不能诗书不能称为文人。画则不同，文人不能绘画，仍然是文人。因此，文人能绘画，就成为“异类”，称为文人画。但文人画并非仅指画，实际包括诗书在内。杨新先生也是熟知这一点的。前揭“陶铸古今——饶宗颐学术艺术研讨会”，杨新先生发言还谈到，他 1995 年前后到香港拜访饶宗颐先生，说自己想写一篇名为《文人画的人文化》（“化”是化学的化）的文章，得到饶先生的支持。他说：“我当初怎么会想起写这个题目的？因为当时国内有一部分人，拼命提倡新文人画。电视台好几次采访我，我都说现在没有文人画。你说谁是文人？谁不是文人？古代有标准，起码要会写诗、填词，起码要会背《四书》、《五经》，文人的学问、修养，是很不简单的。你说现在高中毕业是文人？大学毕业是文人？博士毕业是文人？实际上都说不上。文人画这个概念，现在不能用了。因而我认为：现在没有文人画。”[①] 虽然没有提到书，但书实际已在不言中了。

杨新先生辛巳（2001）画的《佘山图》（图 42），另题《佘山棹歌五首》[②]，诗书画齐备，是一幅典型的文人画（《杨新诗

① 王素主编《陶铸古今——饶宗颐学术艺术展暨研讨会纪实》，故宫出版社，2012年，第125页。

② 按此诗，《鸿雪诗刊》2005年第2期刊出作“《佘山棹歌四首》”（第5页），无“迤逦芳草径”一首；家藏稿本则作“《佘山棹歌》（六首）”，另有一首“丹橘经冬绿”。

图 42 杨新先生《佘山图》

图 43　杨新先生《寺院僧鹤图》

书画集》，第2—3页）。前有《序》云："太湖中有小岛曰佘山，居人以渔为业……辛巳三月，余偕友人借舟游此。午饭息足民家，食白鱼。薄暮归，途中有作。"所谓"途中有作"，应该指诗，旅途不便携带笔墨，画则应是返京后补绘的。文人画景物比例比较宽松。饶宗颐先生《选堂学倪：云林树石画稿册》说："丈山尺树，古人不易之论也。"①山有一丈，树可有一尺，是文人画景物的标准比例。杨新先生的《佘山图》，近处的佘山若有一尺，二舟帆可有二寸，符合文人画比例。另外，远近之山的描绘，杂用解索、牛毛二皴法，表现出江南春山的繁盛茂密，也是文人画的常法。

杨新先生壬午（2002）画的《寺院僧鹤图》（图43），据内题"此间干净无多地，只许高僧引鹤行"，知原出扬州八怪之一罗聘的《竹林僧鹤图》（图44）。罗聘字遯夫，号两峰。其图画一僧领一鹤在竹林中行走，题诗曰："竹里清风竹外尘，风吹不断少尘生。此间干净无多地，只许高僧领鹤行。"下钤"遯夫"印。饶宗颐先生《选堂学倪：云林树石画稿册》说："写竹不宜求精，应避俗气。"②罗图所绘竹竿与竹叶，多属写意，正是文人画的技法。杨新先生的《寺院僧鹤图》因无竹林，故将罗聘题画诗前两句省略。图中画一堵墙，将寺分成内外：内画槐榆，下有一僧引一鹤前行；外画一片茂密松竹，在风中摇曳。署时为壬午，下钤"杨新"印。

① 故宫博物院编《陶铸古今：饶宗颐书画集》，紫禁城出版社，2008年，第174页。

② 故宫博物院编《陶铸古今：饶宗颐书画集》，紫禁城出版社，2008年，第174页。

图 44 罗聘《竹林僧鹤图》

饶宗颐先生《选堂学倪：云林树石画稿册》说：“画树须辨时节，春则墨叶稠而浓，夏则郁郁，秋则疏而冬则落。”“写松须率略，不宜求工致，反是则乏士气，务求得天真逸趣。”“画树可间以小竹，不必太工。”[①] 所谓“士气”，即指文人画的文人气。杨新先生的图画，槐榆郁郁，当属夏日，松竹相间，写意而已，也正是文人画的技法。

① 故宫博物院编《陶铸古今：饶宗颐书画集》，紫禁城出版社，2008年，第174页。

五

杨新先生晚年是个悲观主义者。这种悲观，主要体现在以下三个方面。

第一是对文人画传承表示悲观。文人画的发展，在历史上有过两个高峰：一个以元朝的倪（云林）黄（公望）为代表，一个以清初的大风（张馥）、担当（唐泰）、八大（朱耷）、穆倩（程邃）、傅山（青主）、东园（恽南田）、查二瞻（查士标）、渐江（江韬）、髡残（石溪）、瞿山（梅清）、大涤子（石涛）等明遗民为代表。这两个高峰，都正当异族侵占中国时期，实际反映了士大夫的一种抗争。文人画的衰落，始于抗战，也正当异族侵占中国时期，然而这次抗争没有太大效果，此后一路下滑，终于一蹶不振！前揭“陶铸古今——饶宗颐学术艺术研讨会”，杨新先生发言谈到“现在没有文人画”后，接着说：“文人要有文人的风雅，要能够吟诗、作赋。我们没有一个人能行，从我们这一代人就断线了。要我去背《四书》，我就背不了，那能理解什么呢？我以前看报纸报道说：北大中文系的毕业生，甚至大学中文系的教授，都不会写诗，这就很奇怪了！中文系不是研究中国的文化的吗？另外，写诗也确实很难，除了平仄、韵调外，还有其他方面的要求，能够胡诌几句就不简单了。这样，你还能是文人吗？所以我说：现在没有

图 45 杨新先生参加“陶铸古今——饶宗颐学术艺术研讨会”发言截图

文人画。”（图 45）[①] 杨新先生并没有把自己的画算作文人画，所以才如此悲观。

第二是对古书画鉴定传承表示悲观。杨新先生在不少文章中都谈到古书画鉴定实际是在与古人对话，而自己能书善画才有资格与古人对话。譬如：

杨新先生《我跟徐邦达先生学鉴定》第二节标题为“功夫在鉴定之外”，最后的小结云：“书画鉴定不只是技术问题，更重要的是如何去体会古人的用心，要懂得‘鉴’，必须先懂得‘赏’，‘鉴赏’二字是不可分割开的。‘赏’是在与古人对话，启功先

① 王素主编《陶铸古今——饶宗颐学术艺术展暨研讨会纪实》，故宫出版社，2012年6月，第128—129页。

生曾有诗赠我说：‘赏会从来在赏音，古人相照比知心’，也讲的是与古人对话。古人的语言都留在字里行间，笔墨之内，这要会心才能读懂。然而与古人对话，先要取得对话的资格。对于传统文化，若是一窍不通，或一知半解，连他们的语言和表达方式都不懂，这又如何能对话？‘鉴’非易事，‘赏’亦更难，跟随徐先生等老一辈学习，这鉴定之外的功夫才是最难的啊！”[①]

杨新先生《书画鉴定三感》第一感标题就是：“书画鉴定家必也能书善画。”先云：“作为中国古书画鉴定家，必须兼善书画创作，这是中国书画鉴定工作的优良传统。”因为“从历史上看，大凡书画鉴定家，也都是能书善画者。”然后举宋元明清直到近代众多书画鉴定家为例，说：“书画鉴定家必也能书善画，古今皆然，其中有一定的道理和规律。”这个道理和规律就是：“要懂得中国书画用笔的奥秘，并且能够深入了解他人作品中用笔的特点，当然最便捷的办法就是自己也去尝试尝试，这样就能很快地由局外人变为局内人。”[②]

其中虽然没有谈到诗，但诗与书画不可分割，不用提及也一定包括在内。杨新先生去世后，薛永年先生撰诗缅怀，特别称：“三绝通古今，一眼辨非是。”（《缅怀杨新学长》）也是将杨新先生的诗书画“三绝”与其古书画鉴定紧密联系的。但据前文，

① 杨新《我跟徐邦达先生学鉴定》，《中国古代书画鉴定二十五讲》，浙江大学出版社，2019年，第290—305页。

② 杨新《书画鉴定三感》，原载《故宫博物院院刊》1987年第3期，第43—48页，收入《中国古代书画鉴定二十五讲》，浙江大学出版社，2019年，第1—8页（导言）。

杨新先生实际认为，由于现在已经没有融合诗书画的文人画，连欣赏文人画都成为问题[①]，古书画鉴定实际已经传承不下去了。因此，丙申（2016）新年，杨新先生仍在病中，一连给郑欣淼先生写了两封寄语：前一封曰："继承传统，把书画鉴定延续下去，郑欣淼院长。"后一封曰："郑欣淼院长，请您将古书画鉴［定］工作结（接）续发扬下去。"[②]后一封存在脱误，反映当时杨新先生身体不是很好。尽管如此，他仍关心古书画鉴定传承，令人感动！

第三是对都市生活表示厌倦，也是一种悲观。杨新先生出身湘阴农家，故乡的山水田园，原本就是他一生的眷念，只是因为工作繁忙，没有时间过多流露[③]。他最早表现思念家乡的作品，是家藏稿本所载七律《无题》：

莫负良辰惜岁华，何如闲散度生涯。

---

① 杨新先生曾撰《自题〈云山墨戏图〉》诗，序曰："余不常作画，偶握笔则四顾茫然，题此四句，解嘲而已。"诗云："不染空青不点丹，淋漓墨瀋出毫端。模糊一片凭谁赏，慧眼还须醉眼看。"（《杨新诗书画集》，第62—63页）《云山墨戏图》为水墨画，米友仁绘，北京故宫藏品。图中云雾空濛散漫，山与房屋树木皆若隐若现，气韵颇为不凡。诗谓不懂文人画者，但见模糊一片，实际欣赏不了。

② 郑欣淼先生《要把古书画鉴定传承下去》（此文原为新编《杨新美术史论文选》代序）收录了前一封寄语，后一封寄语承蒙郑欣淼先生惠赠，谨此志谢！

③ 我感觉杨新先生早年的很多作品，都有故乡的影子。譬如前面提到的1969年至1972年间，他在湖北咸宁向阳湖干校写的《采桑子》和《沁园春》。由于湖北与湖南是邻省，咸宁与湘阴相距不过数百里，《采桑子》和《沁园春》所描写的农家景物和田园气象，并非咸宁所独有，换个场景，湘阴也是一样的。

窗花凌乱风摇树，鸟篆成行锥画沙。
客里云天宫苑晚，梦中山路故园赊。
迩来市肆文章贱，抛却诗书好打麻。

这首七律，家藏稿本没有系年。杨新先生曾将此诗初稿书赠同事张露[①]，署时“己卯中秋”，知道是1999年。杨新先生是1940年6月出生，1999年中秋，已过59岁，离退休只有大半年了，故很多真情开始流露。首联第一句说过去珍惜时间不停地工作，第二句说现在想起来能让自己闲散也不错。颈联两句最为重要：第一句说自己在京城不过是客居，第二句说梦中想回故园却因山路太远回不去。北宋词人周邦彦，钱塘（今浙江杭州）人，在汴京读书仕宦多年，撰《苏幕遮·燎沈香》，中云：“故乡遥，何日去？家住吴门（杭州旧属吴郡），久作长安旅。”可以看出，杨新先生身上是具有浓厚的传统士大夫的情结的[②]。在此之后，杨新先生此类作品日渐增多。还值得注意的是，大概从是年开始，杨新先生书赠他人作品，其落款：带了印章，就钤“杨新”、“湘

① 诗作：“兀坐无聊感岁华，春兰秋艾混生涯。雨泼檐溜风摇树，影窗花乱帘幕斜。贪看闲书更漏晚，梦回乡路楚江赊。新来始觉猖狂甚，信笔如飞走龙蛇。”“影窗花乱”与“帘幕斜”间原有“雨泼檐溜”四字，系衍文，不录。是诗，颔联未对仗，“雨泼”与“春兰”、“贪看”与“影窗”皆失黏，“檐溜风摇”、“花乱帘幕”、“如飞走龙蛇”皆平仄不调，知为初稿。

② 中国传统士大夫皆不忘根本，将在京城仕宦视为客居，一旦致仕（退休），都回乡成为乡绅。孔子说：“礼失而求诸野。”“野”即指地方乡里。乡绅作为中华传统文化的终极守护者，培养子孙，耕读世业，诗礼传家，中国几千年，农村未曾凋弊，乡绅厥功甚伟！

阴人”二印（如张露《杨新先生的古书画研究和文博情怀》文中见有钤此二印的书作，时间为己卯［1999年］中秋）；未带印章，就写“湘人杨新”（如张子宁《往事如烟亦并不如烟——忆杨新》文中见有“湘人杨新跋”，时间为1999年12月18日深夜）。

前面提到，2001年，杨新先生偕友人游太湖佘山，撰有《佘山棹歌五首》，第四首云：“城市蜗居燠，相看屋瓦稠。何如此中乐，踯躅久勾留。”（《杨新诗书画集》，第2—3页）正式流露出对城市生活的厌倦，希望回到家乡去。

2003年（癸未），杨新先生在怀柔水库购置一处房产，据杨丽丽告知，这里景色甚佳，推开窗就像看到一幅“米氏云山”，杨新先生十分满意。是年五月，尚未搬进新居，就画了一幅《鸟倦飞而知还图》（图46），以明心志。

此图边款题：“鸟倦飞而知还，癸未五月，杨新。”这是一幅水墨画，当然也是一幅文人画。意思明确，无须多说。是年冬月，搬进新居，杨新先生又写了一首五律，题为《癸未岁冬月题怀柔新居斋壁》，诗云：

高楼临水建，吾取一枝谋。
斗室能容膝，层山可纵眸。
树连芳草发，云共紫烟浮。
退食饶清兴，郊居岁月稠。①

① 此据家藏本迻录。“容膝”，出倪瓒晚年精品《容膝斋图》（台北故宫博物院藏），题画诗有“小斋容膝度年华”句，与杨新先生此时心境契合。

图 46　杨新先生《鸟倦飞而知还图》

虽然退休之后，未能仿效传统士大夫，马上回归湘阴，但能在与故园相似的环境养老，也算差强人意。然而，尽管如此，思乡之情仍不可遏。

此后，2006年（丙戌），似是杨新先生思乡之情最为浓烈之年。7月，创作了诗书画俱全的《炉筒钩·自在》（《杨新诗书画集》，第24—25页）。是冬，又创作了诗书画俱全的《自题隋石牧牛图》（《杨新诗书画集》，第64—65页。是书未收图）。所咏、所书、所画，全是故乡景物。此类作品不少，无须多举。

人所熟知的哲学命题："我是谁？从哪来？到哪去？"对于绝大部分进了大城市就忘了根本的人来说，"此间乐，不思蜀"，确实是个问题。但对于杨新先生来说，就不是问题了："我是湘阴人，我从湘阴来，我到湘阴去。"2020年10月上旬，在杨新先生去世八个月后，其女公子杨丽丽，就遵照杨新先生的遗言，将他的骨灰送回湘阴安葬了。湘阴是个出人才的地方。清代重臣李星沅、左宗棠、郭嵩焘等都是湘阴人。著名史家田馀庆先生也是湘阴人。2001年5月下旬，我陪田先生访问长沙，调研长沙竹简保护方案实行情况，审订新建长沙简牍博物馆的展陈大纲，其间，田先生说要回湘阴看一看，这是他青少年离开湘阴之后第一次回乡，我想陪同，他不让，我知道他是不想受到任何干扰，只想一个人静静地回忆[1]。我推测，杨新先生应该也是一样。他只

① 王素《风操存大道　事业在名山——缅怀史家田馀庆先生》，《东方早报·上海书评》2015年1月11日（纪念田馀庆先生特稿）第B10—B11版。收入本书。

想不受任何干扰，静静地躺在故乡土地的深处，永远亲吻着这块生他养他的土地！

愿杨新先生安息！

2021 年 3 月 4 日于京郊天通苑寓所[1]

附记：2021 年 3 月 26 日，我带门生杨杨赴长沙出差，28 日，公家事了，我们专诚赶去湘阴玉华镇华光村，给杨新先生扫墓。在杨家亲属和女公子杨丽丽的陪同下，我们来到华光村外小山上的杨家墓园。这里地势高敞，松篁耸翠，有一种世外的静寂。杨新先生的墓，就依偎在他父母墓的左旁，虽然远离尘嚣，但并不孤单。我们敬香祭拜，一切如仪。临别感叹：杨新先生真的可以安息了！

2021 年 5 月 6 日补记于故宫城隍庙

（原载《美术大观》2021 年第 4 期，2021 年 4 月。）

① 附记：本文所用材料，凡未注明出处者，一为杨丽丽提供，一出故宫研究院微信公众号刊发的纪念杨新先生的文章，在此一并谨致谢意！

三更犹未倦　一笑竟忘年
——怀念小友森本淳君

2009年11月14日（美国时间），是我率团访美第六天。这天上午，我们从普林斯顿大学来到哈佛大学，在玄幸子女史（当时正在哈佛访学）的陪同下，参观了哈佛大学的燕京学社和赛克勒博物馆，并承蒙玄幸子女史招待午餐，大家言笑晏晏，情绪都是非常高涨。晚上到达波士顿，住进宾馆，我照例先开电脑收信（美国的宾馆一般都可以免费上网），孰知收到的第一封信，即是东友关尾史郎先生发来的森本君的“讣告”，令我一下如坠冰窖，只觉得浑身发冷。我洗了一把脸，让自己清醒了一会，马上给关尾史郎先生回电，原文如下：

惊悉森本君不幸去世，令人不胜悲痛！去岁最后一次见到森本君，即感到他心事重重，说是工作不太顺利，颇为郁闷压抑。没想到匆匆一见，竟成永诀！真是苍天不公，令如此才俊，享年不永！呜乎哀哉！呜乎哀哉！

烦请先生代向森本君的家人转达我的哀思！

当晚尽管很疲劳，但仍很长时间难以入睡，森本君的形象不时在眼前闪动。

我与森本君见面，应该比较早。因为他从2001年9月就到北京大学中国古代史研究中心留学，他的指导老师就是与我同在一个吴简整理小组的罗新先生。那时，北京吴简研讨班已经成立（2000年4月正式成立），定期开会研讨，他应该是每次必到。但由于我只是偶尔参加，他坐在学生里面，见过几面，没有引起我的注意。正式相识则是在2003年4月。

2003年3月27日，关尾先生给我发信，说他的老朋友三崎良章先生将从4月开始，到北京大学中国古代史研究中心留学一年，请我多加关照。三崎先生正式到达北京的时间是3月29日，到后即给我发了信，通报了到达的消息。由于长沙方面的同事预定4月上旬来京协助我进行《长沙走马楼三国吴简·竹简》［壹］的剪贴版式工作，我就邀请三崎先生4月11日来我当时所在的中国文物研究所访问，顺便看看我们的工作场所。三崎先生愉快地接受了邀请，并提出希望能带同在中古史研究中心留学的森本君一起前来。我说没有问题。

4月11日下午二时，三崎先生带着森本君如约来到中国文物研究所我的办公室。他们当时汉语听说还不太好，我特别请我的师弟黄正建先生当翻译。初见森本君，就感觉他人如其名。盖“淳”者，敦厚、质朴也。他圆圆的脸，很憨厚、很朴实，给我留下很好的印象。那天下午，我先带着他们参观了中国文物研究所，然后带着他们参观了我们剪贴版式的工作场所。晚上，我请他们在附近一家比较高档的餐馆吃饭，黄正建先生和长沙方面的三位女同事作陪。记得吃饭的包厢有卡拉 OK 设备，三位女同事边吃边唱歌，还邀请三崎先生和森本君唱歌，他们二位没有推辞，合唱了一首《北国之春》，大家都觉得十分尽兴。

在此之后，与森本君不仅经常见面，还一直保持电信联系。2003 年 9 月 7 日，他给我发信，说很想去长沙看看，向关尾先生征求意见，关尾先生让他找我帮忙。我说没有问题，由我陪同，并通知长沙方面的宋少华先生安排，9 月或 10 月都可以。稍后，三崎先生给我发信，说他也很想去，但他母亲病了，准备 9 月 17 日回国探母，11 月初回来，希望能够推迟到 11 月再去。我说也没问题，但到时我可能有事，不一定能够陪同他们前往，不过可以请罗新先生代我陪同他们前往。11 月 7 日至 11 日，罗新先生陪同森本君和三崎先生前去长沙调研了三天，据说收获很大。森本君后来写了一篇名为《长沙における简牍研究の现状と长沙吴简に关する觉书》(《长沙吴简研究报告》第 2 集，东京，2004 年）的文章，对此行进行了详细的介绍，可以参阅，这里就不多说了。

2004 年春节，三崎先生回国探亲，森本君一个人留在北京。我当时正忙着搬家，从工体北里的旧家搬到天通苑西二区的新家，没顾得上与森本君联系。后来收到森本君的信，原文如下：

王素老师：您好！

现在，北大里面的食堂好像都关门了，没有地方吃饭，每天去小吃店吃盖饭，有点麻烦。正是过年的时候，我也正想看“北京人的过年”。晚上7点到凌晨1点，一直在北京的胡同里走。冻死了！这次对我来说，虽然是在中国第五次过春节（这次留学之前，曾在西安、南京过过），但还是觉得很有意思。胡同里放烟花鞭炮的人还是非常多，而且非常热闹。有的时候，他们对在一旁站着看热闹的我问：“你是不是警察？”还有的时候，是与警察们一起看放鞭炮，挺有意思。

吃饭的时候，餐厅里面已开始宴会，他们让我一起吃饭喝酒，对我非常热情！我还是非常喜欢北京。

祝您新年快乐！工作顺利！身体健康！

森本淳 2004年1月22日

信的第二段，即“吃饭的时候”云云，我没有看懂，不知是在北大餐厅吃饭，还是在校外餐厅吃饭。我忽然有点自责：怎么没有想到森本君是一个人在北京过节？那种“独在异乡为异客，每逢佳节倍思亲”的滋味肯定不好受！而且森本君和三崎先生马上都要结束留学回国了，这种疏忽可能永远也没法弥补。于是，我决定请他们到我的新家来做客，尽一次真正的“地主之谊”。

2004 年 2 月 1 日上午，罗新、梁燕贤伉俪陪着三崎先生、森本君，还有同在中古史研究中心留学的西村阳子小姐，来到我在天通苑西二区的新家。我与内子李方，以及特别邀请前来作陪的黄正建先生，将他们迎进家门。我的新家很宽敞，186 平方米，四室二厅二卫（卫生间）二阳台。他们仔细参观了新家的每一个地方，然后在大客厅（大约 50 平方米）的沙发上坐下聊天。森本君由于汉语听说大有长进，很爱说话，一点也不拘束。大家谈古论今，说中话日，气氛甚是融洽。我亲自下厨做饭，都是湖北风味菜，什么蛋饺、肉糕、枣合、藕夹、珍珠丸子、排骨藕汤，应有尽有，大家也都吃得非常尽兴。三崎先生很感慨，说：“在日本即使工作一辈子，恐怕也很难买得起这么大的住房。”森本君则感叹：“我虽然去过很多地方，但从来没有吃过这么可口的饭菜。”最后，大家照完合影（图 47），在依依不舍中告别。

值得一提的是，森本君回到日本，与我电信联系仍很频繁。以前，我需要日本学者的论文，一般都是请关尾先生帮忙复印和邮寄；但从关尾先生先后就任“副学部长”、“学部长”，工作更加忙碌后，我就不好意思再麻烦关尾先生了。这时，森本君就成了关尾先生的替补，帮我复印和邮寄了不少日本学者的论文。森本君当时工作并不稳定，却还要花时间和金钱帮我复印和邮寄论文，现在想起来，除了由衷感谢外，还难免有一些歉疚。

还值得一提的是，自从与森本君相识，我就对森本君的研究

图 47　天通苑西二区新家聚会合影（前排左起：李方、笔者、三崎良章、黄正建，后排左起：罗新、梁燕、西村阳子、森本淳）

方向和研究成果较为关注。森本君的研究，主要有两个方向：第一个方向是曹魏研究，发表过《曹魏军制前史—曹操集团扩大过程からみた一考察—》（《アジア史研究》第 22 号，1998 年）、《曹氏政权の崩坏过程に关する一试论—军事权との关系を中心に—》（《アジア史研究》第 25 号，2001 年）、《曹魏における刺史と将军》（《人文研纪要》第 58 号，2006 年）以及《后汉末の凉州の动向》（《アジア史研究》第 32 号，2008 年）等一系列论文。第二个方向是吴简研究，发表过《嘉禾吏民田家莂にみえる同姓同名に关する一考察》（《嘉禾吏民田家莂研究—长沙吴简研究报告—》第 1 集，东京，2001 年）、《长沙吴简からみる孙吴の下级军事制度考初编》(《长沙吴简研究报告2008年度特刊》，新潟，2009年)以及前揭《长沙における简牍研究の现状と长沙吴简に关する觉书》等一系列论文和文章。森本君的论文，观察十分细密，见解也很独特。我曾撰文对其《嘉禾吏民田家莂にみえる同姓同名に关する一考察》一文进行过评介。本来应该是前程似锦，可惜享年不永，令人无限遗憾和感伤！

应该说，2004年之后，我与森本君还是有不少机会见面的。这一方面是因为，我有过几次赴日开会的机会。另一方面是因为，由窪添庆文先生为代表、关尾史郎先生具体领导的日本“长沙吴简研究会”，经常经北京赴长沙考察，森本君是其中的重要成员。只是具体见过多少次面，现在已经记不清楚了。印象最为深刻的见面有两次。一次是2006年3月9日至12日，我应气贺泽保规先生之邀，参加在东京明治大学举行的“东アジア佛教石刻研究セミナー(第2回科学研究费补助金公开成果报告)—石刻史料から探る北朝隋唐仏教の世界—”会议。我的两次讲演(《千唐志斋新收唐代佛教墓志初探》及《近年来中国出土文献整理研究概况》)，森本君都专程来听了。我从宾馆去会场，再从会场回宾馆，基本都是森本君接送。离开日本时，也是森本君将我送到成田机场的。这几天我们聊了很多。另一次是同年9月14日至21日，我与宋少华、罗新二先生应关尾先生之邀，主要参加在东京お茶の水女子大学举行的“日本魏晋南北朝史研究会年度大会”和“长沙吴简国际シンポジウム：长沙吴简の世界—三国志を超えて—”会议。到达成田机场时，即受到森本君与市来弘志、中村威也二君的欢迎。当晚，为了方便第二天送我们去会场，森本君在宾馆留宿。这一夜，我们一直聊到三更，还不知疲倦。我问森本君能否找到“常勤”的工作。森本君很有信心，告诉我：“战后的 1946 年，是日本的生育高峰，这个时间出生的人，到了 2006 年，都已年满六十岁，属于应该退休的年龄。等他们退休了，我就有机会了。”听完这话，我俩相视大笑，就像同辈的朋友一样。现在还能回想起当时森本君那憨厚的笑容。

森本君与我最后一次互通电信，是 2009 年 4 月。森本君的电信原文是：

王素老师：您好！

不好意思，好久没与您联系了。冬天分别以来您都好吗？

日本上周开学，但我的课减了一门，收入也减了，生活紧张。

东京的樱花差不多散了，但没有花的樱树也是很有趣的。

下次什么时候能见面呢？期待早点儿见到您。

祝您身体健康，工作顺利！

森本淳 2009 年 4 月 21 日

我的电信原文是：

森本君：

我一切都好！谢谢关心！

今年3月7日，曾应关尾史郎先生之邀，赴新潟大学参加“敦煌、吐鲁番文献と西北地域”国际学术会议，10日返国。开会期间，见到不少老朋友，如冈野诚、伊藤敏雄、柴田幹夫、安部聪一郎等先生与江川式部、高濑奈津子等女史。你大概因为工作忙，没有来，很遗憾！但听伊藤敏雄先生介绍，你们的长沙吴简研究会打算今年8月再赴长沙，你如果能来，我们就又有机会见面了。

现在是经济不景气时期，你的工作受到了影响，真是太不幸了。不过，我相信这种经济不景气局面，会很快过去。一切都会好的。东京的樱花现在虽然凋谢了，明年不是还要再开放吗？要有信心啊！

祝好运！

王素 2009年4月22日

在此之后，一直没有收到森本君的电信，我以为是因为森本君工作忙，也没特别在意。总想等等看，如果再没电信来，就该发电信询问了。没想到等到的竟然是如此噩耗！真的是令我心痛不已！我会永远记得有这样一位“小友”，曾经与我共同度过一些美好时光！愿森本君在天之灵安息！

2010 年 3 月 15 日

于北京天通苑西二区寓所

（原载森本穫（森本淳之父）《追忆——森本淳の思い出》，大阪亚细亚印刷株式会社印刷、“追忆”刊行委员会发行，2010 年 11 月 9 日；又，西村阳子译《三更にして犹お未だ倦まず　一笑して竟に年を忘る——小友森本淳君を偲ぶ》，同前书。）

附　　录

回溯三千载　相交四十春

——我与《古籍整理出版情况简报》的文缘

我是 1976 年后的第一届大学生（77 级）和第一届研究生（78 级），1981 年武汉大学历史系毕业，分配到国家文物局古文献研究室工作，与代管《古籍整理出版情况简报》（以下简称《古籍简报》）的中华书局，一在五四大街 29 号（沙滩老北大红楼），一在王府井大街 36 号，近在咫尺，骑自行车几分钟就到了，在同一代学人中，理应最早与《古籍简报》建立联系，事实上也是如此。

古文献研究室虽然成立时间不长（1978 年成立），但级别很高（正局级），经费相对充裕，尤其是资料室购书几乎没有限制，古籍文献图书不论新旧，常常大批购入。当时，我每个工作日都会花一些时间在资料室看书，而看《古籍简报》，了解古籍文献出版情况，以及古籍文献整理动态，更是我必做的功课。

我在古文献研究室的主要工作，是协助业师唐长孺先生整理

《吐鲁番出土文书》。唐师曾在中华书局主持点校“北朝四史”(《魏书》、《北齐书》、《周书》、《北史》)多年，熟人不少，嘱我常去走动。另外，20世纪80年代，唐师的《魏晋南北朝史论拾遗》和《山居存稿》先后在中华书局编辑出版(前书1983年5月出版，后书1989年7月出版)，我1984年开始点校《陆贽集》，1988年开始与陈仲安先生合撰《汉唐职官制度研究》，都是中华书局的约稿，也需要常去中华书局办事。这样，常去中华书局，时间一长，自然就认识了《古籍简报》的主编。

在我印象中，我到北京的1981年11月至2008年12月，中华书局代管《古籍简报》期间，换过多任主编。最早是沈锡麟先生，然后是才女马欣来和资深学者许逸民先生，最后是黄松先生。沈、马、许三人都是北大中文系古典文献专业毕业，黄是武汉大学历史系中国史专业毕业，在古籍文献领域都有很扎实的功底。沈锡麟先生兼任国务院古籍整理出版规划小组组长李一氓先生的秘书(后来主编兼秘书成为通例)，他主编《古籍简报》期间，在《古籍简报》开辟“规划小组活动情况点滴”栏目，各种古籍文献整理信息十分丰富，让我获益匪浅。

我第一次见到沈锡麟先生，大约是在1982年仲夏，他知道我参加《吐鲁番出土文书》整理，就向我约稿，于是我写了《〈吐鲁番出土文书〉将陆续出版》，成为我在《古籍简报》发表的第一篇文章(第95期，1982年9月20日)。不久，我点校《陆贽集》，发现《唐大诏令集》所收陆贽代德宗撰写的诏令，存在题目不同、内容基本相同的重复诏令，而商务印书馆1959年刊印《唐大诏令集》时，对于此类重复诏令，采用保存其一、删去其一的方法进行处理，而我认为这是编者宋敏求取材不同之所致，都应予保留，将错误较少的作为正文，错误较多的作为附录，既可考版本源流，又可资文字校勘，于是我又写了《〈唐大诏令集〉中的重复诏令及其处理》，成为我在《古籍简报》发表的第二篇文章（第136期，1985年3月1日）。值得一提的是，从时间上看，这篇文章的发表，应该与徐俊先生有些关系。徐俊先生1983年7月南京大学中文系毕业，8月到中华书局上班，即协助沈锡麟先生编辑《古籍简报》，直到1985年5月才转岗文学编辑室。

1990年，古文献研究室并入中国文物研究所，旋即搬到朝阳区北四环东路高原街2号。1998年底，中华书局从王府井大街36号，迁到丰台区太平桥西里38号。两个单位距离越来越远，登堂入室联系渐渐稀少。黄松先生2000年3月至2008年12月主编《古籍简报》期间，由于他是我的系友，此前任《文史知识》编辑时就经常向我约稿，电话电邮联系从未中断。20世纪90年代，《吐鲁番出土文书》整理出版告一段落，我先承担主编《新中国出土墓志》任务，后受邀参加《长沙走马楼三国吴简》整理，工作日益繁重，为《古籍简报》写稿不多（印象中，只写过一篇《〈吐鲁番出土文书〉释文本评议》，《古籍简报》第258期，1992年5月20日）。2000年11月，我主编的《新中国出土墓志·陕西》[壹]出版，约荣新江先生写了一篇书评《〈新中国出土墓志·陕西〉

［壹］评介》，推荐给黄松先生，在《古籍简报》2001 年第 11 期（总第 369 期）发表。2007 年，听说黄松先生快要转岗，感觉他多次约稿，自己均以无时间推辞，故连写了两篇文章，一篇为《唐长孺先生与〈吐鲁番出土文书〉》，一篇为《读〈河洛墓刻拾零〉断想》（合作），分别在《古籍简报》2008 年第 1、6 期（总第 443、448 期）发表。

此后，《古籍简报》虽归西城区宣武门外大街 40 号新闻出版总署古籍办主编，但一段时间内，负责具体编辑工作的仍是出身中华书局的齐浣心女士。应齐浣心女士约稿，我写过两篇文章，一篇为《墓志整理三题》（合作），一篇为《中国经学史上的新里程碑——略谈〈敦煌经部文献合集〉的价值与意义》，分别在《古籍简报》2013 年第 7 期（总第 509 期）、2014 年第 6 期（总第 520 期）发表。

2014 年，我奉命主持《故宫博物院藏殷墟甲骨文》整理。其时，我主持的《新中国出土墓志》第二期工程刚刚起步，负责的《长沙走马楼三国吴简》最后四卷（《竹简》［柒］［捌］［玖］和《竹木牍》）才完成一卷。2017 年，又承担《吐鲁番出土文书》全彩本项目中高昌郡国文书部分的再整理。出土文献五大门类——甲骨、金文、简牍、石刻、文书，除金文门类尚未涉足外，甲骨、简牍、石刻、文书四大门类同期进行，且都是国家重大项目，这种情况在学界尚不多见，工作自然更加忙碌。而同时，对《古籍简报》的依赖，亦几乎不能斯须暂离。

我认为:《古籍简报》是一份传世古籍与出土文献并重的刊物。关于传世古籍，我整理过《陆贽集》(中华书局，2006年2月初版，此后多次印刷)，是“点校本‘二十四史’及《清史稿》修订工程”中“西域四夷外国等传”修订负责人。关于出土文献，我做的工作已如前述。因此，这个刊物对于我最为适用。此外，从具体内容看,既有整理出版信息,又有点校规范探讨;既有赏析评介发微，又有经验教训总结。上起三代，下迄当今，林林总总，古籍文献整理研究者，都能从中找到自己需要的材料。譬如最近看到的宋镇豪先生撰写的《〈中国社会科学院历史研究所藏甲骨墨拓珍本丛编〉(第一辑)整理出版概况》一文(《古籍简报》2000年第7期，总第593期)，对于我整理故宫甲骨就很有启发意义。

我们知道：中华书局一直要求编辑对专业有精深研究，做学者型编辑。这也是中华版图书质量较高的主要原因。而《古籍简报》虽然篇幅较小,但由于内容广博,上下三千载,几乎无所不包,对编辑的专业要求实际更高。创刊六十多年来，正是由于这些学者型编辑的坚持和奉献，保证了《古籍简报》的高质量。2021年2月，是《古籍简报》出版600期，也是我与《古籍简报》相交的第四十个年头。这是一个值得纪念的日子。我想向以往的主编和编辑致以崇高的敬意，并希望未来的编者能够继承中华书局学者型编辑传统，将《古籍简报》越办越好！最后，以七律一首，赞贺《古籍简报》出版六百期：

诸子群经素册装，为寻新著展缣缃。
整齐律吕三更鼓，涉览琳琅两袖香。
玉有良工难示璞，文无高斲不成章。
回头往昔崎岖路，感念深情敬一觞。

图版目录